Poeira de Estrelas

ALEPH

ISAAC ASIMOV

Poeira de Estrelas

TRADUÇÃO
Aline Storto Pereira

POEIRA DE ESTRELAS

TÍTULO ORIGINAL:
The Stars, Like Dust

PROJETO GRÁFICO E DIAGRAMAÇÃO:
Desenho Editorial

COPIDESQUE:
Tássia Carvalho

CAPA:
Pedro Inoue

REVISÃO:
Hebe Ester Lucas
Luciane H. Gomide

ILUSTRAÇÃO:
Chris Foss

DIREÇÃO EXECUTIVA:
Betty Fromer

COMUNICAÇÃO:
Thiago Rodrigues Alves
Fernando Barone
Maria Clara Villas
Júlia Forbes

DIREÇÃO EDITORIAL:
Adriano Fromer Piazzi

EDITORIAL:
Daniel Lameira
Tiago Lyra
Andréa Bergamaschi
Débora Dutra Vieira
Luiza Araujo
Juliana Brandt

COMERCIAL:
Giovani das Graças
Lidiana Pessoa
Roberta Saraiva
Gustavo Mendonça

FINANCEIRO:
Roberta Martins
Sandro Hannes

COPYRIGHT © ISAAC ASIMOV, 1951
COPYRIGHT RENOVADO © ESTATE OF ISAAC ASIMOV, 1983
COPYRIGHT © EDITORA ALEPH, 2022
(EDIÇÃO EM LÍNGUA PORTUGUESA PARA O BRASIL)

TODOS OS DIREITOS RESERVADOS.
PROIBIDA A REPRODUÇÃO, NO TODO OU EM PARTE, ATRAVÉS DE
QUAISQUER MEIOS.

**DADOS INTERNACIONAIS DE CATALOGAÇÃO NA PUBLICAÇÃO (CIP)
DE ACORDO COM ISBD**

A832p
Asimov, Isaac
Poeira de estrelas / Isaac Asimov ; traduzido por Aline Storto
Pereira. - São Paulo, SP : Editora Aleph, 2022.
304 p. ; 14cm x 21cm.

Tradução de: The stars, like dust
ISBN: 978-85-7657-511-5

1. Literatura americana. 2. Ficção científica. I. Pereira, Aline Storto.
II. Título. 2022-1443

CDD 813.0876   CDU 821.111(73)-3

ELABORADO POR VAGNER RODOLFO DA SILVA - CRB-8/9410

ÍNDICES PARA CATÁLOGO SISTEMÁTICO:
1. Literatura americana : ficção científica 813.0876
2. Literatura americana : ficção científica 821.111(73)-3

EDITORA ALEPH

Rua Tabapuã, 81 - cj. 134
04533-010 – São Paulo – SP – Brasil
Tel.: [55 11] 3743-3202
www.editoraaleph.com.br

1. O QUARTO MURMURAVA 09

2. A REDE ATRAVÉS DO ESPAÇO 21

3. O ACASO E O RELÓGIO DE PULSO 33

4. LIVRE? 49

5. INQUIETA É A CABEÇA... 61

6. ...QUE CARREGA UMA COROA 71

7. MÚSICO DA MENTE 83

8. AS SAIAS DE UMA DAMA 97

9. E AS CALÇAS DE UM SOBERANO 109

10. TALVEZ SIM! 127

11. E TALVEZ NÃO! 143

12. A CHEGADA DO AUTOCRATA 159

13. O AUTOCRATA PERMANECE 173

14. O AUTOCRATA VAI EMBORA 187

15. O BURACO NO ESPAÇO 195

16. CÃES DE CAÇA! 205

17. E LEBRES! 219

18. LIVRANDO-SE DAS GARRAS DA DERROTA! 233

19. DERROTA! 245

20. ONDE? 257

21. AQUI? 271

22. LÁ! 285

POSFÁCIO 299

1. O QUARTO MURMURAVA

O quarto murmurava para si mesmo suavemente. Era um sussurro quase inaudível... um barulhinho irregular e, ainda assim, inconfundível e mortal.

Mas não foi isso que despertou Biron Farrill e o tirou de um sono pesado e nada reparador. Inquieto, ele virava a cabeça de um lado para o outro, numa luta inútil contra o z–z–zunido insistente vindo da mesa de cabeceira.

Estendeu desajeitadamente uma das mãos e, com os olhos ainda fechados, aproximou-a do aparelho.

– Olá – resmungou.

Um som disparou instantaneamente do aparelho receptor. Soava áspero e alto, mas Biron não se animou a reduzir o volume.

– Posso falar com Biron Farrill?

– Sou eu mesmo. O que você quer? – disse ele, confuso.

– Posso falar com Biron Farrill? – Havia urgência na voz.

Os olhos de Biron se abriram na densa escuridão. Só então ele percebeu a sensação de secura desagradável da língua e o leve odor no quarto.

– Sou eu. Quem fala?

A voz continuou, ignorando-o, aumentando a tensão, um som alto no meio da noite.

– Tem alguém aí? Gostaria de falar com Biron Farrill.

Apoiando-se em um cotovelo, Biron se ergueu e olhou para o lugar onde estava o visifone. Deu uma batida no controle visual e a pequena tela se iluminou.

– Aqui estou – ele disse. E logo reconheceu as feições harmoniosas e ligeiramente assimétricas de Sander Jonti. – Me ligue de manhã, Jonti.

Estava prestes a desligar o aparelho mais uma vez quando Jonti falou:

– Alô. Alô. Tem alguém aí? É do alojamento da universidade, quarto 526? Alô.

De repente Biron se deu conta de que a minúscula luz piloto que indicaria um circuito de emissão ativo não estava acesa. Ele praguejou baixinho e apertou o botão. A luz continuou apagada. Então Jonti desistiu, e a tela ficou vazia, um mero quadrado pequeno de luz indefinida.

Biron desligou o visifone, arqueou o ombro e tentou se aninhar no travesseiro de novo. Sentia-se irritado. Em primeiro lugar, ninguém tinha o direito de gritar com ele no meio da noite. Deu uma olhada rápida nos números levemente iluminados logo acima da cabeceira. Três e quinze. As luzes da casa só se acenderiam dali a quase quatro horas.

Além disso, ele não gostava de acordar com o quarto mergulhado na mais completa escuridão. Mesmo após quatro anos, não se habituara ao costume terráqueo de construir estruturas de concreto armado, atarracadas e sem janelas. Era uma tradição milenar vinda dos tempos em que a bomba nuclear primitiva ainda não havia sido neutralizada pelo campo de força defensivo.

Mas isso era passado. A guerra atômica causara o pior dos estragos à Terra. A maior parte do planeta se tornara irremediavelmente radioativa e inútil. Ainda que nada mais houvesse a perder, a arquitetura insistia em refletir antigos medos, de modo que, quando Biron acordou, havia total escuridão.

Outra vez Biron se ergueu apoiado no cotovelo. Havia algo estranho. Ele esperou. Não era o murmúrio fatal do quarto que agora ele notava; era algo talvez menos perceptível e com certeza infinitamente menos mortal.

Ele sentia falta do sutil movimento do ar que as pessoas tanto subestimavam, aquele traço de renovação contínua. Tentou engolir com naturalidade e não conseguiu. A atmosfera pareceu se tornar opressiva quando se deu conta da situação. O sistema de ventilação havia parado de funcionar, e agora ele tinha de fato uma reclamação. Não podia nem ao menos recorrer ao visifone para informar o fato.

Mais uma tentativa, só para garantir. O quadrado de luz leitosa espalhou um suave brilho perolado sobre a cama. O aparelho recebia mensagens, mas não as enviava. Bem, não tinha importância. De qualquer forma, não daria para fazer nada quanto a isso antes que raiasse o dia.

Ele bocejou e tateou em busca dos chinelos, esfregando os olhos com a palma das mãos. Sem ventilação, hein? Daí o cheiro esquisito. Franziu a testa e fungou com força duas ou três vezes. Não adiantou. O odor era familiar, mas ele não conseguia identificá-lo.

Caminhou até o banheiro e, num gesto automático, estendeu a mão para alcançar o interruptor, embora não precisasse realmente da luz para pegar um copo de água. O interruptor se moveu, mas foi inútil. Ele tentou várias vezes, irritado. Será que *nada* estava funcionando? Deu de ombros, bebeu no escuro e se sentiu melhor. Bocejou outra vez enquanto voltava para o quarto, onde tentou o interruptor principal. Todas as luzes estavam apagadas.

Biron sentou-se na cama, colocou as mãos grandes nas coxas musculosas e ponderou. Normalmente, uma coisa dessas provocaria uma tremenda discussão com a equipe de manutenção. Ninguém esperava serviço de hotel em um dormitório universitário, mas, em nome do Espaço, certos padrões mínimos de eficiência poderiam ser exigidos. Não que isso tivesse vital importância no momento. A formatura se aproximava e ele estava na reta final. Em três dias, daria adeus ao quarto e à Universidade da Terra; aliás, à própria Terra.

Ainda assim, talvez comunicasse o ocorrido, sem nenhum comentário em particular. Poderia sair do dormitório e usar o telefone do corredor. Quem sabe lhe trouxessem algum tipo de iluminação automática, ou mesmo improvisassem um ventilador para que ele dormisse sem nenhuma sensação psicossomática de sufocamento. Caso contrário, para o Espaço com eles! Mais duas noites apenas.

À luz do inútil visifone Biron encontrou um short, por cima do qual vestiu um macacão e decidiu que a roupa atenderia a seu propósito. Manteve os chinelos. Não haveria perigo de acordar ninguém mesmo que descesse o corredor arrastando sapatos com travas, em razão das divisórias espessas, quase à prova de som, daquela pilha de concreto, mas ele não via sentido em retirar os chinelos.

Caminhou até a porta e puxou a alavanca, que abaixou com suavidade, até ele ouvir o clique que denunciava o destravamento da porta. Mas a porta continuou trancada. E, embora fizesse muita força, não conseguiu nada.

Afastou-se. Isso era ridículo. Seria uma falha generalizada na energia? Não podia ser. O relógio continuava funcionando. O visifone ainda recebia contatos adequadamente.

Espere! Poderia ter sido obra dos rapazes, benditas sejam suas almas excêntricas. Acontecia às vezes. Era infantil, claro, mas ele próprio participara de brincadeiras bobas. Não teria sido difícil, por exemplo, para um de seus colegas entrar escondido naquele quarto durante o dia e armar tudo. Mas não, a ventilação e as luzes funcionavam normalmente quando ele foi dormir.

Muito bem, então, durante a noite. O corredor era uma estrutura antiga, obsoleta. Não seria preciso um gênio da engenharia para adulterar os circuitos de luz e ventilação. Ou para emperrar a porta. E então esperariam o amanhecer para observar o que aconteceria quando o bom e velho Biron se descobrisse preso ali. Provavelmente o deixariam sair perto do meio-dia, e morreriam de rir.

— Rá, rá — disse Biron entredentes, em tom soturno. Tudo bem, se é assim... Mas ele teria que fazer alguma coisa, virar o jogo de alguma maneira.

Deu meia-volta e seu dedo do pé chutou alguma coisa que deslizou pelo chão, fazendo um som metálico. Ele mal conseguia distinguir a sombra do objeto se movimentando pela tênue luz do visifone. Estendeu o braço para debaixo da cama, tateando o chão em um raio maior; pegou a coisa e aproximou-a da luz. (Eles não eram tão espertos assim. Deveriam ter deixado o visifone completamente fora de serviço, em vez de arrancar apenas o circuito de emissão.)

Ele percebeu que segurava um pequeno cilindro com um diminuto orifício na saliência da parte de cima. Aproximou-o do nariz e cheirou. Em qualquer caso, isso explicava o odor no quarto. Hipnita. Claro, os rapazes teriam de usá--la para impedi-lo de acordar enquanto se mantinham ocupados com os circuitos.

Biron podia reconstituir os procedimentos passo a passo agora. A porta foi aberta à força, uma coisa simples de se fazer, e a única parte perigosa, uma vez que ele poderia ter acordado nesse momento. A porta poderia ter sido preparada durante o dia, aliás, para que parecesse fechada sem estar de fato. Ele não a havia testado. Em todo caso, uma vez aberta, a lata de hipnita teria sido colocada ali dentro, e a porta se fecharia de novo. O anestésico vazaria aos poucos, até a concentração de um para dez mil necessária para sedá-lo definitivamente. Depois entrariam... com máscaras, é claro. Pelo Espaço! Um lenço molhado bloquearia a ação da hipnita por quinze minutos, tempo necessário para concluírem o plano.

Isso explicava a situação do sistema de ventilação; tinha que ser desligado para evitar que a hipnita se dispersasse rápido demais. Na verdade, essa seria a primeira etapa. A eliminação do visifone o impediria de conseguir ajuda, a obstrução da porta o impediria de sair, e cortar as luzes o induziria ao pânico. Que gracinha de rapazes!

Biron bufou. Era socialmente impossível ficar irritado com isso. Uma brincadeira era uma brincadeira, afinal. Nesse exato momento, ele adoraria derrubar a porta e acabar com aquilo. Os músculos bem treinados de seu torso se retesaram com esse pensamento, mas seria inútil. Haviam construído a porta com explosões atômicas em mente. *Maldita* tradição!

Mas tinha que haver uma maneira de sair. Ele não podia deixar os rapazes se safarem dessa. Primeiro, precisaria de uma luz, uma de verdade, não o brilho imóvel e insatisfatório do visifone. Isso não era problema. Ele guardava uma lanterna autorrecarregável no armário de roupas.

Por um momento, enquanto passava os dedos pelos controles da porta do armário, perguntou-se se os sujeitos teriam bloqueado essa também. Mas a porta se abriu naturalmente e deslizou com suavidade até a cavidade na parede. Biron balançou a cabeça. Fazia sentido. Não havia motivo para bloqueá-la, e, de qualquer forma, eles não dispunham de tanto tempo assim.

E então, enquanto ele se virava já com a lanterna na mão, toda a estrutura de sua teoria desmoronou em um instante horrível. Biron se contraiu, o abdômen retesado, e prendeu a respiração, escutando.

Pela primeira vez desde que acordara, ouviu o murmúrio do quarto. Ouviu a conversa baixa e irregular entremeada de risadinhas que o cômodo estava mantendo consigo mesmo, e reconheceu a natureza do som de imediato.

Impossível não o reconhecer. Era o "estertor da Terra". O som inventado mil anos antes.

Para ser mais exato, era o ruído de um contador de radioatividade, marcando as partículas carregadas e as intensas ondas gama, as suaves oscilações eletrônicas que provocavam estalidos, formando um murmúrio baixo. O som de um contador, contando a única coisa que conseguia contar... a morte!

Biron se afastou devagar, na ponta dos pés. A uma distância de quase dois metros, lançou um raio de luz branca nas reentrâncias do armário. O contador estava lá, no canto mais distante, mas vê-lo não lhe revelou nada.

O aparelho estivera ali desde o início na faculdade. A maioria dos calouros dos Mundos Exteriores trazia um contador em sua primeira semana na Terra. Eles estavam muito cientes da radioatividade do planeta naquela época e sentiam necessidade de proteção. Quase sempre, os aparelhos acabavam revendidos para a próxima turma, mas Biron nunca se desfizera do seu. Estava grato por isso agora.

Ele se virou para a escrivaninha, onde deixava o relógio de pulso enquanto dormia. Estava lá. Com a mão meio trêmula, ergueu-o à altura do facho de luz da lanterna. A pulseira do relógio era feita de um plástico flexível entrelaçado que exibia uma brancura quase liquidamente suave. E *estava* branca. Ele a afastou e experimentou colocá-la em diferentes ângulos. *Estava* branca.

Aquela pulseira fora outra aquisição dos tempos de calouro. A radiação forte a tornava azul, e azul, na Terra, era a cor da morte. Era fácil perambular por uma faixa de solo radioativo durante o dia se a pessoa estivesse perdida ou fosse descuidada. O governo havia cercado o maior número de trechos possível, e era evidente que ninguém jamais se aproximava das grandes áreas de morte, distantes vários quilômetros da cidade. Mas a pulseira era uma garantia.

Se porventura adquirisse uma tonalidade azul-clara, a pessoa deveria se dirigir a um hospital para se tratar. Não havia discussão quanto a esse ponto. O composto de que era feita a pulseira tinha exatamente a mesma sensibilidade à radiação que uma pessoa, e instrumentos fotoelétricos apropriados podiam ser usados para medir a intensidade do azul, de modo que a gravidade do caso pudesse ser determinada com rapidez.

Um azul-royal brilhante significava o fim. Assim como a cor nunca voltaria ao normal, a pessoa também não. Não havia cura, nem chance, nem esperança. Simplesmente a vítima aguardaria um tempo, entre um dia e uma semana, e ao hospital só restaria tomar as providências finais para a cremação.

Mas pelo menos a pulseira continuava branca, e parte da aflição nos pensamentos de Biron diminuiu.

Naquele momento, havia pouca radioatividade. Seria outro aspecto da brincadeira? Biron refletiu e concluiu que não. *Ninguém* faria tal coisa a outra pessoa. Não na Terra, onde a manipulação ilegal de material radioativo era um crime capital. Levavam a radioatividade a sério na Terra. Tinham que levar. Para que ninguém fizesse isso sem um motivo avassalador.

Biron pensou nisso de forma cautelosa e explícita, encarando o assunto corajosamente. O motivo avassalador, por exemplo, de um desejo de matar. Mas por quê? Não haveria razão. Em vinte e três anos de vida, ele jamais tivera um inimigo sério. Não sério *a esse ponto*. Não sério a ponto de matar.

Agarrou os cabelos aparados. Essa era uma linha de raciocínio ridícula, mas não havia como escapar dela. Voltou a se aproximar cuidadosamente do armário. Tinha que haver alguma coisa ali emanando radiação, algo que não estava lá quatro horas antes. Ele viu o objeto quase que de imediato.

Era uma caixinha de mais ou menos quinze centímetros quadrados. Biron a reconheceu, e seus lábios estremeceram de leve. Nunca vira uma antes, mas já ouvira falar delas. Ergueu o contador e o levou ao quarto. O murmúrio baixo diminuiu de intensidade, quase cessou. Mas recomeçou quando a fina partição de mica, através da qual entrava a radiação, apontou em direção à caixa. Não havia nenhuma dúvida em sua mente. Era uma bomba de radiação.

As radiações atuais em si não eram mortíferas, mas apenas um deflagrador. Em algum lugar dentro da caixa fora construída uma minúscula pilha atômica. Isótopos artificiais de curta duração a aqueciam aos poucos, permeando-a com as partículas apropriadas. Quando o limiar de calor e a densidade de partículas fossem alcançados, a pilha reagiria. Geralmente não em uma explosão, embora o calor da reação servisse para fundir a caixa a ponto de transformá-la em metal retorcido, mas em uma tremenda rajada de radiação fatal que mataria qualquer coisa viva em um raio entre um metro e dez quilômetros, dependendo do tamanho da bomba.

Era impossível dizer quando o limiar seria alcançado. Talvez levasse horas, ou talvez no instante seguinte. Biron ficou imóvel, sem poder fazer nada, a lanterna frouxa nas mãos úmidas. Meia hora antes, o visifone o despertara, e ele se sentia em paz naquele momento. Agora sabia que ia morrer.

Biron não queria morrer, mas estava irremediavelmente encurralado, sem um lugar onde se esconder.

Ele conhecia a geografia do quarto. Ficava no final de um corredor, de maneira que havia outro quarto apenas de um lado e, é claro, um em cima e um embaixo. Impossível buscar ajuda no quarto de cima. O que se encontrava no mesmo andar ficava ao lado do banheiro, sendo contíguos os lavatórios dos dois quartos. Biron duvidava que pudesse se fazer ouvir.

Restava o quarto de baixo.

Havia duas cadeiras dobráveis em seu quarto, assentos extras para acomodar visitas. Ele pegou uma delas, que produziu um estalo surdo ao atingir o chão. Ele a virou de lado e o som se tornou mais áspero e mais alto.

Entre uma batida e outra, Biron esperava, perguntando-se se conseguiria despertar o dorminhoco abaixo e irritá-lo o suficiente para que comunicasse a perturbação.

De repente, ouviu um leve ruído e fez uma pausa; a cadeira, que já soltava lascas, erguida sobre a cabeça. O som repetiu-se, como um grito vago. Vinha do lado da porta.

Biron largou a cadeira e gritou em resposta. Pressionou o ouvido contra a fenda onde a porta se juntava à parede, mas elas estavam bem encaixadas, e o som, mesmo nesse ponto, era tênue.

Ainda assim, conseguia distinguir o próprio nome sendo chamado. "Farrill! Farrill!", várias vezes, e mais alguma coisa. Talvez "Você está aí?" ou "Você está bem?".

– Dê um jeito de abrir a porta – berrou ele de volta. Gritou três ou quatro vezes. Estava banhado em um suor febril de impaciência. A bomba poderia estar prestes a liberar a radiação naquele momento.

Ele achou que o haviam escutado. Pelo menos ouviu a resposta de um grito abafado:

– Cuidado. Alguma coisa, alguma coisa, desintegrador.

Ele sabia o que queriam dizer e afastou-se depressa da porta.

Ouviram-se dois sons agudos de algo rachando e, de fato, Biron sentiu as vibrações se erguendo no ar do quarto. Em seguida, um ruído insuportável e a porta foi lançada para dentro. A luz do corredor invadiu o cômodo.

Biron saiu rapidamente com os braços abertos.

– Não entrem! – gritou. – Pelo amor da Terra, não entrem. Tem uma bomba de radiação ali.

Viu-se diante de dois homens. Um era Jonti. O outro, Esbak, o encarregado da manutenção, apenas parcialmente vestido.

– Uma bomba de radiação? – gaguejou ele.

E logo Jonti perguntou:

– De que tamanho? – O desintegrador de Jonti ainda estava em sua mão, e isso por si só destoava do efeito dândi de seus trajes, mesmo àquela hora da noite.

Biron só conseguiu gesticular com as mãos.

– Tudo bem – disse Jonti. Ele parecia bastante calmo diante da situação quando se virou para o encarregado da manutenção. – É melhor evacuar os quartos desta área e, se tiver placas de chumbo em algum lugar da universidade, peça que as tragam para cá para forrar o corredor. E eu não deixaria ninguém entrar ali antes do período da manhã.

Ele se virou para Biron.

— A bomba provavelmente tem um raio de quatro a cinco metros e meio. Como foi parar aí?

— Não sei — respondeu Biron, que enxugou a testa com as costas da mão. — Se não se importa, preciso me sentar em algum lugar. — Ele olhou para o punho, então percebeu que seu relógio ainda estava no quarto. Sentiu um impulso irrefletido de voltar para pegá-lo.

Havia movimentação agora. Estudantes estavam sendo impelidos a sair às pressas dos quartos.

— Venha comigo — disse Jonti. — Também acho melhor você se sentar.

— O que o trouxe ao meu quarto? — perguntou Biron. — Não que eu não esteja agradecido, entenda.

— Liguei para você. Não houve resposta, e tinha que te ver.

— Me ver? — Ele falou com cautela, tentando controlar a respiração irregular. — Por quê?

— Para avisá-lo de que sua vida estava em perigo.

Biron deu uma risada grosseira.

— Eu descobri.

— Essa foi só a primeira tentativa. Eles vão tentar de novo.

— Quem são "eles"?

— Aqui não, Farrill — respondeu Jonti. — Precisamos de privacidade. Você é um homem marcado, e talvez eu já tenha me colocado em risco também.

2. A REDE ATRAVÉS DO ESPAÇO

O *lounge* dos estudantes encontrava-se vazio; também estava escuro. Às 4h30 da madrugada não poderia ser diferente. Entretanto, Jonti hesitou por um instante enquanto segurava a porta aberta, procurando ouvir se havia ocupantes.

– Não – disse ele baixinho. – Deixe as luzes apagadas. Não precisamos delas para conversar.

– Chega de escuridão por uma noite – murmurou Biron.

– Vamos deixar a porta entreaberta.

Biron não sentia vontade de discutir. Deixou-se cair sobre a cadeira mais próxima e observou o retângulo de luz que, com a porta se fechando, diminuía até se transformar em uma linha fina. Agora que tudo havia terminado, ele estava tremendo.

Jonti fixou a porta em uma posição e pousou seu bastão de comando sobre a réstia de luz no chão.

– Fique de olho. O bastão nos avisará se alguém passar ou se a porta se mexer.

– Por favor, não estou em clima de conspiração – falou Biron. – Se não se importa, gostaria que me contasse seja lá o que quiser me contar. Sei que salvou minha vida, e amanhã vou agradecer da maneira apropriada. Neste momento, eu bem que precisava de um gole de bebida e um longo descanso.

— Posso imaginar seus sentimentos — replicou Jonti —, mas o longuíssimo descanso que você poderia ter tido foi impedido, momentaneamente. Eu gostaria de tornar esse impedimento mais do que apenas momentâneo. Sabe que conheço seu pai?

Foi uma pergunta abrupta, e Biron ergueu as sobrancelhas, um gesto perdido na escuridão.

— Ele nunca mencionou que o conhecia.

— Eu ficaria surpreso se ele tivesse mencionado. Seu pai não me conhece pelo nome que uso aqui. A propósito, tem notícias recentes dele?

— Por que pergunta?

— Porque ele está correndo grande perigo.

— *O quê?*

A mão de Jonti encontrou o braço do rapaz na penumbra e agarrou-o com força.

— Por favor! Mantenha sua voz baixa.

Biron percebeu, pela primeira vez, que ambos sussurravam.

— Vou ser mais específico — recomeçou Jonti. — Seu pai foi levado sob custódia. Entende o significado disso?

— Não, com certeza não entendo. *Quem* o levou sob custódia e aonde está tentando chegar? — As têmporas de Biron estavam pulsando. A hipnita e a quase morte tornaram impossível discutir com o dândi sereno, sentado tão perto que os sussurros que emitia eram claros como gritos.

— Decerto você tem alguma ideia do trabalho que seu pai vem fazendo — murmurou Jonti.

— Se conhece meu pai, sabe que ele é o rancheiro de Widemos. Esse é o trabalho dele.

– Bom, não existe nenhum motivo para você confiar em mim, a não ser o fato de que estou arriscando minha vida por você – disse Jonti. – Mas já sei tudo o que você pode me contar. Por exemplo, sei que o seu pai vem conspirando contra os tirânicos.

– Eu nego – contestou Biron, tenso. – A assistência que me prestou hoje à noite não lhe dá o direito de fazer essas afirmações contra meu pai.

– Você está sendo tolamente evasivo, meu jovem, e está desperdiçando o meu tempo. Não vê que a situação está além de um duelo verbal? Vou ser direto. Seu pai está sob custódia dos tirânicos. Pode ser que esteja morto a esta altura.

– Não acredito em você. – Biron soergueu-se.

– Estou em condições de saber.

– Vamos acabar com isso, Jonti. Não estou com paciência para mistérios, e me ofende essa sua tentativa de...

– Bem, de quê? – a voz de Jonti perdeu parte de seu requinte característico. – O que eu ganho lhe contando isso? Devo lembrá-lo de que saber desse fato, que você não aceita, deixou claro para mim que poderiam tentar matá-lo. Julgue pelo que aconteceu, Farrill.

– Comece de novo e seja sincero. Vou ouvir – pediu Biron.

– Muito bem. Imagino, Farrill, que saiba que sou um concidadão dos Reinos Nebulares, embora venha me passando por veganiano.

– Considerei essa possibilidade por conta do sotaque. Não me pareceu importante.

– É importante, meu amigo. Vim para cá porque, como seu pai, eu não gostava dos tirânicos. Eles vêm oprimindo o nosso povo há cinquenta anos. É muito tempo.

– Não sou político.

Outra vez o tom de voz de Jonti transpareceu irritação.

– Ah, não sou um dos agentes deles tentando causar problemas a você. Falo a verdade. Eles me pegaram um ano atrás, como pegaram seu pai agora. Mas consegui fugir e vim para a Terra, onde pensei que ficaria a salvo até estar pronto para voltar. Isso é tudo que preciso te contar sobre mim.

– É mais-do que pedi, senhor. – Biron não conseguia evitar a hostilidade na voz. Jonti o afetava desfavoravelmente com seus maneirismos demasiado precisos.

– Sei disso. Mas precisava contar-lhe pelo menos essa parte, pois foi dessa forma que conheci seu pai. Ele trabalhou comigo, ou melhor, eu trabalhei com ele. Seu pai me conhecia, mas não em sua condição oficial de maior nobre do planeta Nephelos. Entende?

Biron aquiesceu inutilmente no escuro e respondeu:

– Entendo.

– Não é preciso entrar em mais detalhes. Minhas fontes continuaram me informando mesmo aqui, e sei que ele foi preso. É um *fato*. Se fosse mera suspeita, esse atentado contra a sua vida seria prova suficiente.

– Em que sentido?

– Se os tirânicos têm o pai, vão deixar o filho solto?

– Está tentando me dizer que os tirânicos armaram aquela bomba de radiação no meu quarto? Impossível.

– Por que impossível? Você não consegue entender a posição deles? Os tirânicos governam cinquenta mundos, estão em desvantagem numérica de centenas para um. Numa posição dessas, o simples uso da força não é suficiente. São especialistas em métodos desleais, intrigas, assassinatos. A rede que tecem através do espaço é ampla, mas de trama estreita. Posso acreditar perfeitamente que ela se estende quinhentos anos-luz até a Terra.

Biron continuava sob o domínio daquele pesadelo. A distância, ouviam-se os tênues sons de chapas de chumbo sendo instaladas. Em seu quarto, o contador devia estar murmurando.

– Não faz sentido – contestou Biron. – Vou voltar para Nephelos neste fim de semana. Eles saberiam disso. Por que me matariam aqui? Se esperassem um pouco, teriam a mim. – Ele se sentiu aliviado por encontrar a falha, ansioso por acreditar em sua própria lógica.

Jonti inclinou-se para mais perto e seu hálito condimentado agitou os cabelos da têmpora de Biron.

– Seu pai é popular. A morte dele... e uma vez que ele foi aprisionado pelos tirânicos, você precisa encarar a probabilidade de o terem executado... será lamentada até mesmo pela raça escrava amedrontada que os tirânicos estão tentando gerar. Você poderia atrair esse lamento como o novo rancheiro de Widemos, e executar você também dobraria o risco para eles, cujo propósito não é criar mártires. *Mas,* se você morresse acidentalmente em um mundo distante, seria conveniente para eles.

– Não acredito em você – disse Biron. Essa se tornara a sua única defesa.

Jonti levantou-se, ajustando as luvas finas.

– Você está indo longe demais, Farrill – disse ele. – Seu papel seria mais convincente se não fingisse total ignorância. Presumo que seu pai o venha blindando da realidade para sua própria proteção; no entanto, duvido que você pudesse continuar alheio à menor influência das crenças dele. Seu ódio pelos tirânicos não pode deixar de ser um reflexo do ódio dele. Você deve estar pronto para lutar contra eles.

E continuou:

– Seu pai pode até reconhecer sua recente entrada na vida adulta, a ponto de colocá-lo para fazer algo útil. Você vive convenientemente aqui na Terra, e é provável que esteja combinando seus estudos com alguma missão definida. Talvez os tirânicos estejam prestes a assassiná-lo para que essa missão fracasse.

— Que melodrama bobo.

— Será? Que seja, então. Se a verdade não o convencer agora, os acontecimentos farão isso mais tarde. Haverá outros atentados contra a sua vida, e um deles dará certo. A partir deste momento, Farrill, você é um homem morto.

Biron ergueu os olhos.

— Espere! Qual seu interesse pessoal nessa questão?

— Sou um patriota. Gostaria de ver os Reinos livres outra vez, com governos que eles próprios escolheram.

— Não. Seu interesse é *pessoal*. Não posso aceitar que seja mero idealismo de sua parte porque não vou acreditar nisso. Lamento se o ofendo. — As palavras de Biron ressoaram, obstinadas.

Jonti se sentou de novo.

— Minhas terras foram confiscadas — revelou ele. — Antes do meu exílio, não era nada confortável ser obrigado a receber ordens daqueles anões. E, desde então, tornou-se definitivamente imperativo me transformar no homem que meu avô foi antes que os tirânicos chegassem. Esse motivo prático é suficiente para querer uma revolução? Seu pai teria sido um líder dessa revolução. Você o está decepcionando!

— Eu? Eu tenho vinte e três anos e não entendo nada dessas coisas. Você poderia encontrar homens melhores.

— Sem dúvida, mas nenhum seria filho do seu pai. Se matarem seu pai, você será o rancheiro de Widemos e, como tal, seria mais valioso para mim se tivesse 12 anos de idade e fosse um idiota. Preciso de você pelo mesmo motivo que os tirânicos precisam se livrar de você. Se a minha necessidade não o

A REDE ATRAVÉS DO ESPAÇO

convence, com certeza a deles será ainda menos convincente. *Havia* uma bomba de radiação no seu quarto. A intenção só poderia ter sido a de matá-lo. Quem mais desejaria isso?

Jonti esperou pacientemente até ouvir o rapaz sussurrar:

— Ninguém. — respondeu Biron. — Ninguém ia querer me matar. Então tudo isso sobre o meu pai é verdade!

— Sim, é verdade. Entenda como uma baixa de guerra.

— Você acha que isso melhoraria as coisas? Talvez ergam um monumento em homenagem a meu pai algum dia? Um com uma inscrição radiante que será vista a mais de quinze mil quilômetros no espaço? — A voz de Biron estava ficando um pouco áspera. — Isso deveria me deixar feliz?

Jonti esperou, mas Biron não disse mais nada.

— O que pretende fazer? — perguntou Jonti.

— Voltar para casa.

— Então ainda não entende a sua posição.

— Eu disse que vou voltar para casa. O que você quer que eu faça? Se ele estiver vivo, vou tirá-lo de lá. E se estiver morto, vou... vou...

— Silêncio! — A voz do homem mais velho tinha um tom frio de irritação. — Você delira como uma criança. Você não pode ir para Nephelos. Não vê que não pode? Estou falando com uma criança ou com um jovem de bom senso?

— O que o senhor sugere? — murmurou Biron.

— Você conhece o governador de Rhodia?

— O amigo dos tirânicos? Conheço. Sei quem ele é. Todo mundo nos Reinos sabe. Hinrik V, governador de Rhodia.

— Já se encontrou com ele?

— Não.

— Foi isso o que eu quis dizer. Se nunca o encontrou, não o conhece. O homem é um imbecil, Farrill. Literalmente.

Mas quando o Rancho de Widemos for confiscado pelos tirânicos, e será, assim como aconteceu com minhas terras, será concedido a Hinrik. Lá os tirânicos se sentirão seguros, e é para lá que você deve ir.

– Por quê?

– Porque pelo menos Hinrik tem influência sobre os tirânicos; tanta influência quanto um fantoche bajulador pode ter. Ele pode providenciar a sua reintegração.

– Não vejo por que ele faria isso. É mais provável que me entregue para eles.

– De fato. Mas você vai estar alerta quanto a essa possibilidade, e existe uma chance de evitar isso. Lembre-se, o título que você carrega é valioso e importante, mas não é de todo suficiente. Nessas questões de conspiração, é preciso ser prático acima de tudo. As pessoas se unirão a você por razões sentimentais e respeito pelo seu nome, mas, para mantê-las, você vai precisar de dinheiro.

Biron refletiu.

– Preciso de tempo para decidir.

– Você não tem tempo. Seu tempo se esgotou quando plantaram a bomba de radiação no seu quarto. Deixe-nos entrar em ação. Posso lhe dar uma carta de apresentação a Hinrik de Rhodia.

– O senhor o conhece muito bem, então?

– Sua desconfiança está sempre alerta, não é? Uma vez chefiei uma missão na corte de Hinrik em nome do autocrata de Lingane. A mente imbecil do sujeito provavelmente não se lembrará de mim, mas ele não se atreverá a demonstrar que esqueceu. A carta servirá como apresentação, e caberá a você improvisar a partir daí; estará redigida amanhã cedo. Há uma aeronave partindo para Rhodia ao meio-dia. Tenho passagens para você. Eu também partirei, mas vou seguir outro trajeto. Não demore. Você já concluiu tudo por aqui, não é?

– Falta a entrega do diploma.

– Um pedaço de pergaminho. Isso tem importância para você?

– Não agora.

– Você tem dinheiro?

– O suficiente.

– Ótimo. Muito dinheiro despertaria suspeitas. – Ele falou com rispidez. – Farrill!

Biron saiu do quase estupor em que mergulhara.

– O que foi?

– Volte para a companhia dos outros. Não conte a ninguém sobre sua partida. Deixe que o ato fale por si só.

Biron aquiesceu silenciosamente. Lá longe, nos recônditos de sua mente, ecoava a ideia de que sua missão ainda não estava cumprida e de que, assim, falhara com o pai moribundo. Estava atormentado por uma amargura inútil. Poderiam ter lhe contado mais. Ele poderia ter compartilhado os riscos. Não deveriam ter-lhe permitido agir sem saber das coisas.

E agora que sabia a verdade relativa ao papel de seu pai na conspiração, ou pelo menos algo mais sobre ela, o documento que ele devia ter obtido nos arquivos da Terra ganhava ainda mais importância. Mas não havia mais tempo. Não havia tempo para conseguir o documento. Não havia tempo para pensar nele. Não havia tempo para salvar seu pai. Não havia tempo, talvez, para viver.

– Vou fazer como disse, Jonti – Biron concordou.

Sander Jonti olhou brevemente para o campus da universidade quando parou nos degraus do alojamento estudantil. Com certeza, um olhar desprovido de admiração.

À medida que descia o caminho de tijolos que se erguia de forma pouco sutil em meio à atmosfera pseudorrústica influenciada por todos os campi urbanos desde a antiguidade, ele conseguia vislumbrar logo à frente o brilho das luzes da única rua importante da cidade. Adiante, submerso durante o dia, mas visível naquele momento, estava o eterno azul radioativo do horizonte, testemunha muda das guerras pré-históricas.

Jonti examinou o céu por um instante. Mais de cinquenta anos se passaram desde que os tirânicos haviam chegado e colocado um repentino fim às existências independentes de duas dúzias de unidades políticas beligerantes, espalhadas nos recônditos para além da Nebulosa. Naquele momento, súbita e prematuramente, a paz do estrangulamento recaíra sobre elas.

Ainda não estavam recuperadas da tempestade que as surpreendera com uma imensa trovoada. A agitação atmosférica deixara apenas uma espécie de espasmo que, de vez em quando, agitava um planeta superficialmente aqui e ali. Organizar esses espasmos, alinhando-os em um único movimento bem cronometrado, seria uma tarefa difícil e demorada. Bem, ele permanecera rusticamente aqui na Terra por tempo suficiente. Era hora de voltar.

Os outros que já haviam retornado para casa provavelmente estavam tentando contatá-lo em seus aposentos naquele exato momento.

Jonti apertou um pouco o passo.

Ele captou o feixe assim que entrou no quarto. Era um feixe particular, cuja segurança ainda não causava preocupações e cuja privacidade não apresentava fendas. Não dependia de nenhum receptor formal; nada de metal ou fios para captar as leves e flutuantes ondas de elétrons com seus impulsos sussurrados viajando pelo hiperespaço, vindas de um planeta a quinhentos anos-luz de distância.

O próprio espaço estava polarizado em seu quarto, pronto para receber a mensagem. A malha fora suavizada de maneira aleatória. Não havia como detectar essa polarização, exceto pela recepção. E naquele volume de espaço em particular, só a própria mente dele serviria como receptora, pois apenas as características elétricas do seu sistema de células nervosas podiam ressoar as vibrações do feixe transportador que conduzia a mensagem.

O comunicado era tão especial quanto as características únicas das próprias ondas cerebrais dele, e, em todo o universo, com seus quatrilhões de seres humanos, as chances de uma duplicação que permitisse a um homem captar a onda pessoal de outro se aproximava de um número de vinte algarismos contra um.

O cérebro de Jonti se estimulou com a ligação que choramingava através da incompreensibilidade vazia e infinita do hiperespaço.

"... chamando... chamando... chamando... chamando..."

Mandar uma mensagem não era uma tarefa tão simples quanto recebê-la. Era preciso um dispositivo mecânico para estabelecer a onda transportadora altamente específica que levaria de volta o contato para além da Nebulosa. O dispositivo ficava no ombro direito de Jonti, num botão de enfeite, e ativava-se automaticamente quando ele adentrava seu volume de polarização espacial; depois disso, só lhe bastava pensar de modo proposital e concentrado.

– Aqui estou eu! – Não era necessária uma identificação mais específica.

A monótona repetição do sinal de chamada foi interrompida e deu lugar a palavras que tomavam forma no interior da mente dele.

— Nós o saudamos, senhor. Widemos foi executado. A notícia, é claro, ainda não se tornou pública.

— Isso não me surpreende. Alguém mais estava envolvido?

— Não, senhor. O rancheiro não fez declaração alguma. Um homem corajoso e leal.

— Sim. Mas é preciso mais do que coragem e lealdade, ou ele não teria sido pego. Um pouco mais de covardia poderia ter sido útil. Não importa! Conversei com o filho dele, o novo rancheiro, que já conheceu a morte de perto. Ele será aproveitado.

— Pode-se perguntar de que forma, senhor?

— É melhor deixar os acontecimentos responderem à sua pergunta. Certamente não posso prever as consequências assim tão cedo. Amanhã ele vai partir para ver Hinrik de Rhodia.

— Hinrik! O rapaz vai correr um risco enorme. Ele está ciente...

— Contei a ele o máximo que podia — respondeu Jonti bruscamente. — Não devemos confiar tanto no jovem antes que ele prove seu valor. Diante das circunstâncias, só é possível vê-lo como um homem que podemos colocar em risco, como qualquer outro. Ele é dispensável, *bastante* dispensável. Não me ligue mais aqui, porque estou partindo da Terra.

E com um gesto de finalização, Jonti interrompeu a conexão mentalmente.

Silencioso e pensativo, avaliou os acontecimentos do dia e da noite, analisando cada um deles. Lentamente, ele sorriu. Tudo fora organizado com perfeição, e a comédia podia agora se desenrolar.

Nada fora deixado por conta do acaso.

3. O ACASO E O RELÓGIO DE PULSO

A primeira hora da subida de uma aeronave para escapar do domínio do planeta é muito prosaica. Há a confusão da partida, que, em essência, se assemelha muito àquela que provavelmente ocorreu na primeira vez que colocaram um tronco oco de árvore em algum rio primitivo.

Você se acomoda, cuidam da sua bagagem, há aquele primeiro momento tenso de estranheza e agitação sem sentido à sua volta. As intimidades gritadas de último instante, a aquietação, o tinido atenuado das escotilhas seguido pelo lento sussurro do ar à medida que as escotilhas giram, fechando-se automaticamente, como furadeiras gigantescas, tornando-se herméticas.

Depois o silêncio portentoso e os sinais vermelhos piscando em todos os compartimentos: "Ajustem os trajes de aceleração... Ajustem os trajes de aceleração... Ajustem os trajes de aceleração".

Os comissários de bordo percorrem os corredores, batendo ligeiramente em cada porta e abrindo-as. "Perdão. Coloquem os trajes."

A pessoa se bate com o traje frio, apertado, desconfortável, mas acomodado em um sistema hidráulico que absorve as pressões nauseantes da decolagem.

Há o ruído distante dos motores nucleares – em baixa potência para as manobras atmosféricas – seguido instantaneamente pela reversão do fluido de pouca resistência do suporte do traje. O corpo recua quase indefinidamente para trás; depois, quando a aceleração diminui, volta para a frente. Se a pessoa resiste à náusea durante essa fase, provavelmente estará livre de enjoos espaciais por toda a viagem.

Durante as três horas iniciais de voo, não se abria a sala de observação panorâmica aos passageiros, e formou-se uma longa fila à espera do momento em que a atmosfera ficasse para trás e as portas duplas se descerrassem. Estava presente não apenas a totalidade dos Planetários (em outras palavras, aqueles que nunca haviam estado no espaço antes), mas também um número considerável de viajantes mais experientes.

Afinal, a Terra vista do espaço era uma das experiências "imperdíveis" para os turistas.

A sala de observação era uma bolha na "pele" da aeronave, uma bolha de plástico transparente recurvado de sessenta centímetros de espessura, duro como o aço. O tampo retrátil de aço de irídio que a protegia contra o atrito da atmosfera e suas partículas de poeira havia sido recolhido outra vez. As luzes estavam apagadas, e a galeria, cheia. Os rostos espiando por cima das barras iluminavam-se pelo brilho da Terra.

Pois a Terra estava suspensa ali abaixo, um gigantesco e reluzente balão com faixas laranja e azuis e brancas. O hemisfério visível estava quase todo iluminado pelo Sol; os continentes entre as nuvens, uma laranja deserta com finas linhas espalhadas de verde. Os mares eram azuis, destacando-se acentuadamente contra a escuridão do espaço onde eles encontravam o horizonte. E por toda parte do céu escuro e límpido estavam as estrelas.

Eles esperavam com paciência, aqueles que observavam.

Não era o continente iluminado de sol que eles queriam. A calota polar, com um brilho ofuscante, estava entrando no campo de visão enquanto a nave mantinha a leve e imperceptível aceleração para o lado que a afastava da eclíptica. Aos poucos, a sombra da noite recaiu sobre o globo, e a imensa Ilha Mundial da Eurásia e África subiu ao palco majestosamente, o lado norte "para baixo".

O solo mórbido e sem vida escondia seu horror sob o painel de joias induzido pela noite. A radioatividade do solo era um vasto mar de azul iridescente, cintilando em estranhas grinaldas que mostravam onde as bombas nucleares um dia pousaram, uma geração inteira antes do desenvolvimento de campos de força defensivos contra explosões nucleares, a fim de que nenhum outro mundo pudesse cometer suicídio daquela forma outra vez.

Os olhos observavam até que, com o passar das horas, a Terra se tornasse uma meia moedinha brilhante na escuridão infinita.

Entre os observadores, estava Biron Farrill. Ele se sentou sozinho na primeira fileira, os braços sobre a balaustrada, os olhos taciturnos e pensativos. Não esperava partir da Terra desse jeito. Era a maneira errada, a nave errada, o destino errado.

Seu antebraço bronzeado roçou a barba por fazer e ele se sentiu mal por não ter se barbeado aquela manhã. Mais tarde, voltaria a sua cabine para corrigir isso. Entretanto, ele hesitava em sair. Havia pessoas ali. Na cabine, estaria sozinho.

Ou seria esse exatamente o motivo pelo qual ele deveria sair?

Ele não gostava dessa nova sensação, essa de ser caçado, essa de estar sem amigos.

Todas as amizades o abandonaram. Todas as amizades murcharam a partir do momento em que fora despertado pela ligação menos de vinte e quatro horas antes.

Até mesmo no dormitório ele se tornara um embaraço. O velho Esbak o atacara após uma conversa com Jonti no *lounge* dos estudantes. O sujeito estava em polvorosa, sua voz excessivamente aguda.

– Sr. Farrill, estive procurando-o. Foi um incidente muito desagradável. Não consigo entender. O senhor tem alguma explicação?

– Não – ele meio que gritou. – Não tenho. Quando poderei entrar no meu quarto e tirar minhas coisas de lá?

– De manhã, tenho certeza. Acabamos de trazer o equipamento até aqui para testar o quarto. Não existe mais vestígio de radioatividade acima do nível normal. O senhor teve sorte em fugir daquela maneira. A bomba não o atingiu por uma questão de minutos.

– É, tem razão, mas, se o senhor não se importa, eu gostaria de descansar.

– Por favor, use o quarto até de manhã e depois vamos alojá-lo em outro lugar pelos dias que lhe restam. Humm, a propósito, sr. Farrill, se não se importar, há outra questão.

O homem estava sendo excessivamente educado. Biron quase podia ouvir as cascas dos ovos cedendo de leve sob os pés meticulosos do encarregado da manutenção.

– Que outra questão? – perguntou Biron, cansado.

– O senhor sabe de alguém que poderia ter interesse em.. ahn... lhe passar um trote?

– Um trote *daquele*? Claro que não.

– Quais são seus planos então? As autoridades universitárias, claro, ficariam muito descontentes se esse incidente viesse a público.

Como ele podia continuar se referindo àquilo como "incidente"?

– Entendo – respondeu Biron secamente. – Mas não se preocupe. Não estou interessado em promover uma investigação ou em chamar a polícia. Logo vou embora da Terra e, em pouco tempo, meus próprios planos não mais serão interrompidos. Não vou prestar queixa. Afinal, ainda estou vivo.

Esbak ficara quase que indecentemente aliviado. Era tudo o que queriam dele. Nenhum aborrecimento. Era só um incidente a ser esquecido.

Biron entrou em seu antigo quarto outra vez às sete da manhã. Silêncio absoluto, nenhum murmúrio no armário. A bomba não estava mais lá, nem o contador. Provavelmente Esbak os levara e jogara no lago, o que seria classificado como destruição de evidência. Problema da faculdade. Ele jogou seus pertences nas malas e depois ligou para a recepção solicitando outro quarto. As luzes estavam funcionando de novo, ele notou, assim como o visifone, claro. O único vestígio da noite anterior era a porta retorcida, com a fechadura derretida.

Deram-lhe outro quarto. Isso demonstrava sua intenção de ficar para qualquer um que pudesse estar ouvindo. Então, usando o telefone do corredor, ele chamou um táxi aéreo. Achou que ninguém o havia visto. A faculdade que desvendasse seu desaparecimento como quisesse.

Por um momento, vislumbrara Jonti no espaçoporto. Eles se olharam de relance. Jonti não disse nada, não deu qualquer sinal de reconhecê-lo, mas, depois, Biron viu em sua mão um pequeno globo preto inexpressivo, que era uma cápsula pessoal, e uma passagem para Rhodia.

Ele passou um momento analisando a cápsula pessoal. Não estava selada. Só mais tarde, já em sua cabine, leu a mensagem. Era uma apresentação simples e bem concisa.

Os pensamentos de Biron recaíram em Sander Jonti por um tempo, enquanto ele observava a Terra ir diminuindo ali na sala de observação. Conhecia Jonti apenas superficialmente até que o homem entrara em sua vida de uma forma devastadora, primeiro para salvá-la e depois para direcioná-la a um rumo novo e desconhecido. Biron sabia o nome dele, cumprimentava-o quando se cruzavam, dispensava formalidades corteses de vez em quando, mas isso era tudo. Ele não gostara do homem, não gostara de sua frieza, da formalidade dos trajes, da personalidade afetada demais. Mas tudo aquilo não tinha nada a ver com o caso agora.

Biron passou a mão irrequieta pelo cabelo cortado rente e suspirou. Na verdade, percebeu que ansiava pela presença de Jonti. O homem era, pelo menos, profundo conhecedor dos acontecimentos. Ele soubera o que fazer, soubera o que Biron devia fazer, levara Biron a fazê-lo. E agora Biron estava sozinho e se sentia muito jovem, muito incapaz, muito desprovido de amigos e quase assustado.

Em meio a todas essas coisas, ele cuidadosamente evitou pensar no pai. Isso não ajudaria.

– Sr. Malaine.

O nome foi repetido duas ou três vezes antes que Biron se sobressaltasse ao sentir um toque respeitoso no ombro e erguesse o olhar.

– Sr. Malaine – repetiu o robô mensageiro e, durante cinco segundos, Biron encarou-o vagamente, até se lembrar de que esse era o seu nome temporário. Jonti o assinalara de leve, a lápis, na passagem que lhe dera. Uma cabine fora reservada nesse nome.

– Sim, o que é? Sou Malaine.

A voz do mensageiro sibilou suavemente quando a bobina ali dentro rodou a mensagem.

– Pediram-me que lhe informasse a troca de sua cabine, e que a sua bagagem já foi transferida. Se procurar um comissário de bordo, ele lhe entregará a nova chave. Esperamos que a mudança não lhe cause nenhum inconveniente.

– O que está acontecendo? – Biron girou em seu assento, e várias pessoas do grupo já reduzido de observadores levantaram o olhar na direção do tom de voz explosivo. – Que ideia é essa?

Claro que era inútil discutir com uma máquina que apenas cumpria a sua função. O mensageiro curvara respeitosamente a cabeça de metal, sua imitação gentilmente fixa de um sorriso humano de imutável simpatia, e partira.

Biron saiu da sala de observação e abordou, com mais vigor do que planejara, o funcionário da nave que estava à porta.

– Escute aqui, quero ver o capitão.

O funcionário não demonstrou surpresa.

– É importante, senhor?

– Pelo Espaço, claro que sim. Minha cabine acabou de ser trocada sem minha permissão e eu gostaria de entender por quê.

Mesmo naquele momento, Biron percebeu que sua raiva era desproporcional à causa, mas representava um acúmulo de ressentimento. Ele quase fora assassinado, fora forçado a sair da Terra como um criminoso escondido, estava partindo não sabia para onde para fazer não sabia o quê, e agora o despachavam de um lado para o outro da nave. Era o fim.

No entanto, em meio a tudo isso, Biron tinha a incômoda sensação de que Jonti, no lugar dele, agiria de modo diferente, talvez com mais sabedoria. Bem, ele não era Jonti.

– Vou chamar o comissário de bordo – disse o funcionário.

– Quero falar com o capitão – insistiu Biron.

– Como quiser. – E após uma rápida conversa pelo pequeno comunicador preso em sua lapela, o homem informou em um tom refinado: – O senhor será chamado. Por favor, aguarde.

O capitão Hirm Gordell, um homem bastante baixo e atarracado, levantou-se educadamente e se inclinou sobre a escrivaninha para apertar a mão de Biron quando ele entrou.

– Sr. Malaine – disse ele –, lamento que o tenhamos incomodado.

O rosto do homem era retangular, os cabelos de um tom cinzento de ferro, o bigode bem cuidado de uma tonalidade ligeiramente mais escura e o sorriso protocolar.

– Eu também – respondeu Biron. – Eu tinha uma cabine reservada e acho que nem mesmo o senhor tinha o direito de mudá-la sem a minha permissão.

– Concordo, sr. Malaine. Mas entenda, foi uma emergência. Uma chegada de última hora, um homem importante, insistiu em ser transferido para a cabine mais próxima ao centro gravitacional da nave. Alegou um problema cardíaco e que era fundamental manter-se em um lugar onde a gravidade da nave fosse o mais baixa possível. Nós não tínhamos escolha.

– Tudo bem, mas por que me escolheram para trocar de cabine?

– Tinha que ser alguém. O senhor está viajando sozinho, é jovem, achamos que não teria dificuldades com uma gravidade um pouquinho mais alta – explicou o capitão, olhando automaticamente de alto a baixo para o quase um metro e noventa de musculatura rija de Biron. – Além do mais, o senhor vai achar sua nova cabine mais requintada do que a anterior. O senhor não perdeu nada com a troca. Nada mesmo. – O homem saiu de trás da escrivaninha. – Permita-me mostrar-lhe pessoalmente seus novos aposentos?

Biron achou difícil continuar ressentido. Parecia razoável essa questão toda, mas, por outro lado, também não parecia.

– Gostaria de me fazer companhia no jantar de amanhã? – perguntou o capitão enquanto deixavam seus aposentos. – Nosso primeiro Salto está programado para esse horário.

Biron ouviu-se respondendo:

– Obrigado. Será uma honra.

Todavia, o convite lhe pareceu estranho. Admitindo-se que o capitão tentava apenas tranquilizá-lo, com certeza recorria a um método mais contundente do que seria necessário.

A mesa do capitão era comprida, ocupando uma parede inteira do salão. Biron se viu acomodado perto do centro, assumindo uma precedência inapropriada sobre os demais. No entanto, diante dele estava o cartão com seu nome, que indicava seu lugar. O comissário de bordo fora bastante enfático; não ocorrera engano algum.

Biron não era particularmente modesto. Como filho do rancheiro de Widemos, nunca tivera necessidade de desenvolver tal característica. Entretanto, como Biron Malaine, tornara-se um cidadão bastante comum, e tais coisas não aconteciam a cidadãos comuns.

Em primeiro lugar, o capitão estivera perfeitamente certo a respeito de sua nova cabine. *Era* mais requintada. O cômodo anterior correspondia ao que sua passagem determinava, simples, de segunda classe, enquanto o novo era um quarto duplo, para começar. Havia um banheiro contíguo, privativo, claro, equipado com um chuveiro e uma secadora a ar.

A cabine ficava próxima à "área dos oficiais", e a presença de uniformes era predominante. O almoço fora levado ao seu quarto em louça de prata. Um barbeiro aparecera de repente pouco antes do jantar. Tudo isso talvez fosse esperado quando se viajava em um cruzeiro espacial de luxo, na primeira classe, mas era bom demais para Biron Malaine.

Era excessivamente bom, pois, quando o barbeiro chegou, Biron tinha acabado de voltar de uma caminhada vespertina que o levara pelos corredores por um trajeto propositalmente tortuoso. E para onde quer que ele virasse, surgiam tripulantes em seu caminho... Educados, pegajosos. O rapaz se livrou deles de algum modo e chegou à cabine 140D, a primeira, aquela onde jamais dormira.

Parou para acender um cigarro e, no intervalo de tempo em que passou fumando, o único passageiro à vista desaparecera em um corredor. Biron tocou brevemente o sinal de luz e não houve resposta.

Bem, eles ainda não lhe haviam tomado a antiga chave de volta. Um descuido, sem dúvida. Ele inseriu a fina lâmina oblonga de metal no orifício, e o padrão singular de opacidade plúmbea dentro do revestimento de alumínio ativou o minúsculo fototubo. A porta se abriu, e ele deu um passo para dentro.

Era tudo de que Biron precisava. Ele saiu e a porta se fechou automaticamente após a sua passagem. Descobrira algo de imediato: sua antiga cabine não estava ocupada nem por um personagem importante com problema cardíaco nem por nenhuma outra pessoa. A cama e os outros móveis arrumados demais, não havia nenhuma mala, nenhum artigo de higiene à vista, nenhum sinal de ocupação.

Então, o luxo com que o estavam cercando servia apenas para evitar que ele tomasse outras medidas para recuperar sua cabine original. Estavam subornando-o para se manter silenciosamente longe do quarto antigo. Por quê? Seria interesse no local ou nele?

Agora ele estava sentado à mesa do capitão com perguntas sem respostas e levantou-se educadamente, assim como os demais convidados, quando o capitão entrou, subiu os degraus do estrado onde se estendia a longa mesa e tomou seu lugar.

Por que o teriam transferido?

Havia música na nave, e as paredes que separavam o salão da sala de observação panorâmica tinham sido removidas. As luzes eram fracas e tingidas de um vermelho alaranjado. Ficara para trás a pior fase dos enjoos no espaço, que geralmente acontecia depois da aceleração original, ou ainda como consequência da primeira exposição às ligeiras variações de gravidade entre as várias partes da nave. O salão estava repleto.

O capitão inclinou-se ligeiramente para a frente e disse a Biron:

— Boa noite, sr. Malaine. O que achou de sua nova cabine?

— Quase satisfatória demais, senhor. Um tanto sofisticada para o meu estilo de vida – ele respondeu em tom monótono, e pareceu-lhe que um leve espanto perpassou momentaneamente o rosto do capitão.

Durante a sobremesa, o revestimento da bolha de vidro da sala de observação voltou suavemente à sua cavidade, e as luzes diminuíram até quase se apagarem. Nem o Sol, nem a Terra, nem nenhum outro planeta se encontrava à vista naquela grande tela escura. Eles estavam diante da Via Láctea, aquela vista longitudinal das Lentes Galácticas, e ela formava uma trilha diagonal luminosa entre as estrelas firmes e brilhantes.

Automaticamente a conversa esmaeceu. Cadeiras se deslocaram a fim de que todos ficassem de frente para as estrelas. Os convidados do jantar haviam se transformado em plateia; a música, em leve sussurro.

A voz que saía do amplificador era clara e bem equilibrada no silêncio que se formara.

"Senhoras e senhores! Estamos prontos para o nosso primeiro Salto. Suponho que a maioria saiba, pelo menos em tese, o que é um Salto. Muitos, porém... de fato, mais da metade, nunca viveram essa experiência. É com esses que eu gostaria de falar em especial.

"Salto é exatamente o que o nome quer dizer. Na trama do próprio espaço-tempo, é possível viajar mais rápido do que a velocidade da luz. Essa é uma lei natural, descoberta por um dos antigos – o tradicional Einstein, talvez, mas tantas coisas são atribuídas a ele. Mesmo à velocidade da luz, claro, demoraria anos, no tempo de repouso, para alcançar as estrelas.

"Por isso, deixamos a trama do espaço-tempo para entrar no domínio pouco conhecido do hiperespaço, onde o tempo e a distância são desprovidos de significado. É como viajar por um istmo estreito para passar de um oceano a outro em vez de permanecer no mar e circundar um continente para percorrer a mesma distância.

"Grandes quantidades de energia são necessárias, claro, para penetrar esse 'espaço dentro do espaço', como alguns o chamam, e muitos cálculos engenhosos devem ser feitos para assegurar a reentrada no espaço-tempo comum no ponto apropriado. O resultado do dispêndio dessa energia e dessa inteligência é poder transpor distâncias imensas em tempo zero. Só o Salto torna as viagens interestelares possíveis.

O ACASO E O RELÓGIO DE PULSO

"O Salto que estamos prestes a dar ocorrerá em aproximadamente dez minutos. Vocês serão avisados. Nunca acontece mais do que algum leve desconforto momentâneo; portanto, espero que todos se mantenham calmos. Obrigado."

As luzes da nave se apagaram por completo, restando tão somente as estrelas.

Pareceu transcorrer um longo tempo até um comunicado nítido encher o ar:

"O Salto acontecerá em exatamente um minuto".

E depois a mesma voz iniciou a contagem regressiva dos segundos:

"Cinquenta... quarenta... trinta... vinte... dez... cinco... três... dois... um..."

Foi como se houvesse uma descontinuidade na existência, um solavanco que percorria bem no fundo dos ossos de um homem.

Nessa fração incomensurável de um segundo, cem anos-luz se passaram, e a nave, antes nos arredores do Sistema Solar, estava agora nas profundezas do espaço interestelar.

— Olhem para as estrelas! — exclamou alguém perto de Biron com a voz trêmula.

Em um instante, o sussurro ganhara vida na grande sala e fora repetido em tom sibilante de mesa em mesa:

— As estrelas! Olhem!

Nessa mesma fração incomensurável de um segundo, a visão das estrelas mudara radicalmente. O centro da grande Galáxia, que se espalhava trinta mil anos-luz de ponta a ponta, estava mais perto agora, e as estrelas haviam se multiplicado e se espraiavam pelo vácuo de veludo preto como uma poeira fina, tornando-se um pano de fundo para o ocasional brilho das estrelas próximas.

Biron, contra a própria vontade, lembrou-se do início de um poema que escrevera na sentimental idade dos dezenove anos, na ocasião de seu primeiro voo espacial, aquele que o levara pela primeira vez à Terra da qual partia naquele instante. Seus lábios moveram-se em silêncio:

Como poeira, as estrelas me circundam
Em brumas de esplendor profundo
E pareço ver o universo que inundam
Na vasta explosão de um segundo.

As luzes se acenderam, e os pensamentos de Biron abandonaram o espaço tão depressa quanto haviam chegado até lá. Ele estava no salão de um cruzeiro espacial outra vez, quase ao término de um jantar, e o zumbido da conversa voltara ao nível prosaico de antes.

Ele olhou de relance para o relógio de pulso, meio que o ignorando; depois, bem devagar, focalizou-o outra vez. Contemplou-o por um longo minuto. Era o relógio de pulso que ele deixara no quarto aquela noite. O aparelho resistira à radiação mortal da bomba, e o jovem o recolhera com o restante de seus pertences na manhã seguinte. Quantas vezes ele olhara para o relógio desde então? Quantas vezes o fitara, mentalmente anotara o horário, mas não a outra informação que era gritada para ele?

Pois a pulseira plástica estava *branca*, não azul. *Estava branca!*

Aos poucos, os acontecimentos daquela noite, *todos* eles, encaixaram-se. É estranho como um fato podia afastar toda a confusão deles.

* * *

Biron se levantou de forma abrupta, murmurando "Perdão!". Era falta de polidez deixar a mesa antes do capitão, mas essa era uma questão de pouca importância para ele naquele momento.

Foi apressado para a sua cabine, subindo as rampas rapidamente em vez de esperar os elevadores sem gravidade. Trancou a porta depois de entrar e deu uma olhada rápida no banheiro e nos armários embutidos. Ele não tinha real esperança de surpreender alguém ali. O que tinham que fazer, deviam ter feito horas antes.

Cuidadosamente, vasculhou sua bagagem. Fizeram um trabalho minucioso. Sem quase indícios de que haviam entrado e saído, retirado com cautela os seus documentos de identificação, um pacote de cartas de seu pai e até a apresentação capsular para Hinrik de Rhodia.

Foi por isso que o transferiram. Não era na antiga cabine nem na nova que eles estavam interessados, apenas no processo de mudança. Durante quase uma hora devem ter se ocupado de forma legítima (de forma *legítima*, pelo Espaço!) da bagagem dele e assim servido aos próprios propósitos.

Biron afundou-se na cama de casal, os pensamentos em fúria, o que não ajudou. Uma armadilha perfeita. *Tudo* havia sido planejado. Não fosse pela possibilidade imprevisível de ele deixar o relógio de pulso no quarto aquela noite, nem mesmo agora ele perceberia como era estreita a rede dos tirânicos através do espaço.

Seguiu-se um zunido suave quando o sinal da porta soou.

– Entre – ele disse.

Era o comissário de bordo, que respeitosamente falou:

– O capitão quer saber se há algo que ele possa fazer pelo senhor. O senhor parecia estar se sentindo mal quando saiu da mesa.

– Estou bem – ele respondeu.

Como o observavam! E, nesse momento, ele soube que não havia escapatória, e que a nave o conduzia cortês, porém indubitavelmente, para a morte.

4. LIVRE?

Sander Jonti olhou nos olhos do outro com frieza.

— Sumiu, você disse? — perguntou ele.

Rizzett passou uma das mãos pelo rosto corado.

— *Alguma coisa* sumiu. Não sei identificar o quê. Pode ter sido o documento que estamos procurando, com certeza. Apenas sabemos que, além de perigoso, foi datado entre os séculos 15 e 21 do calendário primitivo da Terra.

— Existe algum motivo definido para acreditar que o documento perdido seja *aquele*?

— Apenas um raciocínio circunstancial. Era protegido de perto pelo governo da Terra.

— Desconsidere isso. Um terráqueo vai proteger com veneração qualquer documento do período pré-Galáctico. É a adoração ridícula que eles têm pela tradição.

— Mas esse documento em específico foi roubado e, no entanto, eles nunca anunciaram o fato. Por que protegem uma caixa vazia?

— Imagino que façam isso para não ser forçados a admitir que uma relíquia sagrada foi roubada. Mas não posso acreditar que o jovem Farrill tenha conseguido pegá-lo no final das contas. Achei que você tinha colocado o rapaz sob observação.

O outro sorriu.

– Ele não pegou.

– Como você sabe?

O agente de Jonti soltou a informação bombástica.

– Porque faz vinte anos que o documento sumiu.

– O quê?

– Não é visto há vinte anos.

– Então não pode ser o documento certo. Faz menos de seis meses que o rancheiro ficou sabendo de sua existência.

– Então outra pessoa chegou dezenove anos e meio antes.

Jonti ponderou.

– Não importa – disse ele. – Não pode importar.

– Por quê?

– Porque estou aqui na Terra há meses. Antes de eu chegar, era fácil crer que talvez houvesse informações valiosas no planeta. Mas pense agora. Quando a Terra era o único planeta habitado da Galáxia, tratava-se de um lugar primitivo no aspecto militar. A única arma que eles tinham inventado e que vale a pena mencionar era uma bomba de reação nuclear grosseira e ineficiente contra a qual não tinham nem inventado a defesa lógica. – Ele movimentou o braço em um gesto delicado na direção em que o horizonte brilhava com sua radioatividade doentia, para além da espessa camada de concreto da sala. E continuou:

– Tudo isso ficou bastante nítido para mim como residente temporário aqui. É ridículo supor que seja possível aprender qualquer coisa de uma sociedade com esse nível de tecnologia militar. É sempre glamoroso presumir a existência de artes e ciências perdidas, e sempre existem aqueles que cultuam o primitivismo e levantam todo tipo de reivindicações absurdas para as civilizações pré-históricas da Terra.

– No entanto, o rancheiro era um homem sábio – falou Rizzett. – Ele nos disse especificamente que aquele era o documento mais perigoso que conhecia. O senhor se lembra das palavras dele. Sou capaz de citar: "A questão implica morte para os tirânicos, e também para nós; e significaria o fim da vida para a Galáxia".

– O rancheiro, como todos os seres humanos, pode ter errado.

– Leve em consideração, senhor, que não fazemos ideia da natureza do documento. Poderia ser, por exemplo, anotações de laboratório que nunca foram publicadas. Poderia ser algo relacionado a uma arma que os terráqueos jamais reconheceram como tal, algo que, aparentemente, poderia não ser uma arma...

– Bobagem. Você é um militar e devia saber. Se existe uma ciência que o homem sempre explorou com sucesso foi a da tecnologia militar. Nenhuma arma em potencial passaria dez mil anos sem ser produzida. Acho, Rizzett, que vamos voltar para Lingane.

Rizzett encolheu os ombros. Ainda não se convencera.

E Jonti sentia-se mil vezes menos convencido. O documento fora roubado, e isso era significativo. Tratava-se de algo que valia a pena roubar! Naquele momento, poderia estar com qualquer pessoa na Galáxia.

Mesmo sem querer, ocorreu-lhe que os tirânicos estivessem com ele agora. O rancheiro fora muito evasivo quanto a esse ponto. Não confiara o suficiente sequer em Jonti. Dissera que o documento carregava a morte, não poderia ser usado sem atingir os dois lados. Jonti cerrou os lábios. O tolo e suas insinuações idiotas! E agora os tirânicos o haviam capturado.

E se um homem como Aratap estivesse, naquele momento, de posse de um segredo, como talvez fosse o caso? Aratap!

O único homem que, agora que o rancheiro se fora, permanecia imprevisível, o tiraniano mais perigoso de todos.

Simok Aratap era um homem pequeno, de pernas um pouco tortas, olhos estreitos. Tinha a aparência atarracada e os membros grossos típicos do tiraniano médio; e, embora encarasse um espécime excepcionalmente grande e musculoso dos mundos dominados, era completamente autoconfiante. Era o herdeiro convicto (da segunda geração) daqueles que haviam deixado seus mundos ventosos e inférteis e percorreram o vazio com o objetivo de capturar e acorrentar os ricos e populosos planetas das Regiões Nebulosas.

Seu pai liderara uma frota de naves pequenas e ágeis que atacavam e sumiam, depois atacavam outra vez, transformando em sucatas as gigantescas naves pesadas que as combatiam.

Os mundos da Nebulosa combatiam à moda antiga, mas os tirânicos haviam aprendido uma nova maneira. Enquanto as enormes embarcações reluzentes das armadas inimigas recorriam ao combate individual, debatiam-se no vazio e desperdiçavam as próprias reservas de energia, os tirânicos, deixando de lado o poder de fogo por si só, enfatizavam a velocidade e a cooperação, de modo que os reinos adversários caíam um atrás do outro, isoladamente, cada qual esperando – meio em júbilo ao ver a derrota dos vizinhos, enganosamente seguros atrás de suas muralhas de naves feitas de aço – que sua própria vez chegasse.

Mas essas guerras aconteceram cinquenta anos antes. Agora, as Regiões Nebulosas eram satrapias que demandavam apenas atos de ocupação e taxação. Antes havia mundos a conquistar, pensou Aratap, cansado, e naquele momento restava pouco a fazer além de enfrentar homens isolados.

Ele olhou para o jovem que o encarava. Era *muito* jovem. Alto, ombros bem largos, rosto absorto e atento, cabelo cortado ridiculamente curto, sem dúvida, uma afetação própria dos universitários. Em um sentido oficial, Aratap lamentava por ele. Estava claramente amedrontado.

Biron não reconhecia o sentimento dentro de si como "medo". Se lhe pedissem para defini-lo, ele o teria descrito como "tensão". Por toda a vida soubera que os tirânicos eram os soberanos. Seu pai, embora fosse forte e cheio de vida, incontestável em suas próprias terras, ouvido com respeito em outras, ficava calado e quase humilde na presença dos tirânicos.

Eles vinham de vez em quando a Widemos em visitas de cortesia, com questões referentes ao tributo anual, que chamavam de taxação. O rancheiro de Widemos era responsável por cobrar e entregar esses fundos em nome do planeta Nephelos, e os tirânicos faziam uma verificação de rotina nos livros contábeis dele.

O próprio rancheiro os ajudava a sair de suas pequenas embarcações. Eles se sentavam à cabeceira da mesa durante as refeições, que lhes eram servidas primeiro. Quando falavam, todas as outras conversas paravam instantaneamente.

Quando era criança, Biron admirava-se de que homens tão pequenos e feios fossem tratados com tamanho cuidado, mas descobriu, quando cresceu, que eles eram para seu pai o que seu pai era para um vaqueiro. Aprendeu até a falar com eles em tom suave e se dirigir a eles como "Excelência".

Aprendera tão bem que, naquele momento, encarando um dos soberanos, um dos tirânicos, sentia-se tremer devido à tensão.

A nave que Biron considerara uma prisão tornou-se oficialmente um cativeiro no dia em que aterrissaram em Rhodia.

O sinal de sua porta fora acionado e dois tripulantes robustos entraram e se postaram um de cada lado dele. O capitão, que entrou logo em seguida, dissera em tom monótono:

– Biron Farrill, pelos poderes a mim conferidos como capitão desta nave, declaro-o sob custódia; permanecerá detido para ser interrogado pelo comissário do Grande Rei.

O comissário era esse pequeno tiraniano sentado diante de Biron, aparentemente distraído e desinteressado. O "grande rei" era o khan dos tirânicos, que ainda vivia no lendário palácio de pedra no planeta natal dos tiranianos.

Biron olhou para ele furtivamente. O rapaz não sofria qualquer constrangimento físico, mas quatro guardas vestindo a farda azul-acinzentada da Polícia Exterior tiraniana o ladeavam de dois em dois. Estavam armados. Um quinto policial, com insígnia de major, sentava-se ao lado da mesa do comissário.

O comissário falou com ele pela primeira vez.

– Como o senhor deve saber – sua voz era aguda –, o antigo rancheiro de Widemos, seu pai, foi executado por traição.

Os olhos desbotados se fixavam em Biron. Parecia não haver nada neles além de brandura.

Biron permaneceu imperturbável. Incomodava-o o fato de não poder fazer nada. Ficaria bem mais satisfeito berrando com eles, gesticulando loucamente, mas nada disso tornaria o pai menos morto. Ele pensava saber o motivo dessa declaração inicial: alquebrá-lo, fazê-lo se entregar. Bem, não aconteceria.

– Sou Biron Malaine, da Terra – disse ele calmamente. – Se está questionando minha identidade, gostaria de me comunicar com o Consulado Terrestre.

– Ah, sim, mas neste momento ainda estamos em uma etapa puramente informal. O senhor afirma que é Biron

Malaine, da Terra. No entanto – Aratap indicou os papéis diante dele –, existem cartas aqui que foram escritas por Widemos para o próprio filho. E também um comprovante de matrícula de faculdade e convites para a cerimônia de graduação em nome de Biron Farrill. Estavam na sua bagagem.

Biron estava desesperado, mas não demonstrou.

– Minha bagagem foi vasculhada de forma ilegal, então me recuso a aceitar que essas coisas sejam admitidas como prova.

– Não estamos em um tribunal, sr. Farrill, ou Malaine. Como as explica?

– Se foram encontradas em minha bagagem, alguém as colocou ali.

O comissário ignorou a resposta, e Biron ficou atônito. Suas afirmações soavam tão fracas, tão evidentemente tolas. Contudo, o comissário não as comentara, limitando-se a dar batidinhas com o dedo indicador na cápsula preta.

– E esta apresentação ao governador de Rhodia? Também não é sua?

– É minha. – Biron planejara isso. A apresentação não mencionava seu nome. Ele disse: – Existe uma conspiração para assassinar o governador...

Ele se deteve, apavorado. Aquilo não soara nada convincente quando ele enfim começou seu discurso cuidadosamente preparado em voz alta. Estaria o comissário sorrindo com cinismo para ele?

Mas Aratap não estava. Apenas exalou um breve suspiro e, com gestos rápidos, experientes, tirou as lentes de contato dos olhos e guardou-as com cautela em um vidro com solução salina que estava na mesa diante dele. Seus globos oculares desprotegidos lacrimejavam um pouco.

– E o senhor ficou sabendo disso? – perguntou ele. – Mesmo estando lá na Terra, a quinhentos anos-luz de distância?

Nossa própria polícia aqui em Rhodia não ouviu falar sobre o assunto.

– A polícia está aqui. A conspiração está sendo tramada na Terra.

– Entendo. E o senhor é um agente deles? Ou vai alertar Hinrik contra eles?

– Alertá-lo, é claro.

– É mesmo? E por que pretende alertá-lo?

– Pela grande recompensa que espero receber.

Aratap sorriu.

– Isso, pelo menos, parece verdade e confere certo brilho de sinceridade às suas afirmações anteriores. Quais os detalhes da conspiração à qual se refere?

– Isso é apenas para o governador.

Uma hesitação momentânea, depois um dar de ombros.

– Muito bem. Os tirânicos não se interessam pela política local nem se preocupam com ela. Vamos providenciar uma entrevista entre o senhor e o governador, e essa será a nossa contribuição com a segurança dele. Meus homens vão mantê--lo aqui até que sua bagagem possa ser recolhida, e então o senhor estará livre para partir. Levem-no – concluiu Aratap, dirigindo-se aos homens armados que saíram com Biron.

Aratap recolocou as lentes de contato, um ato que instantaneamente eliminou aquele olhar de vaga incompetência que a ausência delas parecia provocar.

– Acho melhor ficarmos de olho no jovem Farrill – disse ele ao major, que havia permanecido na sala.

O oficial fez um breve aceno, concordando. E falou:

– Ótimo! Por um instante, achei que ele tivesse enganado o senhor. Para mim, a história soou bastante incoerente.

– Tem razão. É só isso que o torna manipulável, por enquanto. É bem fácil lidar com todos os jovens tolos que aprendem noções de intriga interestelar com thrillers de espionagem. Claro que ele *é* o filho do ex-rancheiro.

E então o major hesitou.

– Tem certeza? A acusação que temos contra ele é vaga e insatisfatória.

– Está querendo dizer que podem ser provas forjadas, no final das contas? Com que propósito?

– Poderia significar que ele é uma isca, sacrificado para desviar a nossa atenção de um verdadeiro Biron Farrill em algum outro lugar.

– Não. Uma encenação dessas é improvável. Além do mais, temos um fotocubo.

– O quê? Do menino?

– Do filho do rancheiro. Gostaria de ver?

– Claro que sim.

Aratap ergueu o peso de papel sobre a mesa. Um simples cubo de vidro, com cerca de oito centímetros de cada lado, preto e opaco.

– Eu pretendia confrontá-lo com isso se parecesse a melhor opção – disse ele. – Trata-se de um processo bonitinho, major. Não sei se está familiarizado com ele. Foi desenvolvido recentemente nos mundos interiores. Por fora, parece um fotocubo comum, mas, quando o viramos de cabeça para baixo, uma reorganização molecular automática o deixa totalmente opaco. É um conceito adorável.

Ele virou o cubo para cima. A opacidade bruxuleou por um instante, depois clareou devagar, como um escuro nevoeiro dispersado pelo vento. Aratap observou-o com calma, as mãos cruzadas sobre o peito.

E então o cubo ficou claro como a água, e um rosto jovem surgiu sorrindo, nítido e vivo, preso e solidificado para sempre entre uma respiração e outra.

– Um objeto que estava nos pertences do ex-rancheiro – explicou Aratap. – O que acha?

– É o rapaz, sem dúvida.

– É. – O oficial tiraniano contemplou pensativo o foto-cubo. – Sabe, usando esse mesmo processo, não vejo por que não poderia haver seis fotografias em um mesmo fotocubo. Ele tem seis lados e, ao pousar o cubo sobre um lado de cada vez, seria possível induzir uma série de novas orientações moleculares. Seis fotografias conectadas, uma seguida da outra quando o cubo fosse virado, um fenômeno estático transformado em um fenômeno dinâmico, assumindo dimensão e visão novas. Major, seria uma nova forma de arte. – Um entusiasmo crescente impregnara sua voz.

Mas o calado major parecia um tanto desdenhoso, e Aratap deixou de lado suas reflexões artísticas para dizer de maneira abrupta:

– Então, vai observar Farrill?

– Com certeza.

– Observe Hinrik também.

– *Hinrik?*

– Claro. Esse é o propósito de libertar o menino. Quero respostas para algumas perguntas. Por que Farrill vai se encontrar com Hinrik? Qual a ligação entre eles? O rancheiro morto não estava agindo sozinho. Existia, *deve* ter existido, uma conspiração bem organizada por trás deles. E nós ainda não identificamos como essa conspiração funcionava.

– Mas certamente Hinrik não estaria envolvido. Falta--lhe inteligência, mesmo que tivesse coragem.

– Concordo. Mas, por ser meio idiota, serviria como ferramenta para eles. Se esse for o caso, ele representa uma fragilidade em nosso esquema. É óbvio que não podemos nos dar ao luxo de negligenciar essa possibilidade.

Ele fez um gesto distraído. O major o saudou, deu meia-volta e saiu.

Aratap suspirou, virando pensativamente o fotocubo na mão, e observou a escuridão tingi-lo de novo como uma maré de tinta.

A vida era mais simples na época de seu pai. Havia uma grandiosidade cruel em destruir um planeta, enquanto manipular com minúcia um jovem ignorante era simplesmente cruel.

E, no entanto, necessário.

5. INQUIETA É A CABEÇA...

Como habitat para o *Homo sapiens,* a governadoria de Rhodia não é antiga, se comparada à Terra. Não é antiga nem se comparada aos mundos centauriano e siriano. Os planetas de Arcturus, por exemplo, haviam sido colonizados duzentos anos atrás, quando as primeiras espaçonaves circundaram a Nebulosa Cabeça de Cavalo e encontraram um ninho contendo centenas de planetas com oxigênio e água atrás dela. Eles eram densamente aglomerados e aquilo foi um verdadeiro achado, pois, embora o espaço esteja infestado de planetas, poucos conseguem satisfazer às necessidades químicas do organismo humano.

Existe na Galáxia algo entre uma e duas centenas de bilhões de estrelas radiantes. Entre elas, pairam umas cinco centenas de bilhões de planetas, alguns com gravidade superior em 120% à da Terra, ou com menos de 60%, e que são, portanto, insuportáveis em longo prazo. Alguns são quentes demais; outros, frios demais. Em alguns, a atmosfera é venenosa. Já se registraram atmosferas planetárias formadas em grande parte, às vezes inteiramente, de neon, metano, amônia, cloro e até mesmo tetrafluoreto de silício. Alguns planetas não possuem água, e já se relatou um cujos oceanos eram quase de puro dióxido de enxofre. Outros não dispõem de carbono.

Qualquer uma dessas falhas é suficiente para que nem um planeta entre cem mil possa ser povoado. Entretanto, ainda se estimam quatro milhões de planetas habitáveis.

O número exato desses mundos que estão ocupados de fato é discutível. De acordo com o *Almanaque Galáctico*, que reconhecidamente depende de registros imperfeitos, Rhodia foi o 1098º planeta a ser colonizado pelo homem.

Por ironia, Tirana, que acabou por se tornar o conquistador de Rhodia, foi o 1099º.

O padrão da história na Região Transnebular foi perturbadoramente semelhante ao de outras regiões durante o período de desenvolvimento e expansão. Repúblicas planetárias foram estabelecidas em uma rápida sucessão, cada governo confinado ao seu próprio mundo. Com uma economia em expansão, os planetas vizinhos eram colonizados e integrados à sociedade natal. Pequenos "impérios" se formaram e, inevitavelmente, entraram em conflito.

A hegemonia sobre regiões muito grandes foi estabelecida primeiro por um, depois por outro desses governos, dependendo das flutuações da sorte na guerra e na liderança.

Apenas Rhodia manteve uma longa estabilidade sob a habilidosa dinastia dos Hinríade. Talvez estivesse a caminho de se estabelecer enfim um Império Transnebular universal em um ou dois séculos quando os tirânicos surgiram e fizeram esse serviço em dez anos.

É irônico que tenham sido os homens de Tirana. Até aquele momento, durante os setecentos anos de sua existência, Tirana havia feito pouco mais do que manter uma autonomia precária, sobretudo em razão de sua inconveniente paisagem árida que, devido a uma escassez planetária de água, era praticamente deserta.

Mas, mesmo depois que os tirânicos chegaram, a governadoria de Rhodia continuou e até cresceu. Os Hinríade eram populares entre o povo, então a existência deles facilitou o controle. Os tirânicos pouco se importavam com quem recebia os aplausos, contanto que eles próprios recebessem os impostos.

Na verdade, os governadores não eram mais os Hinríade do passado. A governadoria sempre fora eletiva dentro da família para que o mais apto pudesse ser escolhido. Adoções na família haviam sido encorajadas pelo mesmo motivo.

Mas agora os tirânicos podiam influenciar as eleições por outros motivos, e, vinte anos antes, por exemplo, Hinrik (o quinto com esse nome) fora escolhido governador. Para os tirânicos, parecera uma escolha útil.

Hinrik era um homem bonito na época de sua eleição e ainda impressionava quando comparecia ao Conselho Rhodiano. O cabelo ficara levemente grisalho, mas, espantosamente, o bigode continuava tão preto quanto os olhos de sua filha.

Nesse instante, ele encarava a jovem, e ela estava furiosa. Era uma garota ardente, cabelos e olhos escuros e, no momento, aspecto ameaçadoramente sombrio do alto de seu quase um metro e oitenta de altura, cinco centímetros a menos que o pai.

— Não posso fazer isso! *Não vou* fazer isso! — repetiu ela.

— Mas Arta, Arta, seja razoável — replicou Hinrik. — O que devo fazer? O que *posso* fazer? Na minha posição, que escolha eu tenho?

— Se a mamãe estivesse viva, *ela* encontraria uma saída. — E ela bateu o pé no chão. Seu nome de fato era Artemísia, um nome real adotado por pelo menos uma mulher dos Hinríade em cada geração.

— Sim, encontraria, sem dúvida. Bendita seja! Que facilidade a sua mãe tinha para lidar com as coisas! Em alguns momentos, você parece ter tudo dela e nada meu. Mas, Arta, você nem deu uma chance a ele. Você observou os... ahn... pontos positivos dele?

— E quais são?

— São... — Hinrik fez um gesto vago, pensou um pouco e desistiu. Aproximou-se da filha para colocar uma mão consoladora no ombro dela, mas a moça se afastou, o vestido vermelho cintilando no ar.

— Passei um fim de tarde com ele — disse ela com amargura —, e ele tentou me beijar. Foi repugnante!

— Mas todo mundo beija, minha querida. Não é mais como na época da sua avó... de respeitável memória. Beijos não significam nada... São menos do que nada. Sangue jovem, Arta, sangue jovem!

— Sangue jovem uma ova. Nesses quinze anos, aquele homenzinho horrível só teve sangue jovem nas veias logo após uma transfusão. Ele é dez centímetros mais baixo do que eu, pai. Como vou aparecer em público com um pigmeu?

— Ele é um homem importante. Muito importante!

— Mas não fica nem um centímetro mais alto por conta disso. E tem pernas tortas, como todos eles, e tem mau hálito.

— Mau hálito?

Artemísia torceu o nariz para o pai.

— Isso mesmo, mau hálito. Um cheiro desagradável. Não gostei e dei a entender isso para ele.

Boquiaberto, Hinrik ficou sem palavras por um momento, depois perguntou em um sussurro rouco:

— Você deu a entender para ele que não gostou? Você insinuou que um alto oficial da Corte Real de Tirana podia ter uma característica pessoal desagradável?

— E era verdade! Eu tenho nariz, sabia? Então, quando ele se aproximou demais, simplesmente apertei o nariz e o empurrei. O sujeito é uma figura a se admirar. Caiu de costas, as pernas para o alto. – Ela fez um gesto com os dedos para ilustrar, mas o pai nem notou, pois, com um gemido, havia curvado os ombros e coberto o rosto com as mãos.

Hinrik espiou tristemente por entre dois dedos.

– E agora? Como pôde agir dessa forma?

– Mas nem adiantou. Sabe o que ele me disse? *Sabe o que ele me disse?* Foi a última gota, ultrapassou qualquer limite. Decidi que não suportaria esse homem nem que ele tivesse três metros de altura.

– Mas... mas... o que ele disse?

– Ele disse... abertamente de um vídeo, pai... ele disse: "Rá! Uma mocinha impetuosa! Gosto ainda mais dela por conta disso!". E dois criados o ajudaram a se levantar. Mas ele não tentou mais respirar na minha cara.

Hinrik sentou-se em uma poltrona, inclinou-se para a frente e observou Artemísia seriamente.

– Você poderia realizar os trâmites do casamento, não poderia? Não precisa ser para valer. Por que não agir apenas por conveniência política...

– Como assim, pai, não precisa ser para valer? Devo cruzar os dedos da mão esquerda enquanto assino o acordo com a direita?

Hinrik pareceu confuso.

– Não, claro que não. De que serviria isso? Como cruzar os dedos alteraria a validade do acordo? É sério, Arta, sua estupidez me surpreende.

Artemísia suspirou.

– O que *está* querendo dizer, então?

– Como assim? Está vendo, você interrompeu as coisas. Não consigo me concentrar direito nos problemas quando discute comigo. O que eu estava dizendo?

— Que eu devia apenas fingir que ia casar, ou algo assim. Lembra?

— Ah, sim. Quero dizer que você não precisa levar a coisa tão a sério, entende?

— Isso significa que posso ter amantes, suponho.

Hinrik se retesou e franziu o cenho.

— Arta! Eu a criei para ser uma garota modesta e com amor-próprio. Sua mãe também. Como pode dizer uma coisa dessas? É vergonhoso.

— Mas não foi isso o que o senhor quis dizer?

— *Eu* posso dizer isso. Sou homem, um homem maduro. Uma garota como você não deve repetir essas coisas.

— Bem, eu repeti e agora está tudo às claras. Não me importo de ter amantes. Provavelmente vou *precisar* deles se for forçada a casar por questões de Estado, mas existem limites. — Ela pôs as mãos no quadril, e as mangas do vestido, semelhantes a uma capa, deslizaram, revelando os ombros bronzeados. — O que vou fazer entre um amante e outro? O homem ainda será meu marido e eu simplesmente não consigo suportar essa ideia.

— Mas ele é velho, minha querida. A vida com ele será breve.

— Não breve o bastante, obrigada. Cinco minutos atrás ele tinha sangue jovem. Lembra?

Hinrik fez um gesto largo com os braços e os deixou cair.

— Arta, o homem é um *tiraniano*, e poderoso. Ele cheira bem na corte do khan.

— O khan talvez julgue o cheiro bom. E provavelmente deveria. Ele próprio deve feder.

Hinrik ficou de queixo caído, horrorizado. Automaticamente, olhou por sobre o ombro. Depois advertiu em voz rouca:

– Nunca mais diga algo parecido com isso.

– Vou dizer se me der vontade. Além do mais, o sujeito já teve três mulheres. – Ela se antecipou ao pai. – Não o khan, o homem com quem o senhor quer que eu me case.

– Mas as mulheres já morreram – explicou Hinrik, sério.
– Arta, elas não estão vivas. Não pense desse jeito. Como pode imaginar que eu permitiria que minha filha se casasse com um bígamo? Vamos fazê-lo apresentar documentos. Ele se casou três vezes, uma mulher depois da outra, não ao mesmo tempo, e elas estão mortas agora, todas completamente mortas.

– Não é de admirar.

– Ah, minha nossa, o que eu vou fazer? – Ele fez um último esforço, apelando para a dignidade. – Arta, esse é o preço de ser uma Hinríade e a filha de um governador.

– Não pedi para ser uma Hinríade nem a filha do governador.

– Isso não tem nada a ver. A história de toda a Galáxia mostra, Arta, que existem ocasiões em que as razões de Estado, a segurança dos planetas, o melhor interesse do povo, tudo exige que, ahn...

– Que uma pobre garota se prostitua.

– Ah, mas que vulgaridade! Um dia, você vai ver... Um dia, ainda vai dizer um absurdo desse em público.

– Bem, mas é o que é, e eu não vou fazer isso. Prefiro a morte. Prefiro fazer *qualquer coisa*. E vou fazer.

O governador se pôs de pé e estendeu os braços para a filha. Seus lábios tremeram e ele não disse nada. Ela correu ao encontro do pai, em uma súbita crise de choro, e agarrou-se a ele desesperadamente.

– Não posso, papai. Não posso. Não me obrigue.

Hinrik a consolou com batidinhas desajeitadas nas costas.

ISAAC ASIMOV

– Mas, se você não aceitar, o que vai acontecer? Se os tirânicos ficarem insatisfeitos, eles vão me destituir, me prender, talvez até me exec... – A palavra ficou presa em sua garganta. – Esta é uma época muito infeliz, Arta... Muito infeliz. O rancheiro de Widemos foi condenado semana passada e acredito que ele tenha sido executado. Você se lembra dele, Arta? Ele esteve na corte seis meses atrás. Um homem grande, de cabeça redonda e olhos fundos. Você ficou com medo dele no começo.

– Lembro.

– Bem, ele provavelmente está morto. E quem sabe eu seja o próximo, talvez? O seu pobre, inofensivo e velho pai, o próximo. São tempos difíceis. Ele esteve em nossa corte, o que é muito suspeito.

De repente, ela se afastou de Hinrik.

– Por que seria suspeito? O senhor não estava envolvido com ele, estava?

– Eu? Decerto que não. Mas, se insultarmos abertamente o khan de Tirana ao recusar uma aliança com um de seus favoritos, eles podem até pensar isso.

O contorcer de mãos de Hinrik foi interrompido pelo zunido abafado da extensão. Ele se sobressaltou, nervoso.

– Vou atender no meu quarto. Apenas descanse. Vai se sentir melhor depois de uma soneca. Você vai ver, vai ver mesmo. Só está um pouco aflita agora.

Artemísia o acompanhou com os olhos e franziu o cenho, numa expressão pensativa. Durante alguns instantes, apenas a suave ondulação dos seios revelava que havia vida ali.

Ouvindo o barulho de pés tropeçando à porta, ela se virou.

– O que foi? – perguntou, o tom de voz mais cortante do que pretendera.

Era Hinrik, o rosto pálido de medo.

– O major Andros ligou.

– Da Polícia Exterior?

Hinrik se limitou a concordar com um gesto de cabeça.

– Claro, ele não... – gritou Artemísia. Na iminência de expressar um pensamento horrível em palavras, ela se deteve relutantemente, mas esperou em vão por um esclarecimento.

– Um jovem quer uma audiência. Eu não o conheço. Por que teria vindo para cá? Ele é da Terra. – Hinrik estava ofegante, cambaleando enquanto falava, como se sua mente estivesse em uma plataforma giratória cujo ritmo fosse obrigado a seguir.

A garota correu até o pai e amparou-o pelo cotovelo.

– Sente-se – pediu em um tom incisivo. – Me conte o que aconteceu. – Ela o sacudiu e parte do pânico desvaneceu do rosto dele.

– Não sei exatamente – murmurou ele. – Um jovem está vindo para cá a fim de contar detalhes de uma conspiração contra a minha vida. Contra a *minha* vida. E *eles* me disseram que devo ouvi-lo. – Hinrik sorriu de modo tolo. – Sou amado pelo povo. Ninguém ia querer me matar. Ou será que sim? Ou será que sim?

Ele a fitava ansioso, e só relaxou quando a filha respondeu:

– Claro que ninguém ia querer matá-lo.

Depois Hinrik ficou tenso de novo.

– Você acha que podem ser *eles*?

– Quem?

Ele se inclinou para sussurrar.

– Os tirânicos. O rancheiro de Widemos esteve aqui ontem, e eles o mataram. – Hinrik ergueu a voz. – E agora estão mandando alguém para me matar.

Artemísia agarrou o ombro do pai com tanta força que a mente dele se voltou para a aflição de momento.

– Pai! Fique quieto! Não diga uma palavra! Me ouça. Ninguém vai matar o senhor. Está me ouvindo? Ninguém vai matar o senhor. O rancheiro esteve aqui seis meses atrás. Lembra? Não foi seis meses atrás? Pense! – disse ela.

– Faz tanto tempo assim? – sussurrou o governador. – É, é, deve ter sido.

– Agora fique aqui e descanse. O senhor está exausto. Eu mesma vou encontrar o rapaz e apenas o trarei até você se for seguro.

– Você fará isso, Arta? Fará? O jovem não vai ferir uma mulher. Certamente não machucaria uma mulher.

Ela se inclinou de repente e beijou a bochecha do pai.

– Seja cuidadosa – ele murmurou, e fechou os olhos, cansado.

6. ...QUE CARREGA UMA COROA

Biron Farrill esperou inquieto em um dos prédios externos do complexo palaciano. Pela primeira vez na vida, vivenciava a desalentadora sensação de ser provinciano.

A mansão Widemos, onde crescera, parecera bela aos seus olhos, e naquele momento sua memória a dotava apenas de um brilho bárbaro. As linhas curvas, os desenhos em filigrana, as torres forjadas de um modo curioso, as refinadas "janelas falsas"... Biron estremeceu ao pensar nessas coisas.

Mas isso... isso era diferente.

O complexo palaciano de Rhodia não era um mero ato de ostentação construído por senhores insignificantes de um reino pecuarista, nem a expressão infantil de um mundo que estava desvanecendo e quase morto. Representava o auge, em pedra, da dinastia Hinríade.

Nas construções, sólidas e silenciosas, desenhavam-se linhas retas e verticais que se estendiam em direção ao centro de cada estrutura, no entanto evitando qualquer efeito afeminado de um pináculo. Apesar de certa rudeza, chegavam a um ápice que chamava a atenção do observador, ainda que sem revelar o método de construção diante de um olhar casual. Eram reservadas, independentes, orgulhosas.

E tal como os prédios era também o conjunto como um todo, o enorme palácio central tornando-se um crescendo. Uma a uma, até mesmo as poucas artificialidades remanescentes do estilo masculino de Rhodia haviam desaparecido. Mesmo as "janelas falsas", tão valorizadas como decoração e tão inúteis em um edifício com luz e ventilação artificiais, tinham sido eliminadas, de algum modo, sem nenhuma perda.

Tudo ali se resumia a linhas e planos, uma abstração geométrica que conduzia os olhos para cima, ao céu.

O major tiraniano parou por um breve instante ao lado de Biron quando o rapaz saiu da sala interna.

– Você vai ser recebido agora – anunciou ele.

Biron aquiesceu e, depois de algum tempo, um homem mais robusto, de uniforme vermelho e bronze, saudou-o com um bater de calcanhares. Passou pela mente do jovem, em um súbito impulso, que os detentores do verdadeiro poder não precisavam da aparência externa e podiam se contentar com o azul- acinzentado. Lembrou-se da extravagante formalidade da vida de um rancheiro e mordeu os lábios ao pensar em tanta futilidade.

– Biron Malaine? – perguntou o guarda rhodiano, e Biron se levantou para segui-lo.

Havia um pequeno e reluzente vagão monotrilho delicadamente suspenso por forças diamagnéticas sobre um único cabo de metal. Biron parou antes de entrar.

O pequeno vagão, com espaço para cinco ou seis pessoas no máximo, balançava com o vento, uma lágrima graciosa refletindo o brilho do esplêndido sol de Rhodia. O monotrilho delgado, pouco maior do que um cabo, passava pela parte inferior do vagão sem tocá-lo. Biron curvou-se e vislumbrou o céu azul descortinando-se por toda a extensão.

...QUE CARREGA UMA COROA

Por um momento, enquanto observava, uma lufada ascendente de vento soergueu o vagão, de modo que ele flutuou uns três centímetros acima do trilho, como se estivesse impaciente para voar e romper o campo de força invisível que o retinha. Depois flutuou de volta para o trilho, aproximando-se cada vez mais, mas nunca o tocando.

— Entre — disse o guarda atrás dele em tom de impaciência, e Biron subiu dois degraus para entrar no vagão.

Os degraus continuaram ali para que o guarda os subisse, depois foram recolhidos silenciosa e suavemente, sem deixar qualquer vestígio no exterior homogêneo do vagão.

Biron se deu conta de que a opacidade externa do vagão era ilusória. Uma vez lá dentro, viu-se sentado em uma bolha transparente. Ao movimento de um pequeno controle, o vagão se elevou. Ele subia pelas alturas com facilidade, fustigando a atmosfera, que assobiava à sua passagem. Por um momento, no topo do arco, Biron teve uma visão panorâmica do complexo palaciano.

As estruturas formavam um conjunto magnífico (como poderiam ter sido concebidas originalmente com outro propósito que não uma vista aérea?), entrelaçadas por brilhantes fios de cobre ao longo de um ou dois dos quais os graciosos vagões em forma de bolha deslizavam.

Ele sentiu o corpo impelido para a frente, e o vagão, com um movimento dançante, parou. O trajeto inteiro levara menos de dois minutos.

Uma porta se abriu diante de Biron, fechando-se logo após a sua passagem. Não havia ninguém na sala, que era pequena e sem mobília. Naquele momento, ainda que sem sofrer qualquer pressão, ele não conseguia sentir-se confortável. Não tinha ilusões. Desde aquela maldita noite, seus movimentos haviam sido influenciados por terceiros.

Jonti o colocara na nave. O comissário tiraniano o colocara ali. E cada movimento aumentara a medida de seu desespero.

Ficou óbvio para Biron que ele não enganara o tiraniano. Fora fácil demais se livrar dele. O comissário poderia ter contatado o Conselho Terrestre. Poderia ter enviado uma hiperonda à Terra, ou ainda analisado os padrões da retina dele. Essas coisas eram praxe, não podiam ter sido omitidas acidentalmente.

Ele se lembrava da análise de Jonti sobre a questão. Parte dela poderia ainda ser válida. Os tirânicos não o matariam de imediato para não criar outro mártir. Mas Hinrik era um fantoche deles, e era tão capaz quanto eles de ordenar uma execução. E então ele teria sido assassinado por um dos seus, e os tirânicos seriam apenas espectadores desdenhosos.

Biron cerrou os punhos com força. Era alto e forte, mas estava desarmado. Os homens que viriam buscá-lo portariam desintegradores e chicotes neurônicos. Ele percebeu que estava recuando contra a parede.

Virou-se rapidamente ao ouvir o leve ruído de uma porta se abrindo à sua esquerda. O homem que entrou estava armado e vestia uniforme, acompanhado de uma garota. O rapaz relaxou um pouco. Era só uma garota. Em outra situação, ele a teria observado mais de perto, pois era digna de observação e aprovação, mas no momento era só uma garota.

Eles se aproximaram juntos, parando a quase dois metros de distância. Biron ficou de olho no desintegrador do guarda.

– Vou falar com ele primeiro, tenente – disse a garota.

Havia uma pequena linha vertical entre os olhos dela quando se virou para Biron.

...QUE CARREGA UMA COROA

– Você é o homem que veio com essa história de conspiração para assassinar o governador? – perguntou ela.

– Disseram-me que eu encontraria o governador – respondeu ele.

– Isso é impossível. Se tem alguma coisa a dizer, diga para mim. Se a sua informação for verdadeira e útil, será bem tratado.

– Posso saber quem é você? Como vou saber que tem autorização para falar pelo governador?

A garota parecia irritada.

– Sou a filha dele. Por favor, responda as minhas perguntas. Você é de fora do Sistema?

– Sou da Terra. – Biron fez uma pausa, depois acrescentou: – Vossa Alteza.

O tratamento agradou à jovem

– Onde fica?

– É um pequeno planeta do Setor Siriano, Vossa Alteza.

– E qual é o seu nome?

– Biron Malaine, Vossa Alteza.

Ela o encarou, pensativa.

– Da Terra? Sabe pilotar uma espaçonave?

Biron quase sorriu. A moça o estava testando. Ela sabia muito bem que navegação espacial era uma das ciências proibidas nos planetas controlados pelos tirânicos.

– Sim, Vossa Alteza – respondeu ele. E provaria isso quando fizesse o teste de desempenho, *se* lhe permitissem viver todo esse tempo. A navegação espacial não era uma ciência proibida na Terra, e em quatro anos era possível aprender muito.

– Muito bem – retorquiu ela. – E a sua história?

Ele decidiu de repente. Se fosse falar só para o guarda, não ousaria. Mas era uma garota e, se não estivesse mentindo, se *fosse* mesmo a filha do governador, poderia ser um fator persuasivo a seu favor.

— Não existe nenhuma conspiração de assassinato, Vossa Alteza — ele disse.

A garota ficou perplexa, e voltou-se impaciente para o seu acompanhante

— Poderia assumir daqui, tenente? Arranque a verdade dele.

Biron deu um passo adiante e encontrou o frio desintegrador do guarda empunhado.

— Espere, Vossa Alteza — disse ele com urgência. — Me ouça. Era o único modo de ver o governador. Não entende? — Em seguida, falou mais alto, pois a moça já virara de costas. — Pode pelo menos dizer a Sua Excelência que sou Biron Farrill e reivindico meu direito de asilo?

Era uma esperança débil a que se agarrar. Os antigos costumes feudais vinham perdendo força ao longo das gerações, mesmo antes da chegada dos tirânicos. Agora eram arcaísmos. Mas não lhe restava mais nada. Mais nada.

Ela se virou, as sobrancelhas erguidas.

— Agora alega pertencer à aristocracia? Um momento atrás seu nome era Malaine.

Uma nova voz soou inesperadamente:

— É era verdade, mas o segundo nome é o correto. Você é mesmo Biron Farrill, meu bom senhor. Claro que é. A semelhança é inconfundível.

Um homem sorridente, de pequena estatura, estava à entrada da porta. Os olhos, muito espaçados e brilhantes, assimilavam Biron de cima a baixo com perspicácia, achando graça. Então, ergueu o rosto estreito para observar a altura do rapaz e disse à garota:

— Você não o reconhece também, Artemísia?

Artemísia correu até ele, a voz preocupada.

– Tio Gil, o que está fazendo aqui?

– Cuidando dos meus interesses, Artemísia. Lembre-se de que, se houvesse um assassinato, eu seria o mais próximo dos Hinríade em uma possível sucessão. – Gillbret oth Hinríade piscou de maneira chamativa e depois acrescentou: – Ah, mande o tenente embora. Não há perigo algum.

Ela ignorou o pedido e falou:

– O senhor anda grampeando o comunicador de novo?

– Sim. Você me privaria de uma diversão? É bom espioná-los.

– Não se o pegarem.

– O perigo faz parte do jogo, minha querida. A parte divertida. Afinal, os tirânicos não hesitam em grampear o palácio. Não podemos fazer muita coisa sem que *eles* fiquem sabendo. Bem, eis uma reviravolta. Você não vai me apresentar?

– Não, não vou – respondeu ela. – Isto não é da sua conta.

– Então eu vou apresentar você. Assim que ouvi o nome do rapaz, vim para cá. – Ele passou por Artemísia, caminhou até Biron, examinou-o com um sorriso impessoal e disse: – Este é Biron Farrill.

– Eu mesmo já havia dito isso – comentou Biron, quase totalmente concentrado no tenente, que ainda mantinha o desintegrador em posição de disparo.

– Mas não acrescentou que é filho do rancheiro de Widemos.

– Eu teria acrescentado não fosse a sua interrupção. Em todo caso, vocês sabem da história agora. Obviamente, eu precisava fugir dos tirânicos, e ainda sem revelar meu nome verdadeiro. – Biron esperou. Era isso, pareceu-lhe. Se no próximo movimento não o prendessem de imediato, ele ainda tinha uma chance mínima.

– Entendo – afirmou Artemísia. – Essa *é* uma questão para o governador. Certeza de que não existe nenhum tipo de conspiração?

– Nenhum, Vossa Alteza.

– Ótimo. Tio Gil, pode fazer companhia para o sr. Farrill? Tenente, o senhor vem comigo?

Biron sentiu-se fraco. Adoraria se sentar, mas Gillbret não fizera nenhuma sugestão nesse sentido, e ainda o examinava com um interesse quase clínico.

– O filho do rancheiro! Engraçado.

Biron olhou para baixo. Estava cansado de monossílabos cautelosos e frases cuidadosas. Então, disse de modo abrupto:

– É, sou o filho do rancheiro. Uma situação congênita. Posso ajudá-lo de alguma outra forma?

Gillbret não se mostrou ofendido. Seu rosto magro ficou apenas mais enrugado quando alargou o sorriso.

– Talvez possa satisfazer a minha curiosidade. Realmente viajou em busca de asilo? Aqui?

– Senhor, prefiro discutir isso com o governador.

– Ah, deixe disso, rapaz. Vai descobrir que pouco se consegue com o governador. Acha que teve que falar com a filha dele por quê? É engraçado, se você pensar no assunto.

– Acha tudo engraçado?

– Por que não? Como atitude diante da vida, é engraçada. É o único adjetivo cabível. Observe o universo, rapaz. Há tão pouca coisa boa nele que, se não conseguir ver os elementos engraçados, é melhor cortar a garganta. A propósito, não me apresentei. Sou primo do governador.

– Parabéns! – respondeu Biron com frieza.

Gillbret deu de ombros.

– Você está certo. Não impressiona muito, mesmo. E é provável que eu continue sendo só isso indefinidamente, já que não ocorrerá nenhum assassinato, afinal.

– A menos que o senhor mesmo se encarregue de um.

– Meu caro, que senso de humor! Terá que se acostumar com o fato de que ninguém *me* leva a sério. Meu comentário foi apenas uma expressão de cinismo. Você não acha que a governadoria vale alguma coisa hoje em dia, acha? Certamente não pode acreditar que Hinrik sempre foi assim. Ele nunca foi um grande gênio, mas a cada ano fica mais impossível. Eu estava me esquecendo! Você nem sequer o viu ainda. Mas verá! Ele está vindo. Quando falar com meu primo, lembre-se de que ele governa o maior dos Reinos Transnebulares. Será um pensamento engraçado.

Hinrik mantinha sua dignidade com a desenvoltura da experiência. Ele agradeceu a mesura esmeradamente cerimoniosa de Biron com o grau apropriado de condescendência.

– E o seu assunto conosco, senhor? – perguntou ele com um traço de brusquidão.

Artemísia estava ao lado do pai, e Biron notou, com certa surpresa, que ela era bastante bonita.

– Vossa Excelência, vim até aqui por conta do bom nome do meu pai. O senhor deve saber que a execução dele foi injusta.

Hinrik desviou o olhar.

– Eu conhecia seu pai superficialmente. Ele esteve em Rhodia uma ou duas vezes. – O homem fez uma pausa, e sua voz deu uma leve estremecida. – Você se parece muito com ele. Muito. Mas, entenda, seu pai foi julgado. Pelo menos, imagino que tenha sido. De acordo com a lei. Na verdade, não conheço os detalhes.

– Exato, Vossa Excelência. Mas eu gostaria de conhecer esses detalhes. Estou certo de que meu pai não era um traidor.

Hinrik interrompeu-o, apressado.

– Como filho dele, claro, é compreensível que defenda seu pai, mas é realmente difícil discutir essas questões de Estado agora. Na realidade, extremamente irregular. Por que não fala com Aratap?

– Eu não o conheço, Excelência.

– Aratap! O comissário! O comissário tiraniano!

– Eu já falei com ele, que me mandou para cá. O senhor com certeza entende que eu não me atrevo a revelar aos ti-rânicos...

Mas Hinrik ficara tenso; levara uma mão incerta até os lá-bios, em um gesto evidente de tensão, talvez para impedir que estremecessem e, consequentemente, as palavras saíram abafadas.

– Aratap o mandou para cá, o senhor disse?

– Achei necessário contar para ele...

– Não repita o que falou para Aratap. Eu sei – replicou Hinrik. – Não posso ajudá-lo, rancheiro... Ahn... sr. Farrill. A questão não envolve exclusivamente a minha jurisdição. O Conselho Executivo... Pare de me puxar, Arta. Como posso me concentrar se você fica me distraindo?... O Conse-lho Executivo deve ser consultado. Gillbret! Você pode to-mar providências para que o sr. Farrill seja bem tratado? Vou ver o que pode ser feito. Sim, consultarei o Conselho Exe-cutivo. As formalidades da lei, entende? Muito importantes. Muito importantes.

Ele deu meia-volta, resmungando.

Artemísia permaneceu ali mais um tempinho e tocou a manga de Biron.

– Um momento. Era verdadeira a sua afirmação de que consegue pilotar uma espaçonave?

– Sim – respondeu Biron, abrindo um sorriso para a garota que, após um instante de hesitação, reagiu com um breve sorriso que formou covinhas.

– Gillbret – ela disse –, quero lhe falar mais tarde. – E saiu apressada.

O olhar de Biron a acompanhou até Gillbret dar um puxão na manga de sua camisa.

– Imagino que esteja com fome, talvez com sede, gostaria de um banho? – perguntou Gillbret. – Suponho que as amenidades da vida continuem.

– Sim, obrigado – respondeu Biron, quase livre da tensão. Por um momento, ele relaxou e sentiu-se maravilhoso. Ela *era* bonita. *Muito* bonita.

Hinrik, no entanto, não se sentia relaxado. Em seus próprios aposentos, seus pensamentos se revolviam em ritmo febril. Por mais que tentasse, não conseguia fugir da conclusão inevitável. Era uma cilada! Aratap enviara o rapaz e era uma cilada!

Ele enterrou a cabeça entre as mãos para se acalmar e atenuar a sensação de marteladas, e então compreendeu o que *tinha* que fazer.

7. MÚSICO DA MENTE

A noite cai no seu devido tempo em todos os planetas habitáveis. Nem sempre, talvez, em intervalos apropriados, uma vez que os períodos de rotação registrados variam de quinze a cinquenta e duas horas. Esse fato exige o ajuste psicológico mais extenuante daqueles que viajam de planeta a planeta.

Vários planetas fazem tais ajustes e conseguem adequar os períodos de sono e vigília. Em muitos outros, o uso quase universal das atmosferas condicionadas e da luz artificial transforma dia e noite em uma questão secundária, exceto quando modifica a agricultura. Em alguns poucos planetas (aqueles dos extremos), são feitas divisões arbitrárias que ignoram os fatos triviais da luz e da escuridão.

Mas sempre, independentemente das convenções sociais, o anoitecer tem um significado profundo e duradouro, que remonta à existência arborícola pré-humana. A noite sempre será um período de temor e insegurança, e o coração se esconderá com o sol.

No interior do palácio central não havia nenhum mecanismo sensorial que pudesse revelar a chegada da noite; no entanto, Biron a sentiu por meio de algum instinto indefinido oculto nos caminhos desconhecidos do cérebro humano.

Ele sabia que, lá fora, as centelhas vãs das estrelas mal atenuavam a escuridão da noite. Sabia que, na época certa do ano, o "buraco entalhado no espaço", conhecido como Nebulosa Cabeça de Cavalo (tão familiar a todos os Reinos Transnebulares), eliminava metade das estrelas que, de outra forma, seriam visíveis.

E Biron ficou deprimido outra vez.

Não vira Artemísia desde a breve conversa com o governador, e percebeu que se ressentia dessa ausência. Ansiara pelo jantar; poderia ter falado com ela. Em vez disso, comera sozinho, com dois guardas recostados descontentes na saída da porta. Até Gillbret o deixara, provavelmente para desfrutar uma refeição menos solitária na companhia de alguém que se podia esperar em um palácio dos Hinríade.

Então, quando Gillbret voltou e disse "Artemísia e eu estávamos conversando sobre você", conseguiu uma reação imediata de interesse.

Achando graça da situação, ele disse:

— Primeiro, quero lhe mostrar meu laboratório. — Fez um gesto e os dois guardas se retiraram.

— Que tipo de laboratório? — perguntou Biron, já desinteressado.

— Construo engenhocas — respondeu o homem de forma vaga.

Não parecia um laboratório. Estava mais para uma biblioteca com uma escrivaninha ornamentada no canto.

Biron examinou o local devagar.

— E o senhor constrói engenhocas aqui? Que tipo de engenhocas?

— Bem, dispositivos especiais de grampo para espionar os feixes espiões dos tiranianos de uma maneira completamente nova. Nada que *eles* consigam detectar. Foi dessa maneira que fiquei sabendo sobre você logo que Aratap soube da notícia. E tenho outras bugigangas engraçadas. Meu visi-sonor, por exemplo. Gosta de música?

– De alguns estilos.

– Ótimo. Inventei um instrumento, embora não saiba ainda se posso chamá-lo propriamente de musical. – Com um toque de Gillbret, uma prateleira de livro-filmes deslizou para um lado. – Não é um esconderijo muito bom, mas ninguém *me* leva a sério, então eles não procuram nada aqui. Engraçado, não acha? Mas eu me esqueci, você é aquele que não acha graça em nada

Era uma coisa desajeitada em formato de caixa, com aquela singular falta de brilho e polimento que marca os objetos de fabricação caseira. Um lado estava cravejado de pequenos botões reluzentes. Ele o acomodou com esse lado para cima.

– Não é bonito – disse Gillbret –, mas, pelo Tempo, quem se importa? Apague as luzes. Não, não! Nada de interruptores ou contatos. Apenas deseje que as luzes se apaguem. Deseje com fervor! Decida que as quer apagadas.

As luzes diminuíram, à exceção do lustre ligeiramente perolado do teto, que os transformou em dois rostos fantasmagóricos no escuro. Gillbret deu uma leve risada ao ouvir a exclamação de Biron.

– É um dos truques do meu visi-sonor. Está ligado à mente como as cápsulas pessoais. Sabe o que quero dizer?

– Não, não sei, se quiser uma resposta clara.

– Bem – começou ele –, pense da seguinte forma. O campo elétrico das células do seu cérebro induz a criação de outro campo no instrumento. Matematicamente, o processo é bastante simples, mas, que eu saiba, ninguém conseguiu colocar todos os circuitos necessários em uma caixa deste tamanho. Em geral, é preciso uma usina elétrica de cinco andares para isso. Funciona do modo contrário também. Posso fechar alguns circuitos aqui e imprimi-los direto no seu cérebro para que você veja e ouça sem nenhuma intervenção dos olhos e dos ouvidos. Observe!

A princípio, nada aconteceu, até que algo difuso apareceu no canto dos olhos de Biron. Depois se tornou uma bola azul-violeta pairando no ar, seguindo-o quando ele virou de costas, e permanecendo inalterada quando fechou os olhos. E um tom musical nítido acompanhou a bola, fez parte dela, *era* ela.

Aquilo crescia e se expandia, e Biron constatou, perturbado, que aquela coisa existia dentro do cérebro dele. Não era bem uma cor, mas um som colorido, embora sem ruído. Era tátil e, no entanto, não conseguia senti-lo.

A coisa girou e tornou-se iridescente enquanto o tom musical aumentava até pairar acima dele como uma seda cadente. Depois explodiu, e gotas de cor respingaram sobre ele, queimando momentaneamente ao toque, mas sem provocar dor.

Bolhas de um verde encharcado de chuva ergueram-se outra vez com um gemido baixo, suave. Biron as afastou, confuso, e percebeu que nem enxergava suas mãos nem sentia seus movimentos. Não havia nada, somente as pequenas bolhas, preenchendo sua mente, excluindo todo o resto.

Ele gritou silenciosamente e a fantasia cessou. Gillbret estava diante dele mais uma vez em uma sala iluminada, rindo. Biron sentiu uma forte tontura e, trêmulo, limpou a testa fria e úmida. Sentou-se de forma abrupta.

– O que aconteceu? – indagou no tom mais firme que conseguiu.

MÚSICO DA MENTE

– *Eu* não sei – respondeu Gillbret. – Fiquei de fora. Você não entende? Foi algo que seu cérebro nunca experimentou. Seu cérebro estava sentindo diretamente e não tinha meios para interpretar esse fenômeno. Então, enquanto você se concentrava na sensação, ele só podia tentar, em vão, enquadrar o efeito nos antigos padrões mentais familiares. O cérebro busca, separada e simultaneamente, interpretar esse efeito como visão, som e toque. Você percebeu algum odor, por acaso? Às vezes, eu tinha a impressão de que sentia o cheiro da coisa. Imagino que cachorros interpretariam a experiência quase totalmente como olfato. Gostaria de tentar com animais algum dia. Por outro lado, se você a ignorar, se não a atacar, a coisa desaparece. Faço isso quando quero observar como age nos outros, e não é difícil.

Ele colocou uma mão marcada por veias sobre o instrumento, dedilhando os botões ao acaso.

– Às vezes penso que, se alguém conseguisse de fato estudar este objeto, poderia compor sinfonias usando uma nova mídia, fazer coisas que jamais seriam possíveis simplesmente com som ou visão. Receio que eu não possua tal capacidade.

– Gostaria de lhe fazer uma pergunta – disse Biron de repente.

– Claro.

– Por que não usa a sua habilidade científica para criar algo proveitoso em vez de...

– Desperdiçá-la com brinquedos inúteis? Não sei. Talvez não sejam totalmente inúteis. Isso é ilegal, sabe.

– O que é ilegal?

– O visi-sonor. E os meus dispositivos espiões. Se os tirânicos soubessem, significaria uma sentença de morte certa.

– Deve estar brincando.

– De modo algum. É óbvio que você foi criado em um rancho de gado. Os jovens não podem se lembrar de como era nos velhos tempos, eu entendo. – De súbito, ele virou o rosto de lado e estreitou os olhos. – Você se opõe ao domínio tiraniano? – perguntou Gillbret. – Fale abertamente. Digo-lhe com sinceridade que *eu* sou. E acrescento que seu pai também era.

– Sim, eu sou – respondeu Biron em um tom calmo.

– Por quê?

– Eles são estrangeiros, forasteiros. Que direito têm de governar Nephelos ou Rhodia?

– E sempre pensou assim?

Biron não respondeu.

Gillbret fungou.

– Em outras palavras, você decidiu que eles eram estrangeiros e forasteiros só depois que executaram seu pai, o que, no final das contas, era direito deles. Ah, olhe, não se exalte. Pense nisso racionalmente. Acredite em mim, estou do seu lado. Mas pense! Seu pai era rancheiro. Que direitos os vaqueiros dele tinham? Se um roubasse gado para uso próprio ou para vender, que punição receberia? Encarceramento como ladrão. Se ele tramasse a morte do seu pai, por qualquer motivo que fosse, talvez algum que julgasse válido, o que aconteceria? Execução, sem dúvida. E que direito tinha o seu pai de criar leis e infligir punição a seus semelhantes? *Ele* era o tirânico deles.

"Seu pai, aos próprios olhos dele e aos meus, era um patriota. Mas, e daí? Para os tirânicos, ele era um traidor, e eles o destituíram. Você consegue ignorar a necessidade de autodefesa? Os Hinríade têm se comportado de maneira sanguinária em sua época. Leia a sua história, meu jovem. Todos os governos matam como parte da natureza das coisas.

"Então, encontre uma razão melhor para odiar os tirânicos. Não pense que basta substituir um grupo de governantes por outro para alcançar a liberdade."

Com um punho fechado, Biron esmurrou a palma da outra mão curvada em forma de concha.

– Toda essa filosofia impessoal é ótima. Muito tranquilizadora para o homem que vive distante. Mas e se tivessem assassinado o seu pai?

– Bem, e não foi assim? Meu pai foi governador antes de Hinrik, e foi morto. Não diretamente, mas de maneira sutil. Eles minaram o espírito dele, como estão minando o espírito de Hinrik agora. E não *me* quiseram como governador quando meu pai morreu; eu era meio imprevisível demais. Hinrik, no entanto, era alto, bonito e, acima de tudo, maleável. Mas, ao que parece, não maleável o bastante. Eles o acossam constantemente, pressionam-no até transformá-lo em um fantoche patético, certificam-se de que nem sequer se coce sem permissão. Você o viu. Ele está deteriorando mês a mês. Vive em um contínuo estado de medo pateticamente psicopatológico. Mas isso... tudo isso... não é o motivo pelo qual quero destruir o domínio tiraniano.

– Não? – perguntou Biron. – O senhor inventou um motivo totalmente novo?

– Pelo contrário, um motivo totalmente velho. Os tirânicos estão destruindo o direito de vinte bilhões de seres humanos de fazer parte do desenvolvimento da raça. Você foi à escola. Aprendeu o ciclo econômico. Um novo planeta é colonizado – Gillbret estava indicando nos dedos cada ponto –, e a primeira preocupação é se sustentar. O lugar se torna um planeta agropecuário. Então, começa-se a escavar o solo em busca de minério bruto para exportar e se envia o excedente de sua produção agrícola para o exterior a fim de comprar artigos de luxo e maquinários. Essa é a segunda etapa. Depois a população aumenta e os investimentos estrangeiros crescem, e uma civilização industrial começa a florescer, que é a terceira etapa. Com o tempo, esse planeta se torna industrializado, importando alimentos, exportando maquinário, investindo no desenvolvimento de planetas mais primitivos e assim por diante. A quarta etapa.

"Os planetas mecanizados sempre são os mais povoados, os mais poderosos militarmente, afinal, a guerra é uma das funções das máquinas, e, em geral, eles são cercados por uma periferia de planetas agrários e dependentes.

"Mas o que aconteceu conosco? Estávamos na terceira etapa, com uma indústria em crescimento. E agora? Esse crescimento foi interrompido, paralisado, forçado a retroceder. Nosso desenvolvimento interferiria no controle tiraniano sobre as nossas necessidades industriais. Trata-se de um investimento de curto prazo feito por eles, pois, com o tempo, quando empobrecermos, deixaremos de ser lucrativos. Mas, enquanto isso, eles sugam o máximo.

"Além do mais, se nos industrializássemos, poderíamos desenvolver armas de guerra. Então a industrialização é interrompida, a pesquisa científica é proibida. E as pessoas acabam tão habituadas a essa situação que nem sequer percebem que está faltando algo. A ponto de você ficar surpreso quando lhe digo que eu poderia ser executado por construir o visi-sonor.

"Claro que um dia vamos derrotar os tirânicos. É praticamente inevitável. Eles não podem dominar para sempre. Ninguém pode. Ficarão permissivos e preguiçosos. Acabarão se casando com pessoas de outros planetas e perderão boa parte de suas tradições específicas. Vão se tornar corruptos. Mas isso pode demorar séculos porque a história não tem pressa. E quando esses séculos tiverem passado, todos ainda seremos planetas agrários, desprovidos de herança industrial ou científica, enquanto nossos vizinhos de todos os lados, aqueles que não estão sob o domínio tiraniano, estarão fortes e urbanizados. Os Reinos serão áreas semicoloniais para sempre. *Nunca vão alcançar os outros, e seremos meros observadores no grande drama do progresso humano.*"

– O que o senhor diz não me é de todo estranho – comentou Biron.

– Naturalmente, se você foi educado na Terra. A Terra ocupa uma posição muito peculiar no desenvolvimento social.

– É mesmo?

– Reflita! Toda a Galáxia tem vivenciado constante expansão desde a descoberta da viagem interestelar. Sempre fomos uma sociedade em desenvolvimento e, portanto, uma sociedade imatura. É óbvio que a sociedade humana alcançou a maturidade somente em um lugar e somente em uma época, e isso ocorreu na Terra logo antes da catástrofe. Lá tivemos uma sociedade que havia perdido temporariamente toda possibilidade de expansão geográfica e, portanto, teve de lidar com problemas como superpopulação, esgotamento de recursos e assim por diante, problemas que nenhuma outra parte da Galáxia enfrentou.

"Eles foram *forçados* a estudar intensamente as ciências sociais. Nós perdemos muito ou tudo desses conhecimentos, e é lamentável. Mas eis aqui uma coisa engraçada. Na juventude, Hinrik era um grande primitivista. Tinha uma biblioteca sobre coisas terrestres sem igual na Galáxia. No entanto, desde que se tornou governador, deixou-a de lado junto com todo o resto. Mas, de certo modo, eu a herdei. A literatura deles, pelo menos a parte que restou, é fascinante. Tem um toque peculiarmente introspectivo que não temos em nossa civilização galáctica extrovertida. É *muito* engraçado.

— Estou aliviado — disse Biron. — O senhor falou sério por tanto tempo que já estava me perguntando se havia perdido seu senso de humor.

Gillbret deu de ombros.

— Estou relaxando, e é maravilhoso. Pela primeira vez em meses, eu acho. Você faz ideia de como é representar um papel? Ter de dividir a sua personalidade vinte e quatro horas por dia? Mesmo na companhia de amigos? Mesmo quando está sozinho, para não esquecer involuntariamente? Ser um diletante? Achar eterna graça das coisas? Ser desimportante? Ser tão fraco e meio ridículo a ponto de convencer todos que você conhece de sua própria inutilidade? E tudo isso para manter sua vida em segurança, ainda que signifique que mal vale a pena vivê-la? Mas, mesmo assim, de vez em quando consigo lutar contra eles.

Gillbret ergueu o olhar, e sua voz era séria, quase suplicante.

— Você pode pilotar uma nave. Eu não. Não é estranho? Você fala da minha habilidade científica, no entanto, não sei pilotar uma simples charrete espacial feita para uma única pessoa. Mas você sabe, e, portanto, deve partir de Rhodia.

Não havia como interpretar de outro modo a súplica, mas Biron franziu a testa com frieza.

— Por quê?

— Como eu disse, Artemísia e eu conversamos sobre você e planejamos isso — explicou Gillbret, falando de modo acelerado. — Quando sair daqui, vá direto ao quarto dela, onde ela o espera. Eu fiz um desenho do caminho para você não ter que perguntar quando passar pelos corredores. — O homem empurrou para Brian uma folha de metileno. — Se alguém o barrar, diga que foi chamado pelo governador e prossiga. Não haverá problema se demonstrar segurança...

— Espere aí! – disse Biron. Ele não ia fazer isso de novo. Jonti o pressionara para ir a Rhodia e, por conseguinte, conseguira trazê-lo diante dos tirânicos. O comissário tiraniano o pressionara a ir até o palácio central antes que ele pudesse encontrar seu próprio caminho secreto para chegar lá e, por conseguinte, sujeitara-o, totalmente despreparado, aos caprichos de um fantoche instável. Bastava! Seus movimentos, de agora em diante, talvez fossem extremamente limitados, mas, pelo Espaço e pelo Tempo, seriam escolhas dele. Sentia-se muito obstinado quanto a isso. E disse:

— Estou aqui por conta de uma questão muito importante para mim, senhor. Não vou embora.

— O quê? Não seja um jovem idiota. – Por um momento, o velho Gillbret ressurgiu. – Acha que vai conseguir fazer alguma coisa aqui? Acha que sairá do palácio com vida se esperar amanhecer? Ora, Hinrik chamará os tirânicos e você estará preso em vinte e quatro horas. Ele só está esperando esse tempo porque é o tempo que demora para decidir qualquer coisa. Hinrik é meu primo. Eu o conheço, estou lhe dizendo.

— E se for esse o caso, qual é o seu interesse? – perguntou Biron. – Por que se preocupa tanto comigo? – Ele *não* ia ser pressionado. Nunca mais seria a marionete fugitiva de outro homem.

Mas Gillbret estava de pé, olhando-o fixamente.

— Quero que me leve com você. Estou preocupado comigo mesmo. Não suporto mais a vida sob o domínio tirânico. Mas nem eu nem Artemísia sabemos controlar uma nave, caso contrário teríamos partido muito tempo atrás. Nossa vida também está em jogo

Biron sentiu sua determinação esmorecer um pouco.

— A filha do governador? O que ela tem a ver com isso?

— Acredito que seja a mais desesperada de nós. Há uma morte particular para as mulheres. O que deveria esperar a filha jovem, formosa e solteira de um governador a não ser se tornar jovem, formosa e casada? E quem, nestes dias, seria o noivo encantador? Ora, um velho e devasso funcionário da corte tiraniana que já enterrou três esposas e quer reviver o fogo da juventude nos braços de uma garota.

— Certamente o governador jamais permitiria isso!

— O governador permitirá qualquer coisa. Ninguém espera a permissão dele.

Biron pensou em Artemísia como a vira da última vez. Cabelo penteado para trás, caindo reto pelas costas, com uma única onda voltada para dentro na altura do ombro. Pele branca e sem qualquer imperfeição, olhos pretos, lábios vermelhos! Alta, jovem, sorridente! Provavelmente a descrição de cem milhões de garotas em toda a Galáxia. Seria ridículo deixar tal recordação persuadi-lo. No entanto, ele perguntou:

— Tem uma nave pronta?

O rosto de Gillbret enrugou-se sob o impacto de um súbito sorriso. Mas, antes que dissesse uma palavra, ouviram-se batidas na porta. Não foi uma interrupção suave do foto-feixe, nem prenúncio da arma da autoridade.

As batidas se repetiram, e Gillbret disse:

— É melhor você abrir a porta.

Biron obedeceu, e dois uniformes entraram na sala. O primeiro cumprimentou Gillbret com uma abrupta eficiência, depois se virou para Biron.

— Biron Farrill, em nome do comissário residente de Tirana e do governador de Rhodia, você está preso.

— Sob qual acusação? — indagou Biron.

— Alta traição.

Uma expressão de infinita perda contorceu momentaneamente o rosto de Gillbret. Ele desviou o olhar.

– Hinrik foi rápido desta vez, mais rápido do que eu esperava. Que engraçado!

Era o velho Gillbret, sorridente e desinteressado, as sobrancelhas um pouco erguidas, como se examinasse um fato desagradável com uma pontinha de arrependimento.

– Por favor, acompanhe-me – disse o guarda, e Biron percebeu o chicote neurônico indubitavelmente apoiado na mão do outro.

8. AS SAIAS DE UMA DAMA

A garganta de Biron estava ficando seca. Ele poderia ter derrotado qualquer um dos guardas em uma luta justa. Sabia disso, e ansiou por uma chance. Talvez até tivesse um desempenho satisfatório contra os dois juntos. Mas havia os chicotes, que o ameaçavam a um simples levantar de braço. Mentalmente, ele se rendeu. Não havia outra saída.

— Deixem o rapaz pegar o manto, soldados — disse Gillbret.

Biron, surpreso, lançou um rápido olhar em direção ao homenzinho e desistiu de sua rendição. Ele sabia que não havia manto algum.

O guarda cuja arma estava à vista bateu os calcanhares como gesto de respeito. Em seguida, fez um gesto com o chicote para Biron.

— Você ouviu o milorde. Pegue o seu manto, e depressa!

Biron deu um passo lento para trás. Recuou até a estante e agachou-se, tateando atrás da cadeira em busca do manto inexistente. Enquanto seus dedos exploravam o espaço vazio atrás da cadeira, esperou tensamente uma ação de Gillbret.

O visi-sonor era apenas um estranho objeto com botões para os guardas. Não significaria nada para eles que Gillbret dedilhasse e tocasse os botões com delicadeza. Biron, observando intensamente a extremidade do chicote, permitiu que ela preenchesse sua mente. Com certeza, nada mais do que visse ou ouvisse (*pensasse* estar vendo ou ouvindo) deveria entrar.

Mas por quanto tempo?

— Seu manto está atrás dessa cadeira? — perguntou o guarda armado. — Levante-se! — Impaciente, ele deu um passo adiante, e então parou. Seus olhos se estreitaram em profundo assombro, e ele lançou um olhar abrupto para a esquerda.

Era isso! Biron endireitou-se e jogou-se para o chão. Agarrou os joelhos do guarda e o puxou. O homem caiu com um forte estrondo, e o punho grande de Biron segurou a mão do outro, tentando arrancar dela o chicote neurônico.

O outro guarda sacou uma arma, inútil naquele momento. Com a mão livre, ele tateava freneticamente o espaço diante de seus olhos.

A risada aguda de Gillbret ecoou.

— Tem alguma coisa incomodando você, Farrill?

— Não vejo nada — grunhiu ele, e depois acrescentou: — Apenas este chicote que seguro agora.

— Tudo bem, então saia. Esses homens não podem fazer nada para impedi-lo. A mente deles está cheia de visões e de sons inexistentes. — Gillbret esquivou-se do emaranhado de corpos que se contorciam.

Biron libertou os braços e se ergueu. Deu um golpe com o cotovelo logo abaixo das costelas de um dos guardas. O rosto do sujeito se contorceu de dor e seu corpo dobrou-se convulsivamente. Biron levantou-se, o chicote na mão.

— Cuidado! — gritou Gillbret.

Mas Biron não se virou rápido o bastante. O segundo guarda o atacou às cegas, derrubando-o de novo. O que o guarda pensava estar agarrando era impossível dizer. Decerto nada sabia sobre Biron nesse momento. A respiração do sujeito roçou o ouvido do jovem, e havia um murmúrio incoerente e contínuo borbulhando em sua garganta.

Biron retorceu-se em uma tentativa de acionar a arma que pegara, e notou, de forma aterradora, olhos inexpressivos e vazios que deviam estar atentos a um horror invisível a qualquer outra pessoa.

O rapaz firmou as pernas e transferiu o peso em um esforço para se soltar, mas foi inútil. Três vezes ele sentiu o chicote do guarda atingir com força o seu quadril, e encolheu-se com o contato.

E então o murmúrio do guarda se fundiu em palavras. Ele gritou:

– Vou pegar todos vocês!

Nesse instante despontou o brilho muito claro, quase invisível, do ar ionizado no caminho do feixe de energia do chicote. Em um movimento amplo pelo ar, a trajetória do feixe cruzou o pé de Biron.

Foi como se ele tivesse entrado em uma banheira de chumbo escaldante. Ou como se um bloco de granito caísse sobre ele. Ou como se houvesse sido triturado por um tubarão. Na verdade, nada havia acontecido fisicamente com o pé. Apenas as terminações nervosas que comandavam a sensação de dor haviam sido estimuladas em toda parte e ao máximo. O chumbo escaldante não poderia ter feito pior.

O grito de Biron saiu rasgado de sua garganta, e ele desmaiou. Nem sequer lhe passou pela cabeça que a luta acabara. Nada importava, a não ser a dor crescente.

Entretanto, embora Biron não soubesse, a pressão exercida pelo guarda relaxara e, alguns minutos depois, quando o jovem conseguiu se obrigar a abrir os olhos e piscar até as lágrimas escorrerem, ele viu o guarda recostado contra a parede, empurrando debilmente o nada com as duas mãos e rindo sozinho. O primeiro guarda continuava deitado de costas, braços e pernas estendidos no chão. Estava consciente, mas calado. Os olhos acompanhavam alguma coisa em um percurso errático, e o corpo tremia um pouco. Havia espuma em seus lábios.

Biron se levantou com esforço. Mancou muito enquanto caminhava até a parede. Usou o cabo do chicote e o guarda tombou. Depois voltou ao primeiro guarda, que tampouco se defendeu, seus olhos movendo-se tranquilamente até o exato instante da inconsciência.

Biron sentou-se devagar outra vez, protegendo o pé. Tirou o sapato e a meia e, surpreso, fitou a pele intacta. Ele o esfregou e grunhiu devido à sensação de ardor. Olhou para Gillbret, que colocara o visi-sonor na mesa e alisava uma das bochechas magras com as costas da mão.

– Obrigado – disse Biron – pela ajuda do seu instrumento.

Gillbret encolheu os ombros.

– Mais guardas vão chegar logo – ele avisou. – Vá para o quarto de Artemísia. Por favor! Rápido!

Biron compreendeu o sentido daquilo. A dor no pé diminuíra, reduzida a um discreto frêmito, mas a sensação ainda era de inchaço e tumescência. Ele calçou a meia e colocou o sapato debaixo do braço. Já segurava um chicote e pegou o outro do segundo guarda, prendendo-o precariamente ao cinto.

Virou-se quando chegou à porta e perguntou, com um sentimento de crescente aversão:

– O que o senhor os fez ver?

– Não sei. Não tenho controle. Apenas lhes dei toda a potência que pude; o resto da ação dependeu dos complexos que eles mesmos carregavam. Por favor, não fique aí conversando. Está com o mapa para o quarto de Artemísia?

Biron confirmou com a cabeça e pôs-se a caminho pelo corredor, que se encontrava bastante vazio. Ele não conseguia andar rápido, pois começava a mancar ao tentar fazê-lo.

Olhou para o relógio, então lembrou que, de algum modo, nunca teve tempo de ajustá-lo ao cronômetro local de Rhodia. O objeto ainda marcava o Horário Interestelar Padrão usado a bordo da nave, em que cem minutos perfaziam uma hora, e mil minutos, um dia. Então, o número 876 que brilhava em um tom róseo na fria superfície metalizada do relógio não significava nada agora.

No entanto, devia ser tarde da noite, ou do período de sono planetário, de qualquer forma (supondo que os dois não coincidissem), visto que, do contrário, os corredores não estariam tão vazios e o brilho fosforescente dos baixos-relevos da parede não passariam despercebidos. Ele tocou uma das figuras distraidamente ao passar, a cena de uma coroação, e descobriu que era bidimensional. Contudo, passava a ilusão perfeita de se projetar da parede.

A arte era suficientemente incomum para que ele parasse por um momento a fim de examinar o efeito. Depois ele se lembrou e prosseguiu um pouco mais depressa.

O vazio do corredor chamou a atenção de Biron como outro indício da decadência de Rhodia. Ele ficara muito consciente de todos esses sinais de declínio agora que se tornara um rebelde. Como centro de uma potência independente, o palácio sempre teria sentinelas e silenciosos guardiões noturnos.

Biron consultou o mapa rudimentar de Gillbret e virou à direita, subindo uma rampa larga que fazia uma curva. Talvez tenha havido procissões aqui no passado, mas não restara nada disso agora.

Ele se encostou na porta indicada e tocou o fotossinal. A porta deslizou um pouco para o lado, depois se abriu por completo.

— Entre, rapaz.

Era Artemísia. Biron entrou, e a porta se fechou rapidamente e sem qualquer ruído. Fitando a garota, ele nada disse. Estava chateado, ciente de sua camisa rasgada na altura do ombro, com uma das mangas caída solta, de suas roupas encardidas e de que havia um vergão no seu rosto. Lembrando-se do sapato que ainda carregava, largou-o no chão e enfiou o pé nele. Depois disse:

— Importa-se se eu me sentar?

Ela o seguiu até a cadeira e ficou de pé diante dele, um pouco irritada.

— O que aconteceu? O que há de errado com seu pé?

— Eu o machuquei — respondeu ele, laconicamente. — Está pronta para partir?

Ela se animou.

— Você vai nos levar, então?

Mas Biron não se sentia disposto a gentilezas. Seu pé ainda doía e ele o segurava.

— Olhe — disse ele —, coloque-me dentro de uma nave. Vou embora deste maldito planeta. Se quiserem vir comigo, eu os levarei.

Ela franziu o cenho.

— Você não precisa ser tão desagradável. Estava lutando?

— Sim. Com os guardas do seu pai, que queriam me prender por traição. Lá se foi o meu direito de asilo.

— Ah! Lamento.

— Eu também. Não é de se admirar que os tirânicos consigam dominar cinquenta mundos com um punhado de homens. Nós os ajudamos. Pessoas como o seu pai fariam qualquer coisa para se manter no poder, inclusive esquecer os deveres básicos de um simples cavalheiro... Ah, deixe para lá!

— Eu disse que lamentava, lorde rancheiro. — Ela pronunciou o título com um orgulho frio. — Por favor, não julgue meu pai. Você não conhece todos os fatos.

— Não estou interessado em discutir essa questão. Precisamos partir às pressas, antes que venham mais dos preciosos guardas do seu pai. Olha, não tenho a intenção de magoá-la. Está tudo bem. — O mau humor de Biron anulava o sentido das suas desculpas, mas, que droga, nunca um chicote neurônico o golpeara antes, e *não* foi *nada* divertido. E, pelo Espaço, eles lhe *deviam* o asilo. Pelo menos isso.

Artemísia estava com raiva. Não do pai, claro, mas daquele homem estúpido. Ele era *tão* jovem. Praticamente uma criança, ela concluiu, um pouco mais velho do que ela, se tanto.

O comunicador soou e ela disse, de forma brusca:

— Por favor, espere um minuto e todos partiremos.

Era Gillbret, falando em voz baixa:

— Arta? Tudo bem aí?

— Ele está aqui — ela sussurrou de volta.

— Tudo bem. Não diga nada. Apenas escute. Não saiam do quarto. Mantenha-o aí. Vai haver uma busca no palácio, e não há como impedir. Vou tentar pensar em alguma coisa, mas, enquanto isso, *não se mexam*. — Sem esperar resposta, ele encerrou o contato.

— Então é isso — disse Biron, que ouvira a conversa. — Devo ficar e colocá-la em apuros ou sair e me entregar? Não existe um único motivo para esperar asilo em qualquer parte de Rhodia, eu imagino.

Ela o encarou furiosa, em um choro sufocado.

— Ah, cale a boca, bobão feioso.

Os dois se encararam. Aquelas palavras feriram os sentimentos de Biron. De certo modo, ele estava tentando ajudá-la também. Não havia motivo para ser insultado.

— Me desculpe — ela disse, e desviou o olhar.

— Tudo bem — respondeu ele com frieza, mas não com sinceridade. — Você tem o direito de ter sua opinião.

— Você não precisava dizer tudo aquilo sobre meu pai. Não sabe como é ser governador. Ele está trabalhando para o povo, independentemente do que você possa pensar.

— Ah, claro. Ele tem que me vender para os tirânicos pelo bem do povo. Faz sentido.

— De certa maneira, faz mesmo. Meu pai precisa mostrar a eles que é leal. Caso contrário, poderiam destituí-lo e tomar o controle direto de Rhodia. Isso seria melhor?

— Se um nobre não pode receber asilo...

— Ah, você só pensa em si mesmo. É isso que há de errado com você.

— Não acho que seja particularmente egoísta não querer morrer. Pelo menos, não a troco de nada. Eu tenho algumas lutas a enfrentar antes de perecer. *Meu* pai lutou contra eles. — Biron sabia que estava começando a soar melodramático, mas Artemísia provocara isso nele.

— E o que seu pai ganhou com isso? — ela perguntou.

— Suponho que nada. Ele foi assassinado.

Artemísia sentia-se infeliz.

— Eu fico pedindo desculpas, e desta vez é sério. Estou irritada. — Depois, em sua defesa, acrescentou: — E encrencada também.

Biron se lembrou do que ouvira antes.

— Eu sei. Tudo bem, vamos começar do zero. — Ele tentou sorrir. De qualquer forma, seu pé doía menos.

— Você não é feio *de verdade* — disse ela, tentando dar um toque de leveza à conversa.

AS SAIAS DE UMA DAMA

Biron sentiu-se tolo.

– Ah, bem...

Então ele parou, e Artemísia levou a mão à boca. Os dois viraram a cabeça para a porta bruscamente.

Ouviram o som suave de muitos pés em passos organizados no mosaico plástico semielástico que pavimentava o corredor do lado de fora. A maioria passou pela porta, mas leves batidas disciplinadas de calcanhar soaram ali, e o sinal que marcava a chegada da noite tocou.

Gillbret precisou trabalhar rápido. Antes de mais nada, teve que esconder o visi-sonor. Pela primeira vez, desejou ter um esconderijo melhor. *Maldito* Hinrik por decidir-se tão rápido desta vez, por não esperar até o amanhecer. Ele *tinha* que fugir; talvez nunca aparecesse outra chance.

Então chamou o capitão da guarda. Não podia negligenciar o probleminha dos dois guardas inconscientes e do prisioneiro que escapara.

O capitão da guarda fechou a cara ao ver aquilo. Pediu que levassem os dois homens inconscientes e depois olhou para Gillbret.

– Milorde, sua mensagem não deixou muito claro o que exatamente aconteceu – ele disse.

– Apenas o que o senhor está vendo – respondeu Gillbret. – Os guardas vieram efetuar a prisão e o jovem não se rendeu. Ele se foi, sabe o Espaço para onde.

– Isso tem pouca importância, milorde – replicou o capitão. – Esta noite, o palácio tem a honra de receber uma figura ilustre, então está bem protegido, apesar da hora. O jovem não conseguirá escapar. E vamos passar um pente-fino aqui dentro. Mas *como* ele fugiu? Meus homens estavam armados. Ele, não.

— Lutou como um tigre. De trás daquela cadeira, onde eu me escondi...

— Lamento, milorde, que não tenha pensado em ajudar os meus homens contra alguém acusado de traição.

Gillbret olhou com ar de desdém.

— Que ideia engraçada, capitão. Quando seus homens, com o dobro de vantagem em número e armas, precisarem da minha ajuda, é hora de o senhor recrutar outros homens.

— Muito bem! Vamos revistar o palácio, encontrá-lo e ver se ele consegue repetir a façanha.

— Vou acompanhá-lo, capitão.

Foi a vez de o capitão erguer as sobrancelhas.

— Melhor não, milorde — disse. — Talvez seja perigoso.

Era o tipo de comentário que não se fazia a um Hinríade. Gillbret sabia disso, mas limitou-se a sorrir, as rugas preenchendo seu rosto magro.

— Eu sei — respondeu ele —, mas, de vez em quando, o perigo é até divertido.

Depois de cinco minutos, o pelotão de guardas já estava reunido. Gillbret, sozinho no cômodo durante esse tempo, ligou para Artemísia.

Biron e Artemísia paralisaram ao ouvir o toque do pequeno sinal, que tocou uma segunda vez seguido de cautelosa batida na porta, e ouviu-se a voz de Gillbret.

— Deixe-me tentar, capitão. — Depois, em voz mais alta: — Artemísia!

Biron sorriu aliviado e deu um passo à frente, mas a garota de súbito tapou a boca dele com a mão.

— Um momento, tio Gil! — gritou ela, e apontou desesperadamente para a parede.

Biron só conseguia olhar de modo estúpido. A parede

estava vazia. Artemísia fez uma careta e passou por ele a passos rápidos. Com um toque, fez parte da parede deslizar sem ruído algum para um lado, revelando um closet. Seus lábios exprimiram um "entre!", e as mãos tocaram o broche que enfeitava seu ombro direito. O soltar do alfinete desligou o minúsculo campo de força que mantinha fechada uma costura invisível por toda a extensão do vestido. Ela o tirou do corpo.

Biron se virou depois de transpor a linha antes ocupada pela parede, que, ao se fechar, ainda lhe permitiu ver a garota colocando uma peça branca de pelo nos ombros. O vestido vermelho jazia amarrotado sobre a cadeira.

Ele olhou ao redor e perguntou-se se vasculhariam o quarto de Artemísia. Nada poderia fazer se acontecesse uma busca. Não existia outra saída do closet a não ser o lugar por onde ele entrara, e nada havia naquele compartimento que pudesse servir como um esconderijo ainda mais confinado.

Ao longo de uma parede entendia-se uma fileira de vestidos, e o ar tremeluzia muito sutilmente diante dela. A mão do rapaz passou com facilidade pelo brilho vago, apenas com uma leve sensação de formigamento na altura do pulso, mas aquilo servia tão somente para repelir o pó, de modo que o espaço atrás fosse mantido assepticamente limpo.

Ele poderia se esconder atrás das saias. Era o que estava fazendo, na verdade. Ele derrubara dois guardas com a ajuda de Gillbret para chegar ali, mas agora escondia-se atrás das saias de uma dama. As saias de uma dama, efetivamente.

De modo meio inapropriado, Biron se viu desejando ter se virado um pouco mais rápido antes de a parede se fechar. Artemísia tinha uma aparência marcante. Foi ridículo ter sido tão infantilmente desagradável antes. Claro que ela não tinha culpa pelos erros do pai.

E naquele momento só lhe restava aguardar, fitando a parede vazia à espera do som de pés dentro do quarto, de que a parede recuasse mais uma vez, das armas apontadas para ele de novo, desta vez sem o visi-sonor para ajudá-lo.

Biron esperou, segurando um chicote neurônico em cada mão.

9. E AS CALÇAS DE UM SOBERANO

– Qual o problema? – Artemísia não precisou fingir inquietação. Ela falou com Gillbret, que estava à porta junto com o capitão da guarda. Meia dúzia de homens uniformizados pairavam discretamente ao fundo. Em seguida, ela perguntou: – Aconteceu alguma coisa com meu pai?

– Não, não – Gillbret garantiu a ela –, não aconteceu nada com que você precise se preocupar. Estava dormindo?

– Quase – disse ela –, e as minhas ajudantes estão cuidando dos próprios afazeres há horas. Não tinha ninguém para atender a não ser eu mesma, e vocês quase me mataram de susto.

Ela se virou de repente para o capitão, com uma atitude mais firme.

– O que desejam de mim, capitão? Rápido, por favor. Esta não é uma hora apropriada para uma audiência.

Gillbret interferiu antes que o outro pudesse fazer mais do que abrir a boca.

– Uma coisa muito engraçada, Arta. O jovem, qualéonomedele... você sabe... fugiu, rachando duas cabeças no caminho. Nós o estamos procurando em pé de igualdade agora. Um pelotão de soldados para um fugitivo. E aqui estou eu, no encalço dele, encantando o nosso bom capitão com meu zelo e minha coragem.

Artemísia simulou a mais absoluta perplexidade.

Em voz baixa, o capitão resmungou uma imprecação monossilábica, os lábios mal se movendo. Depois disse:

— Se me permite, milorde, sua falta de clareza está atrasando tremendamente as coisas. Milady, o homem que se diz filho do ex-rancheiro de Widemos foi detido por traição. Ele conseguiu escapar e agora está foragido. Precisamos revistar o palácio, quarto por quarto.

Artemísia deu um passo atrás, franzindo a testa.

— Inclusive o meu?

— Se Vossa Senhoria permitir.

— Ah, mas eu não permito. Eu certamente saberia se houvesse um homem estranho no meu quarto. E a sugestão de que estaria mantendo contato com esse homem, ou com qualquer estranho, a esta hora da noite é altamente inadequada. Por favor, tenha o devido respeito pela minha posição, capitão.

Funcionou. O capitão apenas se curvou e disse:

— Não tive tal intenção, milady. Perdoe-me o incômodo a esta hora da noite. Sua declaração de que não viu o fugitivo é suficiente, claro. Nessas circunstâncias, é necessário nos certificarmos da sua segurança. Ele é um homem perigoso.

— Certamente não tão perigoso que o senhor e seu pelotão não consigam cuidar dele.

A voz estridente de Gillbret interveio outra vez.

— Capitão, vamos... vamos... Enquanto o senhor troca gentilezas com a minha sobrinha, nosso homem teve tempo de saquear o arsenal. Eu lhe sugeriria que deixasse um guarda no quarto de lady Artemísia para que seu sono não seja mais perturbado. A menos, minha querida — e ele fez um movimento rápido com os dedos para Artemísia —, que deseje se juntar a nós.

E AS CALÇAS DE UM SOBERANO

– Ficarei satisfeita – respondeu Artemísia com frieza – em trancar a porta e me recolher, obrigada.

– Escolha um guarda grande! – gritou Gillbret. – Aquele ali. Que beleza o uniforme dos nossos guardas, Artemísia. Dá para reconhecer um de longe, só pelo uniforme.

– Milorde – disse o capitão, impaciente –, não temos tempo. O senhor está atrasando as coisas.

A um gesto do capitão, um guarda se destacou do pelotão, fez uma deferência a Artemísia pela porta que se fechava, depois saudou o superior. O som de passos ordenados desapareceu em ambas as direções.

Artemísia esperou. Depois, silenciosamente, abriu dois a cinco centímetros da porta. O guarda estava lá, as pernas afastadas, as costas rígidas, a mão direita armada, a esquerda em seu botão de alarme. Era o homem sugerido por Gillbret, um guarda tão alto quanto Biron de Widemos, embora os ombros não fossem tão largos.

Naquele momento, ocorreu à garota que Biron, embora jovem e, por conseguinte, um tanto insensato em alguns pontos de vista, pelo menos era alto e musculoso, o que era conveniente. Fora tolice ser ríspida com ele. Que também tinha uma aparência muito agradável.

Ela fechou a porta e foi até o closet.

Biron ficou tenso quando a porta se abriu de novo. Ele prendeu a respiração e retesou os dedos.

Artemísia olhou para os chicotes que ele segurava.

– *Cuidado!*

Ele soltou a respiração, aliviado, e colocou cada um dos chicotes em um dos bolsos. As armas ficaram bastante desconfortáveis ali, mas Biron não tinha coldres apropriados.

– Serviriam apenas no caso de alguém me encontrar.

– Saia. E fale baixo.

Ela ainda usava o mesmo robe, feito de um tecido macio que Biron desconhecia, adornado com pequenos tufos de pelos prateados e preso ao corpo por meio de alguma leve atração estática inerente ao material, de forma que se dispensavam botões, fechos, laços ou costuras. Como consequência, o robe não fazia mais do que apenas ofuscar ligeiramente o contorno do corpo de Artemísia.

Biron sentiu as orelhas ficarem vermelhas e gostou muito da sensação.

Artemísia, depois de esperar, fez um movimento circular com o dedo indicador e disse:

– Você se importa?

Biron olhou para o rosto dela.

– O quê? Ah, me desculpe.

Ele se virou de costas, mas se manteve firmemente atento ao leve farfalhar da troca de roupas. Não lhe passou pela cabeça perguntar-se por que ela não usara o closet ou, melhor ainda, por que não se trocara antes de abrir a porta. Existem profundezas da psicologia feminina que, sem experiência, desafiam a análise.

Quando ele se virou de novo, a garota vestia um traje preto de duas peças que ia até o joelho. A roupa tinha aquela aparência mais substancial que combinava com vestimentas feitas para serem usadas ao ar livre, não no salão de baile.

– Vamos partir, então? – perguntou Biron automaticamente.

Ela balançou a cabeça.

– Você terá que fazer a sua parte primeiro. Vai precisar de outras roupas. Esconda-se num lado da porta, pois chamarei o guarda.

– Que guarda?

Ela deu um sorrisinho.

– Eles deixaram um guarda na porta, atendendo a uma sugestão do tio Gil.

A porta que dava para o corredor deslizou dois a cinco centímetros em um movimento suave. O guarda ainda estava lá, completamente imóvel.

– Guarda – sussurrou ela. – Aqui dentro, depressa.

Não havia nenhum motivo para um soldado comum hesitar em obedecer à filha do governador. Portanto, o homem entrou com um respeitoso "ao seu dispor, mi...", e então seus joelhos se dobraram sob o peso que lhe caiu sobre os ombros, impedido de falar pelo antebraço que o atingiu na laringe.

Artemísia fechou a porta apressadamente e observou a cena com uma sensação que beirava a náusea. A vida no Palácio dos Hinríade era tranquila, quase decadente, e ela nunca vira o rosto de um homem congestionado com sangue e a boca aberta arfando em vão devido à asfixia. Ela desviou o olhar.

Biron arreganhou os dentes mostrando esforço ao apertar a circunferência de osso e músculo em torno da garganta do outro. Por um minuto, as mãos do guarda, perdendo as forças, arranharam inutilmente o braço de Biron, enquanto os pés chutavam a esmo. O rapaz ergueu o vigia do chão sem aliviar o aperto.

E então os braços do guarda caíram nas laterais do corpo, as pernas penderam, e os movimentos convulsivos e inúteis do peito começaram a cessar. Biron o colocou no chão com cuidado. O guarda ficou esparramado, como se fosse um saco esvaziado.

– Ele está morto? – perguntou Artemísia em um sussurro horrorizado.

– Eu duvido – respondeu Biron. – São necessários quatro ou cinco minutos de asfixia para matar um homem. Mas ele vai ficar fora do ar por um tempo. Você tem alguma coisa para amarrá-lo?

Ela balançou a cabeça. Por um momento, sentiu-se impotente.

– Você deve ter meias de cellite – disse Biron. – Elas serviriam. – Ele já havia tirado as armas e a roupa de cima do guarda. – E eu gostaria de tomar banho também. Na verdade, preciso fazer isso.

Foi agradável passar pelo vapor detergente do banheiro de Artemísia. O procedimento o deixou um pouco perfumado demais, mas ele esperava que pelo ar aberto a fragrância se dissipasse um pouco. Pelo menos estava limpo, e bastara a momentânea passagem pelas finas gotículas suspensas que o haviam envolvido com intensidade em uma cálida corrente de ar. Nenhuma câmara de secagem especial foi necessária, pois saíra seco e limpo do banho. Eles não dispunham de nada parecido em Nephelos, nem na Terra.

O uniforme do guarda estava um pouco apertado, e Biron não gostou do modo como o quepe cônico e um tanto feio ajustou-se à sua cabeça braquicéfala. Ele olhou insatisfeito para o próprio reflexo.

– Como estou?

– Bem parecido com um soldado – respondeu ela.

– Você terá que levar um desses chicotes – disse ele. – Não consigo carregar três.

Artemísia pegou a arma com dois dedos e a deixou cair dentro da bolsa, que então se suspendeu de seu cinto largo por outro microcampo de força para que suas mãos ficassem livres.

– É melhor irmos agora. Não diga nenhuma palavra se encontrarmos alguém; deixe que eu falo. Seu sotaque é muito pronunciado e, de qualquer maneira, seria falta de educa-

E AS CALÇAS DE UM SOBERANO

ção falar na minha presença, a menos que se dirigissem diretamente a você. Lembre-se! Você é um soldado comum.

O guarda estendido no chão começava a se contorcer e a revirar os olhos. Os pulsos e tornozelos do homem estavam firmemente amarrados em um nó atrás das costas, feito com meias que tinham mais força extensível do que a mesma quantidade de metal. A língua lutava inutilmente contra a mordaça.

Foi afastado do caminho a fim de que não se precisasse passar por cima dele para alcançar a porta.

– Por aqui – sussurrou Artemísia.

Na primeira virada, ouviu-se um passo atrás deles, e uma mão leve pousou sobre o ombro de Biron.

O rapaz deu um passo rápido para o lado e se virou, uma das mãos segurando o braço do desconhecido, enquanto a outra pegava o chicote.

Mas era Gillbret, que disse:

– Calma, rapaz!

Biron afrouxou a pegada.

Gillbret esfregou o braço.

– Estava esperando você, mas isso não é motivo para quebrar meus ossos. Deixe-me admirá-lo, Farrill. As roupas parecem ter encolhido, mas nada mal... Nada mal mesmo. Ninguém olharia para você uma segunda vez com esse traje. Esta é a vantagem de um uniforme de soldado: todos dão como certo que dentro dele existe um soldado e nada mais.

– Tio Gil – sussurrou Artemísia com urgência –, não fique falando tanto. Onde estão os outros guardas?

– Todo mundo se opõe a algumas palavras – disse ele, irritado. – Os outros guardas estão subindo a torre. Concluíram que o nosso amigo não está em nenhum dos andares inferiores, então apenas deixaram alguns homens nas principais saídas e nas rampas, com o sistema de alarme geral ativado também. Nós podemos passar.

– Eles não sentirão sua falta, senhor? – perguntou Biron.

– Minha falta? Rá. O capitão ficou contente de me ver indo embora, apesar de toda a deferência. Não vão me procurar, eu garanto.

Eles conversavam por meio de sussurros, mas pararam de repente. Havia um guarda ao pé da rampa, e dois outros ladeavam a imensa porta dupla entalhada que levava à área externa.

– Alguma notícia do prisioneiro que escapou, homens? – gritou Gillbret.

– Não, milorde – respondeu o mais próximo, batendo os calcanhares e fazendo uma saudação.

– Bem, fiquem de olhos abertos – e os três passaram por eles; um dos guardas à porta neutralizava com todo o cuidado o alarme daquela seção enquanto o trio a deixava.

Era noite lá fora. O céu estava claro e estrelado, a massa irregular da Nebulosa Cabeça de Cavalo escondendo os pontos de luz próximos ao horizonte. O palácio central se transformara em uma massa sombria atrás deles, e o campo de pouso estava a menos de oitocentos metros de distância.

Mas, depois de caminharem cinco minutos pela trilha silenciosa, Gillbret se inquietou.

– Tem alguma coisa errada – ele disse.

– Tio Gil, o senhor não se esqueceu de deixar a nave pronta? – perguntou Artemísia.

– Claro que não – replicou ele com tanta rispidez quanto era possível em um sussurro –, mas por que a torre do campo está acesa? Deveria estar apagada.

Ele apontou por entre as árvores, para o ponto onde a torre formava um hexágono de luz branca. Normalmente, isso indicaria atividade no campo: naves partindo para o espaço ou chegando dele.

– Não havia *nada* programado para hoje à noite – murmurou Gillbret. – Isso era certo.

Eles viram a resposta a distância, ou melhor, Gillbret viu. Ele parou de repente e estendeu os braços para deter os outros dois.

– É isso – disse, e gargalhou quase com histeria. – Desta vez, Hinrik estragou tudo direitinho, o idiota. Eles estão aqui! Os tirânicos! Vocês não entendem? Esse é o cruzador armado particular de Aratap.

Biron viu o brilho suave do cruzador sob as luzes, destacando-se das outras naves indistintas. Era mais harmonioso, mais estreito, mais felino do que as embarcações rhodianas.

– O capitão disse que o palácio receberia uma "figura ilustre" hoje – disse Gillbret –, e não prestei atenção. Não há nada a fazer agora. Não podemos lutar contra os tirânicos.

Alguma coisa estalou de repente na cabeça de Biron.

– Por que não? – perguntou em um tom impetuoso. – Por que não podemos lutar contra eles? Os tirânicos não têm nenhum motivo para suspeitar de que enfrentarão problemas, e estamos armados. Vamos tomar a nave do próprio comissário. Vamos pegá-lo de calças arriadas.

Biron avançou, saindo da relativa escuridão das árvores e entrando no campo aberto. Os outros o seguiram. Não havia razão para se esconder. Eram dois membros da família real escoltados por um soldado.

Mas eram os tirânicos que eles estavam enfrentando agora.

Simok Aratap de Tirana ficara admirado quando avistara pela primeira vez o palácio de Rhodia anos antes, mas o edifício se revelara só uma casca que o impressionara. O interior não passava de uma relíquia obsoleta. Duas gerações antes, as câmaras legislativas de Rhodia se localizavam ali, bem como a maioria dos gabinetes administrativos. O palácio central fora a pulsação de uma dúzia de planetas.

Mas agora as câmaras legislativas (ainda existentes, pois o khan nunca interferiu nos legalismos locais) se reuniam uma vez por ano para ratificar as ordens executivas dos últimos doze meses. Era uma formalidade. O Conselho Executivo ainda estava, nominalmente, em sessão contínua, mas consistia em uma dúzia de homens que permaneciam em suas propriedades durante nove de cada dez semanas. Os vários departamentos executivos ainda se mantinham ativos, uma vez que não se podia administrar sem eles – fosse o governador, fosse o khan quem governasse –, mas espalhavam-se agora pelo planeta, menos dependentes do governador, mais conscientes dos seus novos senhores, os tirânicos.

Isso conservara o palácio tão majestoso quanto sempre fora em termos de pedra e metal, e só. Nele vivia a família do governador, uma equipe de serviçais vagamente adequada e uma equipe de guardas nativos totalmente inadequada.

Aratap sentia-se desconfortável naquela casca, e estava infeliz. Era tarde, sentia-se cansado, os olhos ardiam e ele desejava tirar as lentes de contato. Acima de tudo, estava decepcionado.

Não havia um padrão! Ele olhava de vez em quando para o seu assessor militar, mas o major apenas ouvia o governador com uma apatia inexpressiva. Aratap, por sua vez, prestava pouca atenção.

– O filho de Widemos! É mesmo? – ele dizia, distraído. Depois acrescentava: – E então você o prendeu? Fez muito bem!

Mas isso significava pouco para ele, já que os acontecimentos não seguiam um padrão. A mente de Aratap era tão

E AS CALÇAS DE UM SOBERANO

organizada e metódica que ele não suportava a ideia de um acúmulo impreciso de fatos individuais sem nenhuma sistematização decente.

Widemos fora um traidor, e o filho de Widemos tentara reunir-se com o governador de Rhodia. Primeiro fizera isso em segredo, e, quando não deu certo, a urgência era tanta que ele tentara abertamente, recorrendo à ridícula história de conspiração de assassinato. Com certeza, esse deve ter sido o começo de um padrão.

E agora o padrão se desmantelara. Hinrik estava desistindo do rapaz com uma pressa indecente. Parecia que nem sequer podia esperar o fim da noite. Uma coisa sem sentido. Ou então Aratap não descobrira ainda todos os fatos.

Concentrou sua atenção no governador outra vez. Hinrik começava a se repetir. Aratap sentiu uma pontinha de compaixão. O homem se acovardara tanto que até mesmo os tirânicos se impacientavam com ele. E, no entanto, era a única maneira. Só o medo garantiria a lealdade absoluta. Nada mais.

Widemos não sentira medo, e, apesar de seus interesses pessoais se vincularem em todos os pontos com a manutenção do domínio tiraniano, ele se rebelara. Hinrik *tinha* medo, e isso fazia a diferença.

E porque Hinrik tinha medo, ele permanecia sentado ali, perdido em incoerências enquanto se esforçava para conquistar algum gesto de aprovação. Do major tal aceno não viria, claro, Aratap sabia. O homem não tinha nenhuma imaginação. Ele suspirou e desejou não ter nenhuma também. A política era um negócio sujo.

Então disse, com certo ar de animação:

– Isso mesmo. Louvo a sua rápida decisão e seu zelo a serviço do khan. Pode estar certo de que ele ficará sabendo.

Hinrik ficou visivelmente mais animado, seu alívio tornou-se óbvio.

– Mande trazê-lo aqui, então, e vamos ouvir o que nosso frangote tem a dizer – falou ele. O comissário conteve a vontade de bocejar. Ele não tinha interesse algum no que o "frangote" tinha a dizer.

A essa altura, a intenção de Hinrik era sinalizar para que o capitão da guarda se apresentasse, mas não foi necessário, pois o homem já estava à porta, sem ser anunciado.

– Excelência! – ele gritou, e entrou a passos largos sem esperar permissão.

Hinrik olhou fixamente para a própria mão, ainda a centímetros de distância do sinal, como que se perguntando se a sua intenção havia de algum modo desenvolvido força suficiente para substituir o ato.

– O que foi, capitão? – perguntou ele, inseguro.

– Excelência, o prisioneiro escapou – respondeu o oficial.

Aratap sentiu parte da fadiga desaparecer. O que foi isso?

– Os detalhes, capitão! – ordenou ele, e endireitou-se na cadeira.

O capitão lhes explicou com incisiva economia de palavras.

– Peço-lhe permissão, Excelência, para declarar alerta geral – concluiu. – Eles estão a poucos minutos de distância.

– Sim, claro – gaguejou Hinrik –, claro. Alerta geral, de fato. É a coisa certa. Rápido! Rápido! Comissário, não consigo entender como isso pode ter acontecido. Capitão, coloque todos os homens de prontidão. Haverá uma investigação, comissário. Se necessário, todos os homens da guarda serão castigados. Castigados! Castigados!

Ele repetiu a palavra quase que de modo histérico, mas o capitão permaneceu ali. Era óbvio que ele tinha algo mais a dizer.

– Por que está esperando? – perguntou Aratap.

– Posso falar com Vossa Excelência em particular? – indagou o capitão de forma abrupta.

Hinrik lançou um olhar rápido e assustado ao comissário insosso e imperturbável. E então conseguiu demonstrar uma débil indignação.

– Não existem segredos para os soldados do khan, nossos amigos, nossos...

– Diga o que tem a dizer, capitão – interrompeu Aratap com delicadeza.

O capitão bateu os calcanhares bruscamente e disse:

– Como recebi ordens para falar, Excelência, lamento informá-lo de que milady Artemísia e milorde Gillbret acompanharam o prisioneiro na fuga.

– Ele ousou sequestrá-los? – Hinrik se pôs de pé. – E meus guardas permitiram isso?

– Não foram sequestrados, Excelência. Eles o acompanharam por vontade própria.

– Como sabe? – Aratap ficou radiante, e completamente desperto. Agora se formava um padrão, afinal. Um padrão melhor do que ele poderia ter previsto.

– Temos o testemunho do guarda que os fugitivos renderam e dos guardas que inadvertidamente lhes permitiram sair do prédio. – Ele hesitou, depois acrescentou em um tom grave: – Quando interroguei lady Artemísia à porta de seus aposentos particulares, ela me disse que estava prestes a se deitar. Só mais tarde me dei conta de que, quando me disse isso, o rosto dela estava cuidadosamente maquiado. Quando voltei, era tarde demais. Admito que errei ao conduzir a situação. Depois desta noite, vou pedir a Vossa Excelência que aceite minha demissão, mas antes gostaria de saber se ainda me permite soar o alerta geral. Sem a sua autorização, não posso interferir em assuntos que envolvam os membros da família real.

Mas Hinrik estava cambaleando e só conseguiu olhar para ele com perplexidade.

– Capitão, seria melhor cuidar da saúde do seu governador – disse Aratap. – Sugiro que chame um médico.

– O alerta geral! – repetiu o capitão.

– Não haverá nenhum alerta geral – replicou Aratap. – Está me entendendo? Nada de alerta geral! Nada de recaptura do prisioneiro! Acabou! Ordene a seus homens que retornem aos alojamentos e aos deveres cotidianos, e cuide do seu governador. Venha, major.

O major tiraniano falou em um tom tenso assim que deixaram a imponência do palácio central para trás:

– Aratap, espero que saiba o que está fazendo. Fiquei de boca fechada lá dentro com base nessa suposição.

– Obrigado, major. – Aratap apreciava o ar noturno de um planeta repleto de verde e de coisas crescendo. Tirana era mais bonito à sua maneira, mas era uma beleza terrível de rochas e montanhas. E seco, muito seco!

– Você não sabe lidar com Hinrik, major Andros – continuou ele. – O homem é útil, mas precisa ser tratado com gentileza para continuar assim. Nas suas mãos, ele definharia.

O major deixou esse comentário de lado.

– Não me refiro a isso. Por que não permitir o alerta geral? Não quer pegá-los?

– Você quer? – perguntou Aratap. – Vamos nos sentar aqui por um instante, Andros. Um banco em uma trilha no meio do gramado. Que lugar seria mais bonito e mais seguro contra feixes espiões? Por que você quer pegar o rapaz, major?

E AS CALÇAS DE UM SOBERANO

– Por que eu quero um traidor e conspirador?

– Sim, por que quer pegá-lo, se só vai pôr as mãos em algumas ferramentas e deixar a fonte do veneno intocada? Quem você deteria? Um fedelho, uma garota tola, um idiota senil?

Ouvia-se o leve barulho do respingar de uma queda-d'água artificial ali por perto. Uma cachoeira pequena, porém decorativa. Agora, aquilo era um verdadeiro espanto para Aratap. Imaginar água respingando, correndo, sendo desperdiçada, jorrando indefinidamente pelas rochas e pelo solo. Ele jamais conseguira deixar de sentir certa indignação quanto a isso.

– Então – disse o major –, não temos nada.

– Temos um padrão. Quando o rapaz chegou, nós o associamos a Hinrik, e isso nos incomodou porque Hinrik é... o que é. Mas era o melhor que podíamos fazer. Agora estamos vendo que não se tratava de Hinrik, que ele era uma distração. O rapaz estava atrás da filha e do primo de Hinrik, e isso faz mais sentido.

– Por que ele não nos contatou mais cedo? Esperou o meio da noite.

– Porque ele é a ferramenta de quem quer que o alcance primeiro, e tenho certeza de que Gillbret sugeriu a reunião desta noite como sinal de zelo da parte dele.

– Quer dizer que fomos chamados aqui de propósito? Para *testemunhar* a fuga deles?

– Não, não por esse motivo. Pergunte a si mesmo. Para onde essas pessoas pretendem ir?

O major encolheu os ombros.

– Rhodia é grande.

– É, se apenas o jovem Farrill estivesse envolvido. Mas, em Rhodia, para onde iriam dois membros da família real sem que os reconhecessem? Em especial a garota.

– Precisariam partir do planeta? Concordo.

– E partiriam de onde? Conseguiriam chegar ao campo do palácio em quinze minutos de caminhada. Agora compreende a razão de estarmos aqui?

– *Nossa nave?* – perguntou o major.

– Claro. Uma nave tiraniana seria ideal. Caso contrário, teriam que escolher cargueiros. Farrill estudou na Terra, e estou certo de que sabe pilotar um cruzador.

– Mas tem uma coisa. Por que permitimos à nobreza enviar seus filhos para todas as partes? Para que um sujeito tem que saber mais sobre viagens do que o suficiente para o comércio local?

– Não obstante – disse Aratap com uma indiferença polida –, no momento consideremos objetivamente que Farrill foi educado no exterior, sem nos aborrecermos com isso. O fato é que estou certo de que eles pegaram o nosso cruzador.

– Não posso acreditar.

– Você está com o seu comunicador de pulso. Entre em contato com a nave, se puder.

O major tentou, inutilmente.

– Tente a torre de campo – disse Aratap.

O major fez isso, e do minúsculo receptor saiu uma vozinha levemente agitada:

– Mas, Excelência, eu não entendo... Há algum engano. Seu piloto decolou dez minutos atrás.

Aratap estava sorrindo.

– Viu? Descubra o padrão e cada pequeno acontecimento se torna inevitável. E agora, entende as consequências?

O major entendia. Ele deu uma palmada em uma das coxas e riu com sutileza.

– Claro! – ele respondeu.

– Bem – continuou Aratap –, é óbvio que eles não tinham como saber, mas acabaram se prejudicando. Se tivessem escolhido o cargueiro rhodiano mais desajeitado no campo, com certeza escapariam e... Qual é mesmo a expressão?... Ah, eu teria sido pego de calças arriadas hoje à noite. Mas minhas calças estão muito bem abotoadas, e nada salvará *aqueles três*. E quando eu os pegar de volta, no meu próprio tempo — ele enfatizou as palavras com satisfação —, o restante dos conspiradores estará nas minhas mãos também.

Aratap suspirou e começou a sentir-se sonolento mais uma vez.

— Bem, tivemos sorte, e agora não há pressa. Ligue para a base central e peça que mandem outra nave para nos buscar.

10. TALVEZ SIM!

A formação de Biron Farrill em espaçonáutica na Terra fora em grande parte acadêmica. Havia cursos universitários nas várias fases da engenharia espacial, os quais, embora discutissem a teoria do motor hiperatômico em metade do semestre, ofereciam pouco no que se referia ao verdadeiro controle de naves no espaço. Os melhores e mais habilidosos pilotos aprendiam sua arte no espaço, não nas salas de aula.

Ele conseguira decolar sem nenhum acidente de fato, ainda que mais pelo fator sorte do que por planejamento. A *Impiedosa* respondia aos controles muito mais rápido do que Biron previra. Antes, ele conduzira várias naves em idas e vindas da Terra para o espaço, mas eram modelos antigos e estáveis, mantidos para o uso dos estudantes. Eram máquinas delicadas e muito, muito desgastadas, que se levantavam com esforço e subiam em espiral pela atmosfera até alcançar o espaço.

A *Impiedosa*, ao contrário, levantara-se sem nenhum esforço, saltando para cima e zunindo pelo ar com tal intensidade que Biron caíra da cadeira e quase deslocara o ombro. Artemísia e Gillbret, que, com a cautela típica dos inexperientes, haviam se prendido aos assentos, foram quase esmagados contra o cinto acolchoado. O prisioneiro tiraniano ficara prensado contra a parede, friccionando com força suas amarras e xingando em um tom monótono.

Biron se levantou trêmulo, chutou o tiraniano até que ele ficasse em um silêncio taciturno, e caminhou ao longo do corrimão da parede, mão a mão contra o sentido da aceleração, até chegar de volta ao seu assento. Rajadas frontais de energia sacudiram a nave e reduziram a velocidade cada vez maior a uma taxa suportável.

Nesse momento, eles estavam na camada superior da atmosfera rhodiana. O céu tinha um tom violeta profundo, e, devido à fricção com o ar, a fuselagem da nave se aquecera, de forma que dava para sentir o calor lá de dentro.

Depois disso, passaram-se horas para colocar a nave em órbita sobre Rhodia. Biron não conseguia encontrar uma maneira de calcular de imediato a velocidade necessária para ultrapassar a gravidade rhodiana, e teve que fazer isso com base na tentativa e erro, variando a velocidade com lufadas de energia para a frente e para trás, observando o massômetro, que indicava a distância entre eles e a superfície do planeta ao medir a intensidade do campo gravitacional. Felizmente, o massômetro já estava calibrado para a massa e o raio de Rhodia. Sem uma experiência significativa, Biron não conseguiria ter ajustado sozinho a calibragem.

Com o passar do tempo, o massômetro ficou estável e, em um período de duas horas, não mostrou nenhuma mudança relevante. Biron se permitiu relaxar, e os outros desataram os cintos.

— O senhor não tem um toque muito suave, milorde rancheiro — disse Artemísia.

— Estou voando, milady — retrucou Biron secamente. — Se conseguir fazer melhor, fique à vontade para tentar, mas só depois que eu desembarcar.

TALVEZ SIM!

– Calados, calados, calados – disse Gillbret. – Esta nave é pequena demais para picuinhas e, além disso, já que *seremos* forçados a uma familiaridade inconveniente nesta cela saltitante, sugiro que eliminemos os muitos "lordes" e "ladies" que, do contrário, tornarão nossa conversa insuportável. Eu sou Gillbret, você é Biron, ela é Artemísia. Sugiro também que memorizemos essas formas de tratamento ou qualquer variação que tenhamos vontade de usar. E, quanto a pilotar a nave, por que não contar com nosso amigo tiraniano aqui?

O tiraniano fez cara feia, e Biron disse:

– Não. Impossível confiarmos nele. E a minha habilidade de pilotar vai melhorar quando eu pegar o jeito desta nave. Ainda não causei nenhum acidente, causei?

O ombro de Biron continuava a doer em razão do primeiro movimento brusco, e, como de costume, a dor o deixava irritado.

– Bem, o que *faremos* com ele? – perguntou Gillbret.

– Eu não gostaria de matá-lo a sangue-frio – respondeu Biron –, e isso não nos ajudaria; só deixaria os tirânicos duplamente agitados. Matar alguém da raça dominante é um pecado imperdoável.

– Mas qual é a alternativa?

– Vamos desembarcá-lo.

– Tudo bem. Onde?

– Em Rhodia.

– O quê?

– É o único lugar onde não vão nos procurar. Além do mais, vamos ter que descer logo, de qualquer maneira.

– Por quê?

– Olhe, esta é a nave do comissário, que a usa para saltar de um ponto ao outro na superfície do planeta; não tem provisões para viagens espaciais. Antes de irmos a qualquer

129

lugar, teremos que fazer um levantamento completo do que existe a bordo e ao menos garantir que dispomos de água e comida suficientes.

Artemísia assentia vigorosamente com a cabeça.

– Isso mesmo. Ótimo! Eu não teria pensado nisso. Muito inteligente de sua parte, Biron.

O jovem fez um gesto de desaprovação, mas se encheu de contentamento. Pela primeira vez Artemísia se dirigia a ele usando o primeiro nome. Ela podia ser bem agradável quando tentava.

– Mas ele vai descobrir nosso paradeiro instantaneamente por meio do rádio – argumentou Gillbret.

– Acho que não – replicou Biron. – Em primeiro lugar, Rhodia tem suas regiões ermas, eu imagino. Não temos que deixar o sujeito na zona comercial de uma cidade, nem no meio de um dos quartéis tiranianos. Além disso, talvez ele não esteja tão ansioso para contatar seus superiores quanto vocês imaginam... Diga-me, soldado, o que aconteceria com o responsável pelo roubo do cruzador particular do comissário do khan?

O prisioneiro não respondeu, mas os lábios se transformaram em uma linha fina e pálida.

Biron não desejaria estar no lugar do soldado. Na verdade, o homem não tinha culpa. Não havia motivo para que ele suspeitasse de que enfrentaria problemas por causa de mera demonstração de cortesia para com membros da família real rhodiana. Seguindo à risca o código militar tiraniano, ele se recusara a lhes permitir que subissem a bordo da nave sem permissão do comandante. Se o próprio governador exigisse permissão para entrar, insistiu o soldado, ele teria que negar. Mas, nesse meio-tempo, o grupo se aproximara dele e, quando se deu conta de que deveria ter seguido o código militar ainda mais à risca, colocando a arma de prontidão, era tarde demais. Um chicote neurônico estava praticamente lhe tocando o peito.

Mas ele tampouco se rendera de forma submissa, mesmo naquele momento. Só se deteve com uma rajada de chicote no peito. E, ainda assim, a única coisa que ele podia esperar era corte marcial e condenação. Ninguém duvidava disso, muito menos o soldado.

Eles aterrissaram dois dias depois nos arredores da cidade de Southwark, escolhida de propósito por ficar distante dos grandes centros populacionais rhodianos. O soldado tiraniano havia sido amarrado a uma unidade de repulsão e deixado no ar, flutuando até o chão, a uns oitenta quilômetros da cidade grande mais próxima.

A aterrissagem em uma praia deserta teve apenas solavancos moderados, e Biron, por ser o menos conhecido do grupo, fez as compras necessárias. O dinheiro rhodiano que Gillbret tivera a presença de espírito de trazer consigo quase não foi suficiente para as necessidades básicas, uma vez que usaram boa parte dele para comprar um pequeno duogiro e um carrinho para que Biron pudesse transportar os suprimentos aos poucos.

— O dinheiro teria rendido mais — disse Artemísia —, se você não o tivesse desperdiçado tanto comprando mingau tiraniano.

— Achei que não tinha mais nada a fazer — retrucou Biron em um tom acalorado. — Pode ser mingau tiraniano para você, mas é um alimento balanceado e vai nos sustentar mais do que qualquer outra coisa que eu comprasse.

Ele estava irritado. Fora um trabalho de estivador transportar tudo aquilo da cidade para o interior da nave. E correra um risco considerável fazendo compras no armazém administrado pelos tiranianos locais. Ele esperara gratidão.

E, de qualquer modo, não havia alternativa. As forças tiranianas tinham desenvolvido uma técnica de suprimento adaptada estritamente às naves minúsculas que usavam. Não podiam se dar ao luxo de ter os enormes espaços de armazenamento das outras frotas, onde se empilhavam carcaças de animais inteiros, penduradas em fileiras bem organizadas. Portanto, foram obrigados a desenvolver um concentrado alimentício padrão contendo o necessário em termos de calorias e elementos nutricionais, limitando-se a isso. O concentrado ocupava 1/20 do espaço que um suprimento equivalente de alimentos naturais de origem animal ocuparia, e podia ser empilhado na despensa de baixa temperatura como tijolos empacotados.

— Bem, o gosto é horrível — disse Artemísia.

— Bem, você vai se acostumar — retrucou Biron, imitando a petulância da garota, que corou e se afastou com raiva.

Biron sabia que Artemísia se sentia incomodada apenas pela falta de espaço e por tudo que isso implicava. Não era só a questão de ter um estoque alimentar sem variedade porque, dessa maneira, mais calorias podiam ser armazenadas por centímetro cúbico. É que não havia quartos separados, por exemplo, só as casas de máquinas e a cabine de comando, ambas ocupando a maior parte do espaço da nave. (Afinal, pensou Biron, era uma nave de guerra, não um iate de lazer.) Depois havia a despensa e uma cabine pequena com duas fileiras de beliches triplos de cada lado. A tubulação ficava em um pequeno nicho do lado de fora da cabine.

Isso significava superlotação; significava uma total ausência de privacidade; e significava que Artemísia precisaria se adaptar ao fato de que não havia roupas femininas a bordo, nem espelhos, nem lavatórios.

Bem, ela teria de se acostumar. Biron sentia que havia feito o suficiente por ela, esforçara-se bastante. Por que ela não podia ser agradável e sorrir de vez em quando? Artemísia tinha um belo sorriso, e ele precisava admitir que ela não era má, a não ser pelo temperamento. Mas, ah, que temperamento!

Bem, por que desperdiçar seu tempo pensando nela?

A questão da água era mais grave. Tirana era um planeta deserto, onde a água era escassa e valorizada pelos homens, e por isso não a haviam incluído a bordo da nave para banho. Os soldados podiam tomar banho e lavar seus pertences quando aterrissassem em um planeta. Durante as viagens, um tanto de sujeira e de suor não lhes faria mal. Mesmo a água para beber era pouca para as viagens mais longas. Afinal de contas, a água não podia ser concentrada nem desidratada, de modo que precisava ser levada a granel, e o problema se agravava em razão de o teor de água nos concentrados alimentícios ser bastante baixo.

Havia aparelhos de destilação para reutilizar a água perdida pelo corpo, mas Biron, quando entendeu o processo, sentiu nojo e providenciou a eliminação de resíduos sem tentar recuperar a água. Em termos químicos, a reciclagem era um procedimento sensato, mas é preciso ser treinado para se acostumar com esse tipo de coisa.

A segunda decolagem foi, em comparação com a anterior, um exemplo de suavidade, e depois Biron passou algum tempo brincando com os controles. O painel de controle pouco se assemelhava ao das naves que ele manuseara na Terra; era assustadoramente comprimido e compactado. Quando o rapaz descobria a serventia de um contato ou o propósito de um botão, escrevia instruções minuciosas em um papel e o colava apropriadamente no painel.

Gillbret entrou na sala do piloto.

Biron olhou por sobre o ombro.

– Suponho que Artemísia esteja na cabine.

– Não existe outro lugar onde ela possa estar e ficar dentro da nave.

– Quando falar com ela, diga-lhe que vou montar um beliche e ficar aqui na sala de pilotos – disse Biron. – Aconselho-o a fazer o mesmo e deixar que ela fique com a cabine. – E acrescentou, murmurando: – Que garota mais infantil.

– Você também tem os seus momentos, Biron – replicou Gillbret. – Lembre-se do tipo de vida a que ela estava acostumada.

– Tudo bem. Eu me lembro, e daí? Com que tipo de vida acha que eu estou acostumado? Não nasci nos campos de mineração de algum cinturão de asteroides. Nasci no maior rancho de Nephelos. Mas, se você está numa situação complicada, precisa tirar o melhor proveito dela. Droga, eu não consigo esticar o casco da nave. Só tem como guardar este tanto de comida e água, e nada posso fazer sobre o fato de não haver um chuveiro. Ela implica comigo como se eu mesmo tivesse fabricado esta nave. – Era um alívio gritar com Gillbret. Era um alívio gritar com qualquer um.

Mas a porta se abriu, e Artemísia ficou ali parada.

– Em seu lugar, sr. Farrill, eu evitaria gritar – disse ela, em um tom frio como uma pedra de gelo. – Dá para ouvi-lo de qualquer parte da nave.

– Pouco me importa – retrucou Biron. – E se a nave incomoda *você*, lembre que, se seu pai não tivesse tentado me matar e forçá-la a se casar, nenhum de nós estaria aqui.

– Não fale sobre o meu pai.

– Vou falar sobre quem eu quiser.

Gillbret tapou os ouvidos com as mãos:

– *Por favor!*

A discussão parou por um instante.

– Podemos discutir para onde vamos agora? – propôs Gillbret. – A esta altura dos acontecimentos, está óbvio que, quanto antes formos para qualquer lugar e sairmos desta nave, mais confortáveis vamos ficar.

– Concordo com você, Gil – disse Biron. – Vamos para algum lugar onde eu não tenha que ouvi-la tagarelando. Nem me fale em mulheres nas espaçonaves!

Artemísia, ignorando Biron, falou para Gillbret:

– Por que não saímos da zona da Nebulosa?

– Não sei quanto a vocês – retorquiu Biron de imediato –, mas tenho que reaver meu rancho e fazer alguma coisa sobre o assassinato do meu pai. Permanecerei nos Reinos.

– Eu não quis dizer que temos que partir para sempre – disse Artemísia –, mas só até a fase crítica das buscas passar. De qualquer forma, não entendo o que pretende fazer sobre seu rancho. Você não pode recuperá-lo a não ser que o império tiraniano seja desmembrado, e não consigo imaginá-lo fazendo isso.

– Não se preocupe com o que pretendo fazer. É problema meu.

– Posso fazer uma sugestão? – perguntou Gillbret em um tom ameno. Entendendo o silêncio como consentimento, continuou: – Então suponha que eu lhe diga para onde devemos ir e exatamente o que devemos fazer para ajudar a desmembrar o império, como Arta disse.

– Ah, é? E o que propõe?

Gillbret sorriu.

– Meu caro garoto, sua atitude é muito engraçada. Não confia em mim? Você me olha como se achasse que qualquer empreitada na qual eu me envolvesse estivesse fadada a ser uma iniciativa tola. Eu o tirei do palácio.

– Sei disso. Estou totalmente disposto a ouvi-lo.

– Então me ouça. Esperei mais de vinte anos a chance de escapar deles. Se eu fosse um cidadão comum, poderia ter fugido muito tempo atrás, mas, pela maldição do nascimento, eu era uma figura pública. E, no entanto, se não fosse pelo fato de ter nascido um Hinríade, não teria assistido à coroação do atual khan de Tirana e, nesse caso, jamais teria deparado com o segredo que um dia vai destruir esse mesmo khan.

– Continue – incentivou Biron.

– A viagem de Rhodia a Tirana foi feita em uma nave de guerra tiraniana, claro, assim como a viagem de volta. Uma nave como esta, eu poderia dizer, mas maior. A viagem foi tranquila. A estada em Tirana teve momentos de diversão, mas, para os nossos propósitos agora, também foi tranquila. Na volta, porém, um meteoro nos atingiu.

– O quê?

Gillbret fez um gesto com a mão.

– Sei muito bem que se trata de um acidente improvável. A incidência de meteoros no espaço... em especial no espaço interestelar... é tão reduzida que torna as chances de uma colisão com uma nave insignificantes, mas acontece, como você bem sabe. E aconteceu nesse caso. Claro que qualquer meteoro, mesmo que seja do tamanho de uma cabeça de alfinete, como a maioria deles, em rota de colisão consegue atravessar o casco de qualquer nave, exceto daquelas altamente blindadas.

– Eu sei – disse Biron. – É uma questão de *momentum*, que significa um produto da massa e da velocidade dos meteoros. A velocidade mais do que compensa a falta de massa – ele disse essas palavras com desânimo, como se recitasse uma lição de escola, e percebeu que estava olhando furtivamente para Artemísia.

Ela se sentara para ouvir Gillbret, e estava tão perto dele que quase se tocavam. Então, ocorreu a Biron que o perfil dela era bonito, mesmo com o cabelo um pouco desgrenhado. A garota não estava usando o casaquinho, e o tecido fofo e branco de sua blusa continuava liso e sem vincos após quarenta e oito horas. Biron se perguntou como ela conseguia isso.

Ele concluiu que a viagem seria maravilhosa se Artemísia aprendesse a se comportar. O problema era que ninguém jamais a havia controlado de modo adequado, só isso. Com certeza, não o pai. Ela se acostumara a fazer o que quisesse. Se tivesse nascido plebeia, seria uma criatura adorável.

Biron estava começando a devanear, imaginando que a controlava e a conduzia a um estado apropriado de gratidão, quando ela virou a cabeça e fitou-o calmamente nos olhos. Biron desviou o olhar e concentrou-se em Gillbret no mesmo instante. Ele perdera algumas frases.

– Não faço ideia de por que a tela da nave falhou. É uma dessas coisas a que ninguém nunca saberá responder, mas falhou. Bem, o meteoro, do tamanho de uma pedrinha, furou o casco no meio da nave, reduzindo a velocidade, mas não conseguiu atravessar até o outro lado. Se tivesse atravessado, o dano seria pequeno, pois remendariam temporariamente o casco em pouco tempo.

"No entanto, o meteoro entrou na sala de comando, ricocheteou na parede mais distante e quicou para a frente e para trás até parar. Tudo isso não deve ter demorado mais do que uma fração de minuto, mas, a uma velocidade original de uns cento e sessenta quilômetros por minuto, o fragmento deve ter cruzado a sala cem vezes. Os dois tripulantes ficaram despedaçados, e só escapei porque estava na cabine naquele momento.

"Eu ouvi o tinido fraco do meteoro quando ele penetrou o casco inicialmente, depois o estrépito que fez enquanto ricocheteava e os gritos assustadores dos dois tripulantes. Quando entrei na sala de comando, sangue e carne dilacerada se espalhavam por toda parte. Lembro-me apenas vagamente das coisas que aconteceram na sequência, embora durante anos as tenha revivido passo a passo nos meus pesadelos.

"O som frio do ar vazando me levou até o buraco causado pelo meteoro. Coloquei um disco de metal sobre ele e a pressão do ar criou uma vedação decente. Encontrei a pedrinha espacial danificada no chão. Estava quente ao toque, mas eu bati nela com uma chave inglesa e a dividi em duas. O interior, quando exposto, congelou de imediato. Ela ainda estava na temperatura do espaço.

"Amarrei uma corda ao pulso de cada cadáver e depois as prendi a um ímã de reboque. Joguei-os pela câmara de despressurização e ouvi o tinir dos ímãs contra o compartimento de carga, e sabia que os corpos congelados seguiriam a nave para onde ela fosse. Veja bem, quando voltássemos para Rhodia, eu sabia que precisaria dos corpos como prova de que o meteoro fora responsável pela morte dos dois, e não eu.

"Mas como eu ia voltar? Estava desamparado. Não tinha como *eu* assumir o controle da nave, e nem sequer me atreveria a tentar ali nas profundezas do espaço interestelar. Tampouco sabia como usar o sistema de comunicação subetérico, então não podia enviar um sinal de SOS. Só me restava deixar a nave seguir seu curso."

— Mas você não podia fazer isso, podia? — perguntou Biron. Ele se perguntava se Gillbret estaria inventando a história toda, movido ou por simples fantasias românticas ou por alguma razão muito prática. — E os Saltos pelo hiperespaço? Você deve ter lidado com eles, ou não estaria aqui.

— Uma nave tiraniana — explicou Gillbret —, uma vez que os controles estejam corretamente configurados, faz inúmeros Saltos de forma automática.

Biron o encarou incrédulo. Será que Gillbret o tomava por tolo?

— Você está inventando isso — ele disse.

— Não estou. É um dos malditos avanços militares que lhes permitiram vencer as guerras. Eles não derrotaram cinquenta sistemas planetários com população e recursos centenas de vezes mais numerosos do que Tirana brincando de tiro ao alvo, sabe. Claro que eles nos enfrentaram um de cada vez, e se valeram de nossos traidores de maneira muito habilidosa, mas tinham uma nítida vantagem militar também. Todos sabem que eram taticamente superiores a nós, e parte disso se devia ao Salto automático, que significava um grande aumento da capacidade de manobra das naves, o que possibilitou planos de batalha muito mais elaborados do que qualquer outro que pudéssemos planejar.

"Admito que essa técnica é um dos segredos que guardam a sete chaves. Eu mesmo só o descobri ao ficar preso e sozinho na *Sanguessuga*... Os tirânicos têm o costume irritante de dar nomes desagradáveis às naves, mas suponho que o efeito psicológico seja positivo... E vi acontecer. Eu *vi* a nave fazer o Salto sem uma única mão nos controles."

— E com isso você quer dizer que esta nave faz a mesma coisa?

— Não sei. Eu não ficaria surpreso.

Biron se virou para o painel de controle. Ainda havia dúzias de contatos que ele não sabia para que serviam. Bem, mais tarde!

Ele se voltou para Gillbret outra vez.

— E a nave levou você para casa?

– Não, não levou. Quando aquele meteoro percorreu a sala de comando, o painel não passou intacto. Teria sido impressionante se tivesse passado. Botões foram destruídos, o revestimento ficou danificado e amassado. Era impossível dizer como o arranjo original de controles fora alterado, mas deve ter sido modificado de algum modo, porque a nave nunca me levou de volta para Rhodia.

"Por fim, claro, ela começou a desacelerar, e eu sabia que teoricamente a viagem tinha terminado. Eu não sabia dizer onde estava, mas consegui manipular a visitela, então descobri um planeta perto o bastante para revelar um disco no telescópio da nave. Foi pura sorte, porque o disco aumentava de tamanho. A nave estava se dirigindo para o planeta.

"Mas não diretamente. Seria impossível esperar que isso acontecesse. Se eu estivesse apenas à deriva, a nave passaria a mais de um milhão de quilômetros do planeta, no mínimo, mas, àquela distância, eu podia usar o rádio etérico comum. Isso eu sabia fazer. Foi após essa experiência que comecei a estudar eletrônica. Resolvi que nunca mais ficaria tão desamparado, o que não é nem um pouco engraçado."

– Então você usou o rádio – incentivou Biron.

– Exatamente, e eles vieram me buscar – continuou Gillbret.

– Quem?

– Os homens do planeta, que era habitado.

– Bem, a sorte só aumenta. Que planeta era?

– Não sei.

– Quer dizer que não lhe falaram?

– Engraçado, não é? Não falaram. Mas ficava em algum lugar entre os Reinos Nebulares!

– Como você soube disso?

TALVEZ SIM!

– Porque eles sabiam que a nave em que eu estava era tiraniana. Sabiam só de avistá-la, e quase a desintegraram antes que pudesse convencê-los de que eu era a única pessoa viva a bordo.

Biron apoiou as grandes mãos nos joelhos e os massageou.

– Agora espere aí e volte um pouco. Não entendo. Se eles sabiam que era uma nave tiraniana e pretendiam desintegrá-la, essa não seria uma prova de que o planeta *não* ficava nos Reinos Nebulares? De que ficava em qualquer lugar, menos ali?

– *Não*, pela Galáxia! – Os olhos de Gillbret brilhavam e ele ergueu o tom da voz, entusiasmado. – O planeta *ficava* nos Reinos. Eles me levaram para a superfície, e que mundo era aquele! Havia homens de todos os Reinos. Percebi pelos sotaques. E *eles* não tinham medo dos tirânicos. O lugar era um arsenal. Não dava para saber do espaço. Podia ter sido um mundo agrícola degradado, mas a vida do planeta estava no subsolo. Em algum lugar dos Reinos, meu rapaz, lá em *algum lugar* ainda existe esse planeta, e o povo *não* tem medo dos tirânicos, e vai destruí-los como teria destruído a nave onde eu estava naquela ocasião se os tripulantes ainda estivessem vivos.

Biron sentiu o coração pular. Por um momento, quis acreditar.

Afinal de contas, talvez sim. Talvez!

11. E TALVEZ NÃO!

E então, de novo, talvez não!

— Como você descobriu tudo isso sobre o planeta ser um arsenal? Quanto tempo ficou lá? O que viu?

Gillbret se impacientou.

— Não foi exatamente o que vi. Eles não me levaram para passear nem nada do tipo. — Ele se obrigou a relaxar. — Bem, veja, aconteceu o seguinte: no momento em que eles me tiraram da nave, meu estado era mais ou menos ruim. Assustado demais para comer direito... É uma coisa terrível ficar isolado no espaço... E eu devia parecer pior do que realmente estava.

"Eu meio que me identifiquei, e eles me levaram para o subsolo. Com a nave, claro. Suponho que se interessavam mais pela nave do que por mim. Afinal, ela lhes deu a chance de estudar a engenharia espacial tiraniana. Eles me levaram para o que devia ser um hospital."

— Mas o que o senhor viu? — perguntou Artemísia.

— Ele nunca contou isso para *você* antes? — interrompeu Biron.

— Não — respondeu a garota.

E Gillbret acrescentou:

– Nunca contei a ninguém até agora. Como eu disse, fui levado a um hospital. Passei por laboratórios de pesquisa ali que talvez sejam superiores a qualquer coisa que tenhamos em Rhodia. No caminho para o hospital, passei por fábricas onde faziam algum tipo de trabalho com metal. Com certeza, as naves que tinham me capturado não se pareciam com nenhuma de que eu tenha ouvido falar.

"Na época, ficou tudo tão claro para mim que nunca questionei nada desde então. Penso nele como o meu 'planeta da rebelião', e sei que um dia um enxame de naves vai sair de lá para atacar os tirânicos, e que os mundos dominados serão convocados para ajudar os líderes rebeldes. Sempre esperei que isso acontecesse. A cada novo ano, eu pensava comigo mesmo: talvez seja agora. No entanto, também esperava que não fosse porque desejava fugir antes e juntar-me a eles para participar do grande ataque. Não queria que começassem sem mim."

Ele riu com uma voz trêmula e disse:

– Suponho que a maioria das pessoas acharia graça se soubesse o que se passava em minha mente. Na *minha* mente. Ninguém ligava muito para mim, sabem.

– Tudo isso aconteceu mais de vinte anos atrás e ainda não atacaram? – perguntou Biron. – Não há nenhum sinal deles? Nenhum registro de naves estranhas? Nenhum incidente? E você ainda acha...

– Acho, sim – disparou Gillbret. – Vinte anos não é muito tempo para se organizar uma revolta contra um planeta que governa cinquenta sistemas. Estive lá no começo da rebelião. Sei disso também. Aos poucos, eles devem estar enchendo o planeta de preparativos subterrâneos, desenvolvendo naves e armas mais novas, treinando mais homens, organizando o ataque.

E TALVEZ NÃO!

"Só nos filmes de suspense é que as pessoas pegam em armas de uma hora para outra; que uma arma é inventada no momento seguinte em que se faz necessária, depois produzida em massa e então usada. Essas coisas levam tempo, Biron, e os homens do planeta rebelde provavelmente sabem que precisarão estar prontos antes de começar. Eles não vão conseguir atacar duas vezes.

"E o que você chama de 'incidente'? Naves tiranianas desapareceram e jamais foram encontradas. Você poderia dizer que o espaço é grande e que elas poderiam simplesmente estar perdidas, mas, e se foram capturadas pelos rebeldes? Teve o caso da *Incansável* dois anos atrás. O piloto notificou a existência de um objeto estranho próximo o bastante para estimular o massômetro, e depois nunca mais se ouviu falar dela. Pode ter sido um meteoro, mas será que *foi*?

"A busca durou meses. Nunca a encontraram. *Eu* acho que os rebeldes estão com a nave. A *Incansável* era nova, um modelo experimental. Exatamente o que eles iam querer."

– Considerando que você já estava lá, por que não ficou? – indagou Biron.

– Você acha que eu não quis? Não tive chance. Escutei a conversa deles enquanto achavam que eu estava inconsciente, e descobri mais algumas coisas. Eles estavam só no começo naquela época. Não podiam se dar ao luxo de ser descobertos naquele momento. Eles sabiam que eu era Gillbret oth Hinríade. Tinha identificação suficiente na nave, mesmo que eu não lhes tivesse contado, mas acabei contando. Portanto, sabiam que, se eu não voltasse a Rhodia, aconteceria uma busca em grande escala que não acabaria tão cedo. E como não podiam correr o risco de uma busca dessas, tiveram que garantir o meu retorno a Rhodia. E então me levaram.

– O quê? – gritou Biron. – Mas esse deve ter sido um risco ainda maior. Como fizeram isso?

– Não sei. – Gillbret passou os dedos finos pelo cabelo grisalho, e os olhos pareciam sondar inutilmente as profundezas da memória. – Acho que me anestesiaram. Nessa parte deu um branco. Depois de certo ponto não me lembro de mais nada, exceto que, quando abri os olhos, estava de volta à *Sanguessuga*; eu estava no espaço, bem próximo de Rhodia.

– Os dois tripulantes mortos ainda estavam acoplados pelos ímãs? Não foram removidos no planeta da rebelião? – perguntou Biron.

– Eles ainda estavam lá.

– Havia alguma prova de sua estada no planeta da rebelião?

– Nenhuma, a não ser minhas lembranças.

– Como você sabia que estava próximo de Rhodia?

– Não sabia. Eu sabia que estava perto de um planeta, o massômetro acusava isso. Usei o rádio de novo e, dessa vez, foram naves rhodianas que vieram me buscar. Contei minha história sobre aquele dia para o comissário tiraniano, com as modificações adequadas, sem qualquer menção ao planeta da rebelião, claro. E disse que o meteoro nos atingiu logo após o último Salto. Não queria que eles sequer imaginassem meu conhecimento de que uma nave tiraniana poderia fazer o Salto automaticamente.

– Acha que o planeta da rebelião ficou sabendo desse fato? Você contou a eles?

– Não contei. Não tive chance. Não fiquei lá por muito tempo. Quer dizer, não em estado consciente. Mas não sei quanto tempo fiquei inconsciente e o que eles conseguiram descobrir por conta própria.

Biron olhou para a visitela. A julgar pela rigidez da imagem, a nave em que estavam poderia ter sido pregada no espaço. A

Impiedosa viajava a dezesseis mil quilômetros por hora, mas o que era isso para as imensas distâncias do espaço? As estrelas estavam firmes, reluzentes e imóveis. Havia um quê de hipnótico nelas.

— Então, para onde vamos? — perguntou ele. — Presumo que você ainda não saiba onde fica o planeta da rebelião.

— Não sei. Mas tenho ideia de quem saberia. Tenho quase certeza de que sei. — Gillbret estava ansioso.

— Quem?

— O autocrata de Lingane.

— Lingane? — Biron franziu a testa. Ele ouvira esse nome algum tempo antes, mas esquecera a conexão. — Por que ele?

— Lingane foi o último reino dominado pelos tirânicos. Digamos que ele não está tão pacificado quanto os outros. Não faz sentido?

— Até certo ponto. Mas a que distância fica?

— Se quiser outro motivo, há ainda a situação do seu pai.

— Meu pai? — Por um momento, Biron esqueceu que o pai estava morto. Ele o viu mentalmente, forte e vivo, mas então se lembrou e sentiu aquela mesma dor dentro de si. — Como o meu pai entra nessa história?

— Ele esteve na corte seis meses atrás. Consegui saber um pouco do que ele queria. Ouvi, por acaso, algumas das conversas dele com meu primo Hinrik.

— Ah, tio — disse Artemísia, impaciente.

— Sim, minha querida?

— O senhor não tinha o direito de ouvir as conversas particulares do meu pai às escondidas.

Gillbret deu de ombros.

— Claro que não, mas foi divertido, e útil também.

— Mas espere — interrompeu Biron. — Você disse que meu pai esteve em Rhodia seis meses atrás? — perguntou, sentindo-se entusiasmado.

— Disse.

— Me conte. Enquanto estava lá, ele teve acesso à coleção primitivista do governador? Você me falou uma vez que o governador tinha uma ampla biblioteca de temas relativos à Terra.

— Acredito que a tenha conhecido. A biblioteca é muito famosa e costuma ser colocada à disposição de visitantes ilustres, caso se interessem. Geralmente não ligam para ela, mas seu pai foi diferente. Sim, lembro-me muito bem. Ele passou quase um dia inteiro lá.

A informação batia. Ocorrera seis meses antes de seu pai lhe pedir ajuda pela primeira vez.

— Imagino que você conheça bem a biblioteca.

— Claro.

— Há alguma coisa lá que sugira a existência de um documento de grande valor militar na Terra?

Gillbret estava com o semblante confuso e, obviamente, com a mente confusa.

— Em algum momento dos últimos séculos da Terra pré-histórica deve ter existido um documento desses — disse Biron. — Só posso lhe dizer que meu pai achava que era o item mais valioso da Galáxia, e o mais mortal. Eu deveria ter conseguido isso para ele, mas saí da Terra cedo demais e, de qualquer modo — a voz dele titubeou —, meu pai morreu cedo demais.

Mas Gillbret ainda estava confuso.

— Não sei do que está falando.

— Você não entende? Meu pai mencionou esse documento pela primeira vez seis meses atrás. Deve ter sabido sobre ele lá na biblioteca de Rhodia. Se você a conhece, não sabe me dizer o que meu pai deve ter descoberto? — Mas Gillbret só conseguiu balançar a cabeça. — Bem, continue a história — pediu Biron.

E TALVEZ NÃO!

– Seu pai e meu primo conversaram sobre o autocrata de Lingane – contou Gillbret. – Apesar da fraseologia cautelosa do seu pai, Biron, era óbvio que o autocrata era a fonte e o líder da conspiração. E depois – ele hesitou – recebemos uma missão de Lingane liderada pelo próprio autocrata. Eu... eu contei para ele sobre o planeta da rebelião.

– Mas agora há pouco você disse que não tinha contado a ninguém – lembrou Biron.

– Exceto o autocrata. Eu *tinha* que saber a verdade.

– O que ele disse?

– Praticamente nada. Mas ele precisava ser cauteloso. Como poderia confiar em mim? Eu podia estar a serviço dos tirânicos. Como ele saberia? Mas ele não fechou totalmente a porta. Essa é nossa única pista.

– É mesmo? – perguntou Biron. – Então vamos para Lingane. Suponho que pouco importe o lugar.

A menção a seu pai o deixara deprimido e, naquele momento, nada tinha muita importância. Que fosse Lingane.

Que fosse Lingane! Era fácil dizer. Mas como se sai pelo espaço apontando a nave para um pontinho diminuto de luz a trinta e cinco anos-luz de distância? Mais de trezentos e vinte trilhões de quilômetros. Isso é trinta e dois com treze zeros seguidos. A uns dezesseis mil quilômetros por hora (a velocidade atual da *Impiedosa*), levariam bem mais de dois milhões de anos para chegar lá.

Biron folheou a obra *Efeméride Padrão da Galáxia* com algo semelhante a desespero. Dezenas de milhares de estrelas estavam detalhadamente listadas, com suas posições marcadas por três números. Havia centenas de páginas desses números, simbolizados pelas letras gregas ρ (ró), θ (teta) e ϕ (fi).

O ρ era a distância do centro da Galáxia em parsecs; o θ, a separação angular paralela ao plano da Lente Galáctica a partir do Ponto de Referência Galáctico Padrão (isto é, a linha que conecta o centro da Galáxia ao Sol do planeta Terra); o ϕ, a separação angular a partir do Ponto de Referência no plano perpendicular àquele da Lente Galáctica, as duas últimas medidas expressas em radianos. Com esses três números, tornava-se possível localizar com precisão qualquer estrela em toda a vasta imensidão do espaço.

Isso se considerada uma data determinada. Além da posição da estrela no dia padrão para o qual se calcularam todos os dados, era preciso saber o movimento exato da estrela, tanto a velocidade quanto a direção. Era uma pequena correção comparativamente, porém necessária. Um milhão e seiscentos mil quilômetros não é quase nada comparado às distâncias estelares, mas é um longo caminho para uma nave.

E, claro, havia ainda o problema da própria posição da nave. Era possível calcular a distância a partir de Rhodia fazendo a leitura do massômetro ou, mais corretamente, a distância a partir do sol de Rhodia, uma vez que, assim tão longe no espaço, o campo gravitacional do sol era maior que o de qualquer um dos seus planetas. A direção em que eles estavam viajando com relação ao Ponto de Referência Galáctico era mais difícil de determinar. Biron precisaria localizar duas estrelas conhecidas que não fossem o sol de Rhodia. A partir das posições aparentes delas e da distância conhecida do sol de Rhodia, ele marcaria a real posição da nave.

Apesar de Biron fazer tudo de modo meio rudimentar, ele estava seguro de que fora preciso o suficiente. Sabendo sua própria posição e a do sol de Lingane, bastava que ajustasse os controles para a direção e a força da propulsão hiperatômica adequadas.

Naquele momento, Biron se sentia solitário e tenso. Mas não amedrontado! Rejeitava essa palavra. Mas definitivamente tenso. Estava calculando deliberadamente os elementos do Salto para seis horas depois. Queria tempo para conferir os próprios cálculos. E talvez até conseguisse cochilar um pouco. Ele arrastara a estrutura da cama para fora da cabine, deixando-a pronta para ser usada.

Os outros dois passageiros estavam, presumivelmente, dormindo na outra cabine. Biron disse a si mesmo que essa era uma coisa boa e que ele não queria ninguém por perto o incomodando. No entanto, quando ouviu o som de pés descalços do lado de fora, olhou para a porta com certa ansiedade.

– Oi – disse ele –, por que você não está dormindo?

Artemísia estava parada ali, hesitante.

– Importa-se se eu entrar? Vou incomodar você? – perguntou ela em voz baixa.

– Depende do que vai fazer.

– Vou tentar fazer as coisas certas.

Ela parecia humilde *demais*, pensou Biron, desconfiado, e então o motivo se revelou.

– Estou com muito medo – ela disse. – Você não?

Ele queria dizer que não, de modo algum, mas não foi isso o que saiu. Deu um sorriso encabulado e respondeu:

– Mais ou menos.

Estranhamente, a resposta a reconfortou. Ela se ajoelhou no chão ao lado dele e olhou para os enormes livros abertos e para as folhas de cálculos.

– Eles tinham todos esses livros aqui?

– Pode apostar. Não conseguiriam pilotar uma nave sem eles.

– E você entende tudo isso?

– Não *tudo*. Gostaria de entender. Mas espero entender o suficiente. Vamos ter que fazer um Salto até Lingane, sabe.

– E é difícil fazer isso?

– Não, não se conhecer os cálculos, que estão todos aqui, e como manejar os controles, que estão todos ali, *e* se tiver experiência, o que eu não tenho. Por exemplo, isso deveria ser feito em vários Saltos, mas vou tentar em um só porque teremos menos chances de enfrentar problemas, mesmo que signifique desperdício de energia.

Ele não devia contar a Artemísia, não fazia sentido contar; seria uma covardia assustá-la, e seria difícil lidar com ela se ficasse muito alarmada, se entrasse em pânico. Mesmo dizendo tudo isso a si mesmo, não adiantou. Queria compartilhar com alguém o que faria. Queria que parte disso saísse de sua mente.

– Tem algumas coisas que eu devia saber, mas não sei – Biron disse. – Coisas como a densidade de massa entre o ponto onde estamos e Lingane, algo que afeta a trajetória do Salto porque é essa densidade que controla a curvatura desta parte do universo. O *Efeméride*, aquele livro grande ali, menciona as correções de curvatura que devem ser feitas em certos Saltos padrão e, a partir delas, você deve ser capaz de calcular as suas próprias correções. Mas, então, se você topar com uma estrela supergigante a uma distância de dez anos-luz, tudo pode acontecer. Nem tenho certeza se usei o computador corretamente.

– Mas o que aconteceria se você estivesse errado?

– Nós *poderíamos* reingressar no espaço perto demais do sol de Lingane.

Ela pensou e depois disse:

– Você não faz ideia de como estou me sentindo muito melhor.

– Depois do que acabei de dizer?

– Claro. No meu beliche, apenas me sentia impotente e perdida com tanto vazio em todas as direções. Agora sei que estamos indo para algum lugar e que o vazio está sob nosso controle.

Biron ficou satisfeito. Como ela estava diferente...

– Não sei se está sob nosso controle.

Ela o interrompeu.

– Está, sim. Eu *sei* que você consegue manejar a nave.

E Biron, ao ouvir isso, concluiu que talvez conseguisse.

Artemísia acomodara as longas pernas desnudas sob o corpo e se sentara de frente para ele. Apenas as leves roupas íntimas a cobriam, e ela parecia não notar, embora Biron definitivamente notasse.

– Sabe, tive uma sensação muito estranha no beliche, quase como se estivesse flutuando – disse ela. – Essa foi uma das coisas que me assustaram. Toda vez que eu me virava, dava um pulinho esquisito no ar e depois voltava devagar, como se existissem molas me segurando.

– Você não estava dormindo na cama de cima, estava?

– Estava, sim. A de baixo me dá claustrofobia, com outro colchão quinze centímetros acima da minha cabeça.

Biron deu risada.

– Aí está a explicação. A força gravitacional da nave é direcionada para a base e diminui à medida que nos afastamos dela. Na cama de cima, você provavelmente estava de nove a treze quilos mais leve do que no chão. Já esteve em uma nave de passageiros? Uma bem grande?

– Uma vez. Quando meu pai e eu visitamos Tirana ano passado.

– Bem, nelas há gravitação em todas as partes, direcionada para o casco externo, de forma que o longo eixo longitudinal da nave esteja sempre "para cima", não importa onde você esteja. É por isso que os motores de uma dessas belezinhas estão sempre alinhados em um cilindro que se estende pelo eixo longitudinal. Sem gravidade.

– Deve consumir muita energia manter uma gravidade artificial em funcionamento.

– O bastante para guarnecer uma cidade pequena.

– Não existe risco de ficarmos sem combustível, existe?

– Não se preocupe com isso. As naves são abastecidas pela conversão total de massa em energia. O combustível é a última coisa que vai acabar. O casco externo se desgasta primeiro.

Artemísia estava encarando-o. Biron notou que ela removera a maquiagem de todo o rosto, e se perguntou como fizera aquilo; provavelmente usara um lenço e uma quantidade mínima de água potável. O resultado não foi ruim, pois sua pele clara ficava ainda mais surpreendentemente perfeita em contraste com o preto do cabelo e dos olhos. Seus olhos eram muito acolhedores, pensou Biron.

O silêncio se prolongara um pouco demais.

– Você não viaja muito, viaja? – perguntou Biron apressadamente. – Quero dizer, esteve em uma nave de passageiros só uma vez?

Ela confirmou com um movimento de cabeça.

– E foi demais. Se não tivéssemos ido a Tirana, aquele camareiro imundo não teria me visto e... Não quero falar sobre isso.

Biron deixou o assunto de lado.

– É comum? Quero dizer, não viajar? – perguntou ele.

– Receio que sim. Meu pai está sempre indo de um lugar para outro em visitas oficiais, inaugurando exposições agrícolas e edifícios. Geralmente, ele só faz algum discurso redigido por Aratap. O restante de nós, porém, quanto mais ficamos no palácio, mais os tirânicos gostam. Pobre Gillbret! A única vez que saiu de Rhodia foi para assistir à coroação do khan como representante do meu pai. Nunca mais lhe permitiram embarcar numa nave.

A garota estava olhando para baixo e, distraidamente, dobrou o tecido da manga de Biron, perto do punho.

— Biron — disse ela.

— Pois não, Arta. — Ele se atrapalhou um pouco, mas saiu.

— Você acha que a história do tio Gil pode ser verdadeira? Não será apenas imaginação dele? Ele vem pensando nos tirânicos há anos e, claro, nunca pôde fazer nada, a não ser improvisar feixes espiões, que é só uma criancice, e ele sabe. Pode ter criado um devaneio e, no decorrer dos anos, passou a acreditar nele. Eu o *conheço*, entende?

— Pode ser, mas vamos continuar com isso mais um pouco. De qualquer modo, podemos viajar para Lingane.

Eles estavam mais próximos um do outro. Ele poderia estender a mão e tocá-la, abraçá-la, beijá-la.

E fez isso.

Um ato totalmente ilógico. Para Biron, nada motivara aquele beijo. Em um momento estavam discutindo Saltos e gravidade e Gillbret, e, no instante seguinte, ela se encontrava macia e sedosa nos braços dele, macia e sedosa nos lábios dele.

Seu primeiro impulso foi o de dizer que sentia muito, de passar por todas as etapas bobas do pedido de desculpas, mas, quando ele se afastou na intenção de dizer alguma coisa, ela não tentou se desvencilhar, e sim pousou a cabeça na dobra do braço esquerdo dele, com os olhos ainda fechados.

Então Biron não disse nada, só a beijou de novo, lenta e profundamente. Foi a melhor coisa que poderia ter feito e, naquele momento, sabia disso.

Por fim, ela falou de um modo meio sonhador:

– Não está com fome? Vou pegar um pouco daquele concentrado e esquentá-lo para você. Depois, se quiser dormir, posso ficar de olho nas coisas por aqui. E... e é melhor eu vestir mais alguma coisa. – Ela se virou quando estava quase saindo. – O concentrado alimentício tem um gosto muito bom depois que a gente se acostuma. Obrigada por comprá-lo.

De certa maneira, *isso*, mais do que os beijos, selou o tratado de paz entre eles.

Quando Gillbret entrou na sala de comando horas depois, não mostrou nenhuma surpresa ao encontrar Biron e Artemísia perdidos em um tipo bobo de conversa. E nada comentou ao ver o braço do rapaz envolvendo a cintura da sobrinha.

– Quando faremos o Salto, Biron? – perguntou ele.

– Daqui a meia hora – respondeu o jovem.

A meia hora passou; os controles estavam configurados; a conversa foi definhando até morrer.

Na hora zero, Biron respirou fundo e puxou uma alavanca até o fim, da esquerda para a direita.

O Salto não ocorreu como em um cruzeiro espacial. A *Impiedosa* era menor e, consequentemente, o processo foi menos tranquilo. Biron cambaleou e, por uma fração de segundo, as coisas balançaram.

E então tudo ali ficou estável e sólido outra vez.

As estrelas na visitela haviam mudado. Biron girou a nave, de modo que o campo estelar se elevou, cada corpo celeste se movendo em um arco majestoso. Por fim, surgiu uma estrela de tamanho maior que um ponto, irradiando um intenso brilho branco. Era uma esfera minúscula, um grão de areia incandescente. Biron a detectou, estabilizou a nave antes que ela se perdesse de novo e apontou o telescópio para a estrela, inclusive o acessório espectroscópico.

Ele voltou a atenção para o *Eféméride* outra vez e verificou uma informação na coluna intitulada "Características espectrais". Depois saiu do assento do piloto e disse:

— Ainda está muito longe. Vou ter que conduzir a nave até lá. Mas, de qualquer forma, aquele ponto bem à frente é Lingane.

Era o primeiro Salto que ele havia feito, e fora um sucesso.

12. A CHEGADA DO AUTOCRATA

O autocrata de Lingane refletiu sobre a questão, mas as feições frias e bem treinadas permaneceram quase inalteradas sob o impacto do pensamento.

— E você esperou quarenta e oito horas para me contar? — perguntou ele.

— Não havia motivo para contar antes — respondeu Rizzett com audácia. — Se o bombardeássemos com todos os problemas que enfrentamos, a vida seria um fardo para o senhor. Estamos contando agora porque ainda não conseguimos entender mesmo. É uma situação excêntrica e, na nossa posição, não podemos nos permitir nenhuma excentricidade.

— Repita essa história. Quero ouvi-la de novo.

O autocrata apoiou uma perna sobre a soleira de uma janela aberta e olhou para fora, pensativo. A própria janela representava, talvez, a maior e única singularidade da arquitetura linganiana. De tamanho moderado, fixava-se na extremidade de uma reentrância de um metro e meio que se estreitava levemente em sua direção. Extremamente límpida, muito grossa e recurvada com precisão, não era bem uma janela; parecia mais uma lente que canalizava a luz de todas as direções para dentro, de modo que, olhando-se para fora, via-se um panorama em miniatura.

De qualquer janela do solar do autocrata podia-se ter uma ampla vista abarcando metade do horizonte, do zênite ao nadir. Nas extremidades, as imagens iam ficando cada vez mais reduzidas e distorcidas, mas esse aspecto emprestava certo sabor ao que se via: os minúsculos movimentos aplainados da cidade, as órbitas curvas da estratosfera em formato de meia-lua, subindo do aeroporto. A pessoa se acostumava tanto a esse cenário que remover a janela para permitir que a mansidão da realidade entrasse soaria algo inatural. Quando a posição do sol fazia das janelas – com aspecto de lentes – um foco absurdo de luz e calor, elas automaticamente se apagavam, em vez de se abrirem, tornando-se opacas devido a uma mudança nas características de sua polarização.

E com certeza a teoria de que a arquitetura de um planeta reflete seu lugar na Galáxia parece ser confirmada pelo exemplo de Lingane e suas janelas.

Como as janelas, Lingane era pequeno, mas governado a partir de uma visão panorâmica. Um "planeta-estado" em uma Galáxia, que, naquela época, já passara desse estágio de desenvolvimento econômico e político. Enquanto a maioria das unidades políticas eram conglomerados de sistemas estelares, Lingane permaneceu inalterado durante séculos; um único mundo habitado. Isso não impediu o planeta de ser rico. Na verdade, era quase inconcebível que Lingane fosse diferente.

Difícil dizer com antecedência quando a localização de um planeta é tão privilegiada que muitas rotas de Saltos podem usá-lo como principal ponto intermediário, ou mesmo que *precisem* usá-lo visando à economia ideal. Depende bastante do padrão de desenvolvimento daquela região do espaço.

A CHEGADA DO AUTOCRATA

Há a questão da distribuição dos planetas naturalmente habitáveis, a ordem em que são colonizados e desenvolvidos, os tipos de economia que têm.

O grande divisor de águas da história de Lingane foi a descoberta precoce de seus próprios valores. Além de ter realmente uma posição estratégica, a capacidade de apreciar e explorar essa característica se revelou de grande importância. Lingane passou a ocupar pequenos planetoides desprovidos de recursos e de capacidade para sustentar uma população independente, escolhendo-os apenas porque ajudariam a manter o monopólio comercial. Os linganianos construíram estações de serviço nessas rochas. Tudo o que as naves precisariam, desde peças de reposição hiperatômicas a novos rolos de livros, podia ser encontrado ali. As estações se transformaram em imensos entrepostos comerciais. De todos os Reinos Nebulares chegavam peles de animais, minerais, grãos, carne e madeira em grandes quantidades; dos Reinos Interiores, maquinário, equipamentos, remédios e produtos prontos de todos os tipos formavam um fluxo parecido.

Assim, como suas janelas, a pequenez de Lingane observava toda a Galáxia. Era um planeta solitário, mas se saía bem.

— Comece com a nave postal, Rizzett — disse o autocrata sem se virar da janela. — Para início de conversa, onde ela encontrou o cruzador?

— A pouco menos de cento e sessenta mil quilômetros de Lingane. As coordenadas exatas não importam. Eles estão sendo vigiados desde então. O fato é que, mesmo naquele momento, o cruzador tiraniano estava em órbita ao redor do planeta.

— Como se não tivesse intenção de aterrissar, mas simplesmente esperasse alguma coisa?

— Isso mesmo.

— Dá para saber há quanto tempo estão esperando?

– Receio que seja impossível. Não foram avistados por mais ninguém. Verificamos minuciosamente.

– Muito bem – disse o autocrata. – Por ora, deixemos essa questão de lado. Eles detiveram a nave postal, o que é clara interferência nas correspondências e uma violação dos Artigos de Associação que firmamos com Tirana.

– Duvido que sejam tiranianos. Suas ações incertas se parecem mais com as de foras da lei, de prisioneiros em um voo.

– Você se refere aos homens no cruzador tiraniano? Talvez pretendam que acreditemos nisso. Em todo caso, sua única ação manifesta foi pedir que uma mensagem fosse entregue diretamente a mim?

– Diretamente ao autocrata, isso mesmo.

– Mais nada?

– Mais nada.

– Eles não entraram na nave postal em momento algum?

– Todas as comunicações foram feitas por meio da visitela. Após ser disparada, a cápsula com a mensagem cruzou três quilômetros de espaço vazio e foi apanhada pela rede da nave.

– Foi uma comunicação visual ou apenas sonora?

– Visão total. Eis a questão. Muitos descreveram o interlocutor como um jovem de "postura aristocrática", seja lá o que isso signifique.

O punho do autocrata se cerrou devagar.

– É mesmo? E não tiraram nenhuma fotoimpressão do rosto dele? Isso foi um erro.

– Infelizmente, não havia motivo para que o capitão da nave postal julgasse importante fazer isso. Se é que tem importância! Tudo isso significa algo para o senhor?

O autocrata não respondeu à pergunta, mas indagou:

A CHEGADA DO AUTOCRATA

– E esta é a mensagem?

– Exatamente. Uma espantosa mensagem de uma palavra que nós devíamos trazer diretamente para o senhor, o que, claro, não fizemos. Podia ser uma cápsula de fissão, por exemplo. Homens já morreram dessa maneira.

– Sim, e autocratas também – comentou o governante.

– Só a palavra "Gillbret". Uma palavra, "Gillbret".

O autocrata manteve a calma indiferente, mas dentro dele surgia um pouco de incerteza, e não gostava de sentir incerteza. Não gostava de nada que o tornasse ciente de limitações. Um autocrata não deveria enfrentar limitações e, em Lingane, ele lidava apenas com as impostas pela lei natural.

Nem sempre houvera um autocrata. No princípio, Lingane fora governado por dinastias de príncipes mercadores. As famílias que estabeleceram as primeiras estações de serviço subplanetárias eram de aristocratas de Estado. Eles não eram ricos em terras – portanto, não podiam competir em posição social com rancheiros e granjeiros dos planetas vizinhos –, mas eram ricos em moeda negociável, o que lhes possibilitava comprar desses mesmos rancheiros e granjeiros e vender para eles; e, por meio das altas finanças, às vezes faziam isso.

E Lingane sofreu o destino habitual de um planeta governado (ou malgovernado) em tais circunstâncias. O equilíbrio do poder oscilava de uma família para outra. Os diversos grupos se alternavam no exílio. Intrigas e revoluções palacianas eram crônicas, de modo que, se a governadoria de Rhodia era o principal exemplo de estabilidade e desenvolvimento ordenado, Lingane era modelo de agitação e desordem. "Tão instável como Lingane", as pessoas diziam.

O resultado era inevitável, se analisado em retrospectiva. À medida que os planetas-estado vizinhos se consolidavam sob a forma de estados agrupados e se tornavam poderosos, as lutas civis em Lingane ficavam cada vez mais caras e perigosas para o planeta. Até que, enfim, a população se dispôs a trocar qualquer coisa pela calma geral. Então, substituíram uma plutocracia por uma autocracia, ainda que perdendo um pouco de liberdade na troca. O poder de vários se concentrou em apenas um, que com frequência era deliberadamente amigável com a população, usando-a como contrapeso contra os mercadores, que jamais se conformaram.

Sob o domínio da autocracia, a riqueza e a força de Lingane aumentaram. Mesmo os tirânicos, atacando trinta anos antes, no auge de seu poder, foram controlados até se chegar a um impasse. Não foram derrotados, mas contidos. O impacto, inclusive dessa contenção, fora permanente. Nenhum planeta havia sido conquistado pelos tirânicos desde o ano em que atacaram Lingane.

Outros planetas dos Reinos Nebulares eram vassalos diretos dos tirânicos. Lingane, no entanto, constituía um Estado Associado, teoricamente um "aliado" de Tirana, com seus direitos protegidos pelos Artigos de Associação.

O autocrata não se deixava enganar pela situação. Os chauvinistas do planeta podiam dar-se ao luxo de se julgarem livres, mas o autocrata sabia que o perigo tiraniano fora mantido a certa distância nessa última geração. Só até certa distância. Não mais que isso.

E agora poderia estar se aproximando rapidamente do abraço de urso final, por muito tempo adiado. Com certeza, ele lhes dera a oportunidade que esperavam. A organização que construíra, por mais ineficaz que fosse, era motivo suficiente para uma ação punitiva de qualquer tipo por parte dos tirânicos. Legalmente, Lingane estaria errado.

Seria o cruzador o primeiro a estender a mão para o abraço de urso?

A CHEGADA DO AUTOCRATA

– Vocês colocaram um guarda naquela nave? – perguntou o autocrata.

– Eu disse que eles estavam sendo vigiados. Dois dos nossos *cargueiros*... – Ele deu um sorrisinho torto. – Mantidos ao alcance do massômetro.

– Bem, e o que você acha de tudo isso?

– Não sei. O único Gillbret que eu conheço e cujo nome significaria alguma coisa é Gillbret oth Hinríade, de Rhodia. O senhor conversou com ele?

– Eu o vi na minha última visita a Rhodia – respondeu o autocrata.

– E claro que não contou nada a ele.

– Claro que não.

Os olhos de Rizzett se estreitaram.

– Achei que poderia ter havido algum descuido da sua parte; que tal descuido poderia ter se repetido por parte desse Gillbret em benefício dos tirânicos – os Hinríade de hoje são fracotes notáveis; e que o que está acontecendo agora seja um artifício para pegar o senhor em uma autotraição final.

– Duvido. Esse acontecimento ocorreu num momento estranho. Estive longe de Lingane durante um ano ou mais. Cheguei semana passada, mas partirei de novo em questão de dias. Uma mensagem como essa chega até mim exatamente quando estou em posição *de* ser encontrado.

– Não penso que seja uma coincidência.

– Não acredito em coincidências. E existe *um* modo pelo qual tudo isso não seria uma coincidência. Portanto, vou visitar a nave. Sozinho.

– Impossível, senhor – disse Rizzett, perplexo. A pequena cicatriz irregular logo acima de sua têmpora direita ficou vermelha de repente.

– Está me proibindo? – perguntou o autocrata, seca-mente.

Afinal, ele era o autocrata; o semblante de Rizzett acu-sou o desapontamento e ele se limitou a dizer:

– Como quiser, senhor.

A bordo da *Impiedosa*, a espera se tornava cada vez mais desagradável. Por dois dias, permaneciam na mesma órbita.

Gillbret observava os controles com uma concentração implacável. Havia tensão em sua voz.

– Você não diria que eles estão se movendo?

Biron deu uma olhadela. Estava se barbeando e manu-seando o spray erosivo com um cuidado meticuloso.

– Não, não estão se movendo – respondeu. – Por que estariam? Eles estão nos observando, e vão continuar nos observando.

Biron se concentrou na difícil área do lábio superior e franziu o cenho, impaciente, quando sentiu o sabor leve-mente azedo do spray na língua. Um tiraniano conseguia manusear aquilo com uma graça quase poética. Era, sem dúvida, o método de barbear mais rápido e mais acessível que existia, mas nas mãos de um *expert*. Em essência, o pro-duto era um abrasivo extremamente fino que, difundido pelo ar, removia os pelos sem machucar a pele, que não sen-tia nada mais do que uma leve pressão semelhante a uma corrente de ar.

Contudo, Biron estava nervoso ao usá-lo. Havia a co-nhecida lenda, ou história, ou fato (o que quer que fosse) sobre a incidência de câncer de pele ser maior entre os tirâ-nicos do que em outros grupos culturais, e alguns atribuíam a doença ao spray de barbear. Pela primeira vez, Biron se perguntou se não seria melhor depilar completamente o rosto.

A CHEGADA DO AUTOCRATA

Faziam isso em algumas partes da Galáxia, como era de se esperar. Depois rejeitou a ideia. A depilação era permanente. A moda sempre poderia mudar para bigodes ou barbas longas.

Biron estava examinando o rosto no espelho, imaginando como ficaria com costeletas até o ângulo do maxilar, quando, da porta, Artemísia disse:

— Pensei que você fosse dormir.

— Eu dormi — ele respondeu. — Então acordei. — Ele olhou para ela e sorriu.

Ela deu um tapinha na bochecha dele, depois a alisou delicadamente com os dedos.

— Estão macias. Você parece ter uns 18 anos.

Biron levou a mão dela aos lábios.

— Não deixe que isso a engane — falou.

— Eles ainda estão observando? — perguntou Artemísia.

— Ainda. Não são irritantes esses interlúdios que dão tempo para a gente se sentar e se preocupar?

— Não acho esse interlúdio entediante.

— Você está se referindo a outros aspectos desse intervalo de tempo, Arta.

— Por que não passamos por eles e aterrissamos em Lingane? — perguntou ela.

— Pensamos nisso, mas não acho que estejamos prontos para correr esse tipo de risco. Podemos nos dar ao luxo de esperar até o suprimento de água ficar um pouco mais baixo.

— Digo a vocês que eles *estão* se movendo — afirmou Gillbret em voz alta.

Biron se encaminhou até o painel de controle e examinou as leituras do massômetro. Depois olhou para Gillbret e disse:

— Talvez você esteja certo.

Ele ficou digitando na calculadora por instantes e olhou para os indicadores.

– Não, as duas naves não se moveram em relação a nós, Gillbret. O massômetro mudou porque uma terceira nave se juntou a elas. Calculo que esteja a uns oito mil quilômetros de distância, mais ou menos a 46 graus ρ e 192 graus ϕ da linha nave/planeta, se bem entendi as convenções de sentido horário e anti-horário. Se não entendi, então os números corretos são 314 e 168 graus.

Ele fez uma pausa para outra leitura.

– Acho que estão se aproximando. É uma nave pequena. Consegue entrar em contato com eles, Gillbret?

– Posso tentar – respondeu o homem.

– Tudo bem. Sem imagem. Vamos manter apenas o som até entendermos o que está por vir.

Era incrível observar Gillbret manipulando os controles do rádio etérico. Ele tinha, obviamente, um talento nato. Afinal de contas, contatar um ponto isolado no espaço com um feixe de rádio estreito continua sendo uma tarefa complicada, pois a informação do painel de controle da nave ajuda bem pouco. Gillbret tinha certa noção da distância da nave, talvez uns cento e sessenta quilômetros. E tinha dois ângulos que, qualquer um deles, ou ambos, poderiam facilmente ter um erro de cálculo de cinco ou seis graus em qualquer direção.

Isso perfazia um volume de mais de quarenta milhões de quilômetros cúbicos dentro do qual a nave poderia estar. O resto ficava por conta do operador humano e de um feixe de rádio (que era como um braço tateando a menos de oitocentos metros na transversal em relação ao ponto mais amplo de seu alcance de recepção). Dizia-se que um operador habilidoso seria capaz de afirmar, tateando os controles, a que distância o feixe passara perto do alvo. Cientificamente, uma teoria absurda, claro, mas muitas vezes parecia inexistir outra explicação possível.

A CHEGADA DO AUTOCRATA

Em menos de dez minutos, o medidor de atividade do rádio estava se mexendo, e a *Impiedosa* tanto enviava quanto recebia.

Passados mais dez minutos, Biron pôde recostar-se e dizer:

– Vão mandar um homem a bordo.

– Devemos permitir? – perguntou Artemísia.

– Por que não? Um homem? Estamos armados.

– Mas, e se deixarmos a nave deles chegar perto demais?

– Estamos em um cruzador tiraniano, Arta. Temos de três a cinco vezes mais potência que eles, mesmo que estejam na melhor nave de guerra de Lingane. Eles não têm muita liberdade de ação por conta dos preciosos Artigos de Associação, e nós temos cinco desintegradores de alto calibre.

– Você sabe usar os desintegradores tiranianos? Não sabia disso.

Biron detestava perder a oportunidade de ser admirado, mas respondeu com sinceridade:

– Infelizmente, não sei. Pelo menos, ainda não. Mas a nave linganiana não imagina isso, entende?

Meia hora depois, a visitela mostrava uma pequena e atarracada nave, com dois conjuntos de quatro estabilizadores verticais, como se tivesse que duplicar com frequência sua capacidade para voos estratosféricos.

Quando apareceu pela primeira vez no telescópio, Gillbret gritou, alegre:

– É o iate do autocrata. – Seu rosto enrugou-se num sorriso. – É o iate particular dele. Tenho certeza. Eu disse a vocês que a simples menção do meu nome chamaria a atenção dele.

Seguiu-se o período de desaceleração e ajuste de velocidade da nave linganiana, até pairar imóvel na tela.

Uma voz fina saiu do receptor.

– Pronto para embarque?

– Pronto! – disse Biron. – Uma pessoa apenas.

– Uma pessoa – a voz respondeu.

O cabo de malha de metal saiu da nave linganiana como uma cobra se desenrolando, formando espirais, lançado na direção deles como se lança um arpão. A espessura do cabo se expandia na visitela, e o cilindro magnetizado da extremidade se aproximava e aumentava de tamanho. À medida que chegava mais perto, o cabo se movia em direção à borda do cone de visão, e então desviava por completo.

O contato do cabo com a nave provocou um som oco e reverberante. O peso magnetizado ancorou, e a linha que se formou era um fio de aranha que não se vergava em uma curva ponderada normal, mas retinha quaisquer dobras e voltas que possuísse no momento do contato, as quais avançavam vagarosas como formações sob a influência da inércia.

A nave linganiana se afastou com facilidade e cautela e a linha se endireitou. Então permaneceu ali, esticada e fina, adelgaçando-se espaço adentro até se tornar quase invisível, cintilando com uma delicadeza incrível à luz do sol de Lingane.

Biron acionou o acessório telescópico e a nave aumentou tão monstruosamente no campo de visão que se tornou possível distinguir a origem do cabo de conexão de oitocentos metros, bem como o pequeno vulto que começava a se balançar, mão após mão, ao longo dele.

Aquela não era a forma habitual de embarque. Normalmente, as duas naves manobrariam até quase se tocarem, de maneira que câmaras de compressão extensíveis se unissem por meio de intensos campos magnéticos. Um túnel através do espaço conectaria as naves, e um homem passaria de uma para outra sem proteção alguma além da necessária para ele

A CHEGADA DO AUTOCRATA

usar a bordo. Naturalmente, esse modo de embarque requeria confiança mútua.

Para deslocar-se pelo cabo de conexão, a pessoa dependia de seu traje espacial. O linganiano que se aproximava vestia uma espessa malha metálica expandida pelo ar, cujas articulações exigiam muita força para funcionar. Apesar da distância em que ele se encontrava, Biron via os braços do homem flexionarem com um estalo à medida que a articulação cedia e se acomodava em uma nova posição.

E as velocidades das duas naves tinham que ser cuidadosamente ajustadas. Uma aceleração inadvertida por parte de qualquer uma faria o cabo se soltar, lançando o viajante em cambalhotas pelo espaço sob a suave tração do sol distante e do impulso inicial do cabo partido – não tendo nada, nem atrito nem obstrução, para detê-lo deste lado da eternidade.

O linganiano avançava, confiante e rápido. Quando ele chegou mais perto, foi fácil ver que aquele não era um simples procedimento de mão após mão. Cada vez que a mão à frente flexionava, puxando-o, ele se soltava e flutuava uns três metros adiante antes que a outra mão se estendesse para agarrar o cabo de novo.

Era uma braquiação através do espaço. O astronauta se transformara em um gibão de metal reluzente.

– E se ele não conseguir agarrar o cabo? – perguntou Artemísia.

– Parece ser experiente demais para isso – comentou Biron. – Mas, se não conseguir, ainda vai brilhar à luz do sol. Nós o pegaríamos de novo.

O linganiano estava perto agora. Ele havia desaparecido da visitela. Cinco segundos depois, ouviu-se um estrondo de pés no casco da nave.

Biron puxou a alavanca que acendia os sinais que contornavam a câmara de descompressão da nave. Um instante depois, em resposta a uma série indispensável de batidas, a porta externa se abriu. Ouviu-se um baque logo ao lado de uma seção vazia da parede da sala do piloto. A porta externa se fechou, aquela seção da parede deslizou e um homem passou por ela.

O traje que usava congelou instantaneamente, cobrindo o espesso vidro do capacete e transformando o sujeito em uma montanha branca de onde emanava frio. Biron aumentou a potência dos aquecedores e a rajada de ar que entrou no ambiente era quente e seca. Por um momento, o gelo no traje continuou ali, mas foi diminuindo até se dissolver e virar orvalho.

Os dedos metálicos e embotados do homem tateavam os fechos do capacete, em um gesto de evidente impaciência com a cegueira nevada. O capacete se soltou de uma vez; o isolamento interno, denso e macio, desgrenhou-lhe os cabelos na passagem.

– Vossa Excelência! – exclamou Gillbret. – Biron, eis o autocrata em pessoa – acrescentou em alegre triunfo.

Mas Biron, com uma voz que lutava em vão contra o estupor, só conseguiu dizer:

– Jonti!

13. O AUTOCRATA PERMANECE

O autocrata afastou o traje para um lado delicadamente com o pé e se apropriou da maior das poltronas acolchoadas.

– Não pratico esse tipo de exercício há algum tempo – ele disse. – Mas dizem que, após aprender, você nunca esquece e, ao que parece, não esqueci. Olá, Farrill! Milorde Gillbret, bom dia. E, se bem me lembro, essa é a filha do governador, Artemísia!

Ele colocou um longo cigarro cautelosamente entre os lábios e acendeu-o com uma única aspiração. O tabaco fragrante encheu o ar com seu aroma agradável.

– Não esperava vê-lo tão cedo, Farrill – comentou.

– Ou, talvez, simplesmente não esperava me ver? – replicou Biron em tom mordaz.

– Nunca se sabe – concordou o autocrata. – Naturalmente, recebendo uma mensagem que dizia apenas "Gillbret"; sabendo que Gillbret não poderia pilotar uma nave espacial; sabendo ainda que eu mesmo tinha enviado a Rhodia um jovem que *sabia* pilotar uma nave espacial e que seria bastante capaz de roubar um cruzador tiraniano no desespero de fugir; e sabendo que um dos homens a bordo do cruzador foi descrito como sendo jovem e de postura aristocrática, a conclusão era óbvia. Não estou surpreso em vê-lo.

– Acho que está – retrucou Biron. – Acho que está muito surpreso em me ver. Como assassino, deveria estar. Acha que não sei fazer deduções tão bem quanto você?

– Eu o tenho em alta conta, Farrill.

O autocrata demonstrava-se impassível, e Biron, em seu ressentimento, sentiu-se constrangido e tolo. Então se virou furiosamente para os outros.

– Este homem é Sander Jonti... O Sander Jonti de quem falei a vocês. Talvez seja o autocrata de Lingane também, ou de outra das cinquenta autocracias. Pouco me importa. Para mim, ele é Sander Jonti.

– *Ele* é o homem que... – disse Artemísia.

Gillbret colocou uma mão magra e trêmula na testa.

– Controle-se, Biron. Ficou louco?

– *É* esse o homem! *Não* estou louco! – gritou Biron. Ele se controlou com esforço. – Tudo bem. Acho que não faz sentido gritar. Saia da minha nave, Jonti. E digo isso com moderação suficiente. Saia da minha nave.

– Meu caro Farrill, por quê?

Gillbret produziu sons guturais incoerentes, mas Biron o empurrou de forma rude e encarou o autocrata, que continuava sentado.

– Você cometeu um erro, Jonti. Só um. Não tinha como saber de antemão que, quando eu saísse do meu dormitório na Terra, deixaria meu relógio de pulso lá dentro. Entenda bem, a pulseira do relógio era um indicador de radiação.

O autocrata soltou um anel de fumaça e sorriu suavemente.

– E aquela pulseira nunca ficou azul, Jonti – disse o rapaz. – Não havia bomba alguma no meu quarto aquela noite. Apenas uma bomba falsa que fora plantada ali de propósito. Se negar isso, você é um mentiroso, Jonti, ou autocrata, ou sei lá o nome pelo qual gosta de ser chamado.

– E mais – prosseguiu Biron –, foi *você* quem plantou aquela bomba. Você me apagou com hipnita e organizou o resto da comédia daquela noite. Faz sentido e é bastante óbvio, sabe. Se dependesse apenas de mim, eu dormiria a noite toda e nunca teria descoberto alguma coisa errada. Então, quem entrou em contato comigo pelo visifone até ter certeza de que eu estava acordado? Isto é, acordado para encontrar a bomba colocada deliberadamente perto de um contador, para que eu não deixasse de ver. Quem derrubou a minha porta com um desintegrador para que eu pudesse sair antes de descobrir que a bomba era falsa? Deve ter se divertido muito aquela noite, Jonti.

Biron aguardou o efeito de suas palavras, mas o autocrata fez apenas um aceno com a cabeça, demonstrando educado interesse. Biron sentiu a fúria aumentar. Era como esmurrar travesseiros, açoitar a água, chutar o ar.

– Meu pai estava prestes a ser executado – disse ele em tom áspero. – Logo eu ficaria sabendo. Eu teria ido para Nephelos; ou não. Teria seguido o meu bom senso sobre essa questão, decidido sobre confrontar os tirânicos abertamente ou não. Teria sabido quais eram as minhas chances. Estaria preparado para eventualidades.

"Mas você queria que eu fosse até Rhodia para ver Hinrik; no entanto, em circunstâncias normais, não podia esperar que eu fizesse o que *você* queria. Muito improvável que *o* procurasse em busca de conselho. Isto é, a menos que você conseguisse encenar a situação apropriada. E encenou!

"Achei que queriam me matar e não consegui imaginar um único motivo para isso. Você, sim. Simulou ter salvado a minha vida. Parecia saber de tudo, incluindo o que eu deveria fazer em seguida. Eu estava descompensado, confuso. Segui o seu conselho."

Biron perdeu o fôlego e esperou uma resposta. Em vão. Ele gritou:

— Você não explicou que a nave na qual deixei a Terra era rhodiana, nem que tinha dado um jeito para que o capitão fosse informado de minha verdadeira identidade. Não explicou que pretendia que eu caísse nas mãos dos tirânicos em vez de aterrissar em Rhodia. Você nega?

Seguiu-se uma longa pausa. Jonti apagou o cigarro. Gillbret esfregou uma mão na outra.

— Biron, você está sendo ridículo. O autocrata não faria...

Então Jonti levantou os olhos e disse em voz baixa:

— Sim, o autocrata faria. Admito tudo. Você está certo, Biron, e o parabenizo pela perspicácia. *Era* uma bomba falsa plantada por mim, e mandei você para Rhodia com a intenção de que fosse detido pelos tirânicos.

A expressão de Biron serenou. Alguma coisa da futilidade da vida desvaneceu naquele momento.

— Um dia, Jonti, vou resolver esse assunto — ele disse. — Por ora, parece que você é o autocrata de Lingane, com três naves esperando-o lá fora, o que me atrapalha um pouco mais do que eu gostaria. No entanto, a *Impiedosa* é a minha nave. O piloto aqui sou eu. Coloque o seu traje e saia. O cabo espacial continua no lugar.

— Esta nave não é sua. Você está mais para pirata do que para piloto.

— A posse é a única lei que vale aqui. Você tem cinco minutos para se vestir.

— Por favor. Vamos deixar o drama de lado. Precisamos um do outro e não tenho a menor intenção de partir.

– Não preciso de *você*. Não precisaria de você nem se a esquadra interna de Tirana estivesse se aproximando neste exato momento e você pudesse exterminá-la do espaço para mim.

– Farrill – disse Jonti –, você está falando e agindo como um adolescente. Eu deixei você dizer o que queria. Posso falar agora?

– Não. Não há motivo para ouvi-lo.

– E agora, há motivo?

Artemísia gritou. Biron fez um movimento, depois se deteve. Vermelho de frustração, ele continuou tenso, mas ficou sem ação.

– Eu tomo certas precauções – falou Jonti. – Lamento ser tão rude a ponto de ameaçá-lo com uma arma, mas imagino que, assim, você me ouvirá.

Jonti empunhava um desintegrador de bolso. Não fora projetado para causar dor ou atordoar. Servia para matar!

– Há anos venho organizando Lingane contra os tirânicos – contou ele. – Sabe o que isso significa? Uma tarefa árdua, quase impossível. A experiência nos ensinou que não podemos contar com os Reinos Interiores. Os Reinos Nebulares só se salvarão se agirem por conta própria. Mas convencer os nossos líderes nativos não é como jogar um amistoso. Seu pai, que trabalhava ativamente nisso, foi morto. Nada parecido com um jogo amistoso. Lembre-se disso.

"E a captura de seu pai gerou uma crise para nós, uma terrível questão de vida ou morte. Ele pertencia ao nosso círculo interno de relações, e os tirânicos obviamente o observavam de perto. Eles precisavam ser detidos. Por isso, eu não podia pautar minhas ações pela honra e pela integridade. Eles não brincam em serviço.

"Eu não podia chegar para você e dizer: "Farrill, precisamos dar uma pista falsa aos tirânicos. Você é o filho do rancheiro, sendo, portanto, suspeito. Vá lá e seja amigável com Hinrik de Rhodia para desviar a atenção dos tirânicos. Leve-os para longe de Lingane. Talvez seja uma missão perigosa, você pode perder a vida, mas os ideais pelos quais seu pai morreu vêm em primeiro lugar.

"Talvez você aceitasse, mas eu não podia me dar ao luxo de arriscar. Eu o levei a fazer isso sem que você soubesse. Garanto que foi difícil, mas não me restava escolha. Achei que você podia morrer, digo isso com franqueza. Mas você era dispensável, e também digo *isso* com franqueza. Mas, como se viu, você sobreviveu, o que me deixa satisfeito. E tinha mais uma coisa, relativa a um documento..."

– Que documento? – perguntou Biron.

– Você se assusta com facilidade. Eu disse que seu pai estava trabalhando para mim. Então, estou a par do que ele sabia. Você devia conseguir aquele documento, e, a princípio, você era uma boa escolha. Estava na Terra por um motivo legítimo. Era jovem e dificilmente suspeitariam de você. Eu disse *a princípio!*

"Mas então, com seu pai detido, você se tornou perigoso. Os tirânicos suspeitariam de você, e nós não podíamos permitir que o documento caísse em suas mãos, porque seria quase certo que pararia nas mãos deles. Tínhamos que tirar você da Terra antes que completasse sua missão. Vê como tudo está ligado?"

– Então, o documento está com *você*? – perguntou Biron.

– Não, não está – respondeu o autocrata. – Um documento que talvez seja o que buscamos desapareceu da Terra há anos. Se *for* o documento certo, não sei com quem está.

Posso guardar o desintegrador agora? Está ficando pesado.

– Pode – respondeu Biron.

E o autocrata guardou a arma.

– O que seu pai lhe contou sobre o documento? – indagou ele.

– Nada além do que já sabe; afinal, ele trabalhava para você.

O autocrata sorriu, ainda que um sorriso pouco divertido, de fato.

– É verdade!

– Já terminou sua explicação?

– Terminei.

– Então – disse Biron –, saia da minha nave.

– Espere um pouco, Biron – disse Gillbret. – Há mais coisas além de ressentimento pessoal para se levar em conta aqui. Há Artemísia, e eu também, sabe. Temos *algo* a dizer. Na minha opinião, as palavras do autocrata fazem sentido. Lembre-se de que salvei sua vida em Rhodia, então acho que meu ponto de vista deve ser considerado.

– Tudo bem. Você salvou minha vida! – gritou o rapaz, e apontou um dedo para a câmara de despressurização. – Parta com ele, então. Vá em frente. Saia daqui também. Você queria encontrar o autocrata. Aqui está ele! Concordei em te levar até ele, e minha responsabilidade terminou. Não tente dizer o que *eu* devo fazer. – Depois se virou para Artemísia, parte de sua raiva ainda transbordando. – E você? Você também salvou a minha vida. Todo mundo andou salvando a minha vida. Quer ir com ele também?

– Não coloque palavras na minha boca, Biron – disse ela, calmamente. – Se quisesse ir com ele, eu diria.

– Não se sinta obrigada a ficar. Pode partir quando quiser.

Ela pareceu magoada e ele virou as costas. Como de

costume, uma parte mais racional de Biron sabia que ele estava agindo de um modo infantil. Jonti o fizera parecer tolo, e ele se via impotente diante do ressentimento que sentia. Além do mais, por que eles deveriam aceitar tranquilamente a tese de que era correto jogar Biron Farrill para os tirânicos como se joga um osso para os cachorros, só para mantê-los longe de Jonti? Droga, o que achavam que ele era?

Biron pensou na bomba falsa, no cruzeiro espacial rhodiano, nos tirânicos, na louca noite em Rhodia, e sentiu uma pontada de autopiedade.

– E então, Farrill? – perguntou o autocrata.

– E então, Biron? – repetiu Gillbret.

Biron virou-se para Artemísia.

– O que *você* acha?

– Acho que ele ainda tem três naves lá fora e, além disso, é o autocrata de Lingane. Não acho que você tenha realmente uma escolha – respondeu Artemísia em tom calmo.

O autocrata olhou para ela e acenou com a cabeça, demonstrando admiração.

– É uma jovem inteligente, milady. Ótimo que uma mente assim tenha uma aparência tão agradável. – Os olhos dele se demoraram perceptivelmente sobre ela.

– O que propõe? – perguntou Biron.

– Permitam-me usar seus nomes e as suas habilidades, e eu os conduzirei ao que milorde Gillbret chama de planeta da rebelião.

– E acha que *existe* um? – retrucou Biron em tom ácido.

Gillbret disse, simultaneamente:

– Então *é* o seu planeta.

O autocrata sorriu.

– Acho que existe de fato um mundo como o descrito pelo milorde, mas não é o meu.

– *Não* é? – replicou Gillbret com desânimo.

– Isso tem importância, se eu puder encontrá-lo?

– Como? – indagou Biron.

– Não é tão difícil quanto possa imaginar – disse o autocrata. – Se aceitarmos a história que nos foi narrada, deveremos acreditar que existe um planeta rebelado contra os tirânicos, localizado em alguma parte do Setor Nebular, o qual, durante vinte anos, não foi descoberto pelos tirânicos. Para essa situação continuar plausível, só existe um lugar no setor onde esse planeta pode existir.

– Onde?

– Vocês não acham óbvio? Não lhes parece inevitável que esse planeta só poderia existir dentro da própria Nebulosa?

– *Dentro* da Nebulosa!

– Grande Galáxia, é claro! – exclamou Gillbret.

E, no momento, a solução soou de fato óbvia e inevitável.

– É possível as pessoas viverem em planetas dentro da Nebulosa? – perguntou Artemísia.

– Por que não? – replicou o autocrata. – Não se engane com a Nebulosa. Trata-se de uma névoa escura no espaço, mas não é um gás venenoso. Na verdade, é uma massa de poeira incrivelmente atenuada que absorve e obscurece a luz das estrelas dentro dela e, é claro, daquelas do lado diretamente oposto ao observador. Fora isso, é inofensiva e, na vizinhança próxima de uma estrela, quase indetectável. Peço desculpas se pareço pedante, mas passei vários meses na Universidade da Terra coletando informações astronômicas sobre a Nebulosa.

– Por que lá? – inquiriu Biron. – É uma questão de pouca importância, mas conheci você na Terra e estou curioso.

– Não há mistério algum nisso. Parti de Lingane originalmente para cuidar de assuntos meus, cuja natureza não vem ao caso. Mais ou menos seis meses atrás visitei Rhodia. Meu agente, Widemos... Seu pai, Biron... fracassara nas negociações com o governador, que, esperávamos, passasse para o nosso lado. Tentei melhorar a situação e falhei, já que Hinrik, peço desculpas à dama, não é matéria-prima para o tipo de trabalho que fazemos.

— Verdade — murmurou Biron.

— Mas conheci Gillbret, como ele deve ter contado a vocês — continuou o autocrata. — Então fui para a Terra, porque é o lar primitivo da humanidade. Foi da Terra que partiu, originalmente, a maioria das explorações da Galáxia. E lá se encontra a maior parte dos registros. A Nebulosa Cabeça de Cavalo foi explorada de forma bastante minuciosa; pelo menos, passaram por ela várias vezes. No entanto, nunca foi colonizada, em razão das imensas dificuldades de se viajar por aquele volume de espaço onde as observações estelares eram impossíveis. Porém, bastavam-me as explorações em si.

"Agora prestem muita atenção. Depois do primeiro Salto, um meteoro atingiu a nave tiraniana na qual milorde Gillbret ficara abandonado. Supondo que a viagem de Tirana a Rhodia seguia a habitual rota de comércio, e não há motivo para imaginar outra coisa, o ponto no espaço no qual a nave abandonou sua rota fica estabelecido. Ela teria viajado pouco mais de oitocentos mil quilômetros no espaço comum entre os dois primeiros Saltos. Consideramos essa extensão um ponto no espaço.

"É possível fazer outra suposição. Ao danificar os painéis de controle, o meteoro pode ter alterado a direção dos Saltos, já que isso exigiria apenas uma interferência no movimento do giroscópio da nave. Seria difícil, mas não impossível. Entretanto, alterar a potência dos impulsos hiperatômicos causaria a destruição total dos motores, os quais, é claro, não foram atingidos pelo meteoro.

"Com a potência do impulso inalterada, não se modificaria a extensão dos quatro Saltos restantes, nem, aliás, suas direções relativas. Uma situação análoga a se ter um longo cabo vergado num único ponto numa direção desconhecida através de um ângulo desconhecido. A posição final da nave estaria em algum lugar sobre a superfície de uma esfera imaginária, cujo centro seria aquele ponto no espaço atingido pelo meteoro e cujo raio seria a soma vetorial dos Saltos restantes.

"Mapeei essa esfera, e essa superfície cruza uma ampla extensão da Nebulosa Cabeça de Cavalo. Uns seis mil graus quadrados da superfície da esfera, um quarto do total dela, estão na Nebulosa. Portanto, resta-nos apenas encontrar uma estrela dentro da Nebulosa e num raio de mais ou menos um milhão e meio de quilômetros da superfície imaginária que estamos discutindo. Lembrem-se de que, quando a nave de Gillbret parou, estava dentro do alcance de uma estrela.

"Quantas estrelas dentro da Nebulosa vocês acham que encontraremos assim tão próximas da superfície da esfera? Considerem que existem cem bilhões de estrelas radiantes na Galáxia."

Biron percebeu-se envolvido com o assunto quase contra a vontade.

– Centenas, eu suponho.

– Cinco! – respondeu o autocrata. – Só cinco. Não se deixem enganar pela cifra dos cem bilhões. A Galáxia tem mais ou menos sete trilhões de anos-luz cúbicos de volume, e, portanto, há em média setenta anos-luz cúbicos por estrela. É uma pena que eu não saiba quais dessas cinco têm planetas habitáveis. Talvez possamos reduzir o número de possibilidades.

Infelizmente, os primeiros exploradores não tiveram tempo para observações detalhadas. Eles mapearam as posições das estrelas, os movimentos característicos e a classe espectral.

— Então, em um desses cinco sistemas estelares está localizado o planeta da rebelião? — perguntou Biron.

— Só essa conclusão se ajustaria aos fatos que conhecemos.

— Supondo que a história de Gil seja aceitável.

— Eu suponho que seja.

— Minha história é verdadeira — interrompeu Gillbret com vigor. — Juro.

— Em breve partirei para investigar cada um dos cinco mundos — contou Jonti —, e por motivos óbvios. Como autocrata de Lingane, posso participar em pé de igualdade de seus esforços.

— E com dois Hinríade e um Widemos do seu lado, sua oferta por uma parte igualitária e, presumivelmente, uma posição sólida e segura nos novos mundos livres que virão, seria bem mais persuasiva — comentou Biron.

— Seu cinismo não me assusta, Farrill. É óbvio que a resposta é sim. Se houver uma rebelião bem-sucedida, é igualmente óbvio que seria desejável contar com seu punho firme do lado vencedor.

— Caso contrário, algum corsário bem-sucedido ou um capitão rebelde poderia ser recompensado com a autocracia de Lingane.

— Ou com o rancho de Widemos. Exatamente.

— E se a rebelião não for bem-sucedida?

— Pensaremos nisso quando encontrarmos o que estamos procurando.

— Vou com você — Biron disse devagar.

— Ótimo! Creio, então, que tenhamos de providenciar a sua transferência desta nave.

– Por quê?

– Seria melhor para você. Isto aqui é um brinquedo.

– É uma nave de guerra tiraniana. Seria um erro abandoná-la.

– Como uma nave de guerra tiraniana, ela seria perigosamente chamativa.

– Não na Nebulosa. Sinto muito, Jonti. Estou me unindo a você por mera conveniência. Vou ser sincero também: quero encontrar o planeta da rebelião, mas não existe amizade entre nós. Vou ficar na minha própria sala de comando.

– Biron, a nave *é* pequena demais para nós três – disse Artemísia em um tom delicado.

– Tem razão, Arta. Mas pode ser equipada com um trailer. Jonti sabe disso tão bem quanto eu. Assim teríamos espaço e ainda controlaríamos nossa própria sala de comando. Aliás, isso efetivamente camuflaria a natureza da nave.

O autocrata refletiu.

– Se não vai haver amizade nem confiança entre nós, Farrill, precisarei me proteger. Você pode ficar com sua nave e um trailer acoplado nela, equipado como quiser. Mas necessito de alguma garantia de que você vai se comportar de modo apropriado. Lady Artemísia, ao menos, deve vir comigo.

– *Não* – respondeu Biron.

O autocrata ergueu as sobrancelhas.

– Não? Deixe a dama falar.

Ele se virou para Artemísia, as narinas ligeiramente dilatadas.

– Atrevo-me a dizer que acharia a situação muito confortável, milady.

– O senhor, ao menos, *não* a acharia confortável, milorde. Esteja certo disso – retrucou ela. – Eu o pouparei do desconforto e permanecerei aqui.

– Acho que a senhorita poderia reconsiderar se... – começou o autocrata, duas ruguinhas na ponta do nariz comprometendo a serenidade da expressão.

– Acho que não – interrompeu Biron. – Lady Artemísia tomou sua decisão.

– E você apoia a decisão dela, Farrill? – O autocrata estava sorrindo outra vez.

– Totalmente. Nós três ficaremos na *Impiedosa*. Não abrimos mão disso.

– Você escolhe suas companhias de um jeito estranho.

– Acha mesmo?

– Acho. – O autocrata parecia inutilmente absorto nas pontas dos próprios dedos. – Você parece tão irritado comigo porque o enganei e coloquei sua vida em perigo. Então, é bem estranho que tenha estabelecido uma relação tão amigável com a filha de um homem como Hinrik, que, em termos de trapaças, com certeza é meu mestre.

– Conheço Hinrik. Suas opiniões sobre ele não mudam nada.

– Sabe tudo sobre Hinrik?

– Sei o suficiente.

– Sabe que ele matou seu pai? – O autocrata apontou o dedo na direção de Artemísia. – Sabe que a garota que tanto deseja manter sob sua proteção é a filha do assassino do seu pai?

14. O AUTOCRATA VAI EMBORA

A cena permaneceu inalterada por um momento. O autocrata acendera outro cigarro. Ele estava bastante relaxado, a feição despreocupada. Gillbret se encolhera sobre o assento do piloto, o rosto contorcido como se fosse chorar. As correias soltas do traje absorvedor de tensão do piloto pendiam ao lado dele, reforçando o efeito lúgubre.

Biron, branco como papel, punhos cerrados, encarava o autocrata. Artemísia, as narinas estreitas dilatando-se, fixava o olhar não no autocrata, mas apenas em Biron.

O rádio deu sinal, os suaves cliques ressoando como címbalos na pequena sala do piloto.

Gillbret endireitou-se, depois girou sobre o assento.

O autocrata disse com indolência:

— Receio que a conversa tenha se prolongado mais do que eu havia previsto. Disse a Rizzett que viesse me buscar caso eu não retornasse em uma hora.

A tela visual se iluminara, toda preenchida pela imagem da cabeça grisalha de Rizzett.

E então Gillbret disse para o autocrata:

— Ele gostaria de falar com o senhor. — E abriu caminho para o homem passar.

O autocrata levantou-se da poltrona e avançou, de modo que sua própria cabeça ficasse dentro da zona de transmissão visual.

— Estou perfeitamente seguro, Rizzett — ele assegurou.

Ouviu-se claramente a pergunta do outro:

— Quem são os tripulantes do cruzador, senhor?

E de repente a imagem de Biron apareceu ao lado do autocrata.

— Sou o rancheiro de Widemos — disse com orgulho.

Rizzett deu um sorriso largo e alegre. Uma mão surgiu na tela em vigorosa continência.

— Saudações, senhor.

O autocrata interrompeu.

— Vou voltar logo na companhia de uma jovem. Preparar a manobra para contato das câmaras de despressurização. — E suspendeu a conexão visual entre as duas naves, virando-se em seguida para Biron. — Eu garanti a eles que você estava a bordo. Houve certa objeção a que eu viesse sozinho para cá. Seu pai era extremamente popular entre meus homens.

— E por isso você pode usar meu nome.

O autocrata deu de ombros.

— É tudo que você pode usar — Biron continuou. — A última informação que deu ao seu oficial não foi exata.

— Em que sentido?

— Artemísia oth Hinríade fica comigo.

— Continua com essa ideia? Depois do que lhe contei?

— Você não me contou nada — retrucou Biron em um tom ríspido. — Fez uma simples afirmação, mas é pouco provável que eu acredite nas suas palavras infundadas. Vou lhe dizer uma coisa, e nem me preocupo em falar com tato. Espero que me entenda.

– Você conhece Hinrik tão bem assim que minha afirmação parece intrinsecamente improvável?

Biron cambaleou, tornando-se visível e notório que o comentário produzira efeito. Ele não respondeu.

– Eu digo que não é verdade – disse Artemísia. – O senhor *tem* provas?

– Não provas diretas, claro. Eu não estava presente em nenhuma das reuniões entre seu pai e os tirânicos. Mas posso apresentar certos fatos conhecidos e permitir que você faça as suas próprias inferências. Em primeiro lugar, o velho rancheiro de Widemos visitou Hinrik seis meses atrás. Eu já contei isso. Posso acrescentar aqui que ele estava meio que entusiasmado demais com sua missão, ou talvez tenha superestimado a discrição de Hinrik. De qualquer forma, falou mais do que devia. Milorde Gillbret pode confirmar isso.

Gillbret aquiesceu tristemente. Ele se virou para Artemísia, que se voltara para o tio com olhos zangados, rasos de água.

– Sinto muito, Arta, mas é verdade. Eu já lhe contei sobre isso. Ouvi falar do autocrata numa conversa de Widemos.

– E foi sorte minha o milorde ter aprimorado essas orelhas mecânicas tão compridas que lhe permitiram saciar sua intensa curiosidade sobre as reuniões de Estado do governador – comentou o autocrata. – Gillbret me comunicou do perigo quase que de forma involuntária quando me abordou. Parti o mais rápido que pude, mas o estrago, claro, já estava feito.

"Que saibamos, porém, foi o único deslize de Widemos, e certamente Hinrik não tem uma reputação invejável como homem de grande independência e coragem. Seu pai, Farrill, foi detido há seis meses. Se isso não aconteceu por intermédio de Hinrik, o pai dessa garota, então como aconteceu?"

— Você não alertou meu pai? — perguntou Biron.

— No nosso ramo, sempre nos arriscamos, Farrill, mas ele *foi* avisado. Depois disso, seu pai não fez nenhum contato, por mais indireto que fosse, com nenhum de nós, e destruiu todas as provas de conexão conosco. Alguns de nós acreditavam que ele deveria deixar o setor ou, pelo menos, esconder-se. Mas seu pai se recusou a fazer isso.

"Acho que entendo por quê. Alterar seu modo de vida confirmaria ser verdade o que os tirânicos devem ter descoberto e comprometeria o movimento inteiro. Ele decidiu arriscar somente a própria vida. E permaneceu à vista de todos.

"Durante quase seis meses os tirânicos esperaram por um gesto de traição. Eles são pacientes, os tirânicos. Nada aconteceu. Quando não podiam mais esperar, viram que não tinham nada nas mãos a não ser ele."

— É mentira — gritou Artemísia. — Tudo mentira. É uma história presunçosa, hipócrita e mentirosa. Se tudo o que contou fosse verdade, os tirânicos o estariam observando também. O senhor mesmo correria perigo. Não ficaria sentado aqui, sorrindo e perdendo tempo.

— Milady, eu não perco tempo. Já fiz o que pude para desacreditar seu pai como fonte de informação. E acho que consegui, até certo ponto. Os tirânicos vão se perguntar se deveriam continuar ouvindo um homem cuja filha e cujo primo são obviamente traidores. E, por outro lado, se ainda estiverem dispostos a ouvi-lo, bem, estou prestes a desaparecer no interior da Nebulosa, onde eles não me encontrarão. Penso que minhas ações tendem a comprovar a minha história em vez de contradizê-la.

Biron respirou fundo e disse:

— Vamos dar esta conversa por terminada, Jonti. Concordamos em acompanhá-lo e você vai nos dar os suprimentos necessários. Isso basta. Admitindo que tudo o que acabou de dizer seja verdade, ainda assim continua irrelevante. A filha do governador de Rhodia não herda os crimes do pai. Artemísia oth Hinríade fica aqui comigo, desde que ela mesma concorde.

– Eu concordo – afirmou Artemísia.

– Ótimo. Acho que isso resolve tudo. A propósito, te dou um alerta: você está armado; eu também. Talvez as suas naves sejam de combate; a minha é um cruzador tiraniano.

– Não seja tolo, Farrill. Minhas intenções são totalmente amigáveis. Quer manter a garota aqui? Que seja. Posso sair pelo contato das câmaras de despressurização?

Biron aquiesceu.

– Confiaremos em você até este ponto.

As duas naves manobraram e aproximaram-se até as extensões flexíveis da câmara de despressurização se estenderem uma em direção à outra. Moviam-se com cautela, tentando o encaixe perfeito. Gillbret prestava atenção no rádio.

– Eles vão tentar um novo contato em dois minutos – ele disse.

O campo magnético já fora ativado três vezes e, em cada uma delas, os tubos que se prolongavam haviam se estendido em direção um ao outro e ficavam fora de centro, formando lacunas de espaço entre eles.

– Dois minutos – repetiu Biron, e esperou, tenso.

O segundo ponteiro medidor se mexeu, e o campo magnético se formou pela quarta vez, as luzes diminuindo de intensidade quando os motores se ajustaram à repentina vazão de energia. Outra vez as extensões das câmaras de despressurização se distenderam, pairando quase instáveis, e depois, com uma sacudidela silenciosa, cuja vibração chegou à sala do piloto com um zumbido, encaixaram-se de modo apropriado, as travas fixando-se automaticamente na posição. Uma vedação hermética se formara.

Biron passou as costas da mão lentamente pela testa e parte da tensão que sentia se dissipou.

– Pronto – disse ele.

O autocrata ergueu o traje espacial, ainda com uma fina película de umidade sob ele.

– Obrigado – disse Jonti em um tom agradável. – Um de meus oficiais estará aqui em breve e combinará os detalhes dos suprimentos com você. – Em seguida, o autocrata partiu.

– Por favor, Gil, cuide do funcionário de Jonti por um tempo – pediu Biron. – Quando ele entrar, interrompa o contato da câmara de despressurização. Basta desativar o campo magnético. Este é o interruptor fotônico que você vai acionar.

Ele se virou e saiu da sala do piloto. No momento, precisava de tempo para si mesmo. Tempo para pensar, principalmente.

Mas ouviu passos apressados às suas costas, e uma voz suave. O rapaz parou.

– Biron – disse Artemísia –, quero falar com você.

Ele a encarou.

– Mais tarde, se não se importar, Arta.

Ela o fitava com atenção.

– Não, agora.

Os braços da garota estavam meio estendidos, como se ela quisesse abraçá-lo, mas não tivesse certeza da receptiva de Biron.

– Você não acreditou no que ele disse sobre meu pai, não é? – perguntou ela.

O AUTOCRATA VAI EMBORA

– Aquilo não tem relevância – respondeu o jovem.

– Biron – ela começou, mas deteve-se. Era difícil para ela dizer isso. Tentou falar de novo: – Biron, sei que parte do que está acontecendo entre nós ocorreu porque estávamos sozinhos e juntos e em perigo, mas... – E parou outra vez.

– Se está tentando dizer que é uma Hinríade, Arta, não precisa – replicou ele. – Eu sei. Não vou obrigá-la a nada.

– Não. Oh, não. – Ela segurou o braço de Biron e encostou a face no ombro forte do rapaz. Estava falando depressa. – Não é nada disso. Essa coisa de Hinríade e Widemos pouco me importa. Eu... eu amo você, Biron. – Os olhos dela se ergueram, encontrando os dele. – Acho que você também me ama. Acho que admitiria isso se conseguisse esquecer que sou uma Hinríade. Talvez admita agora que me declarei primeiro. Você disse ao autocrata que não usaria as ações do meu pai contra mim. Não use também a posição dele para me atingir.

Os braços da garota envolveram o pescoço de Biron, que podia sentir a maciez dos seios dela e o hálito morno nos lábios dele. Devagar, ergueu as mãos e delicadamente segurou os antebraços de Artemísia. Com a mesma delicadeza, soltou os braços dela e, ainda com a mesma delicadeza, afastou-se.

– Não estou quite com os Hinríade, milady – ele disse.

Ela ficou surpresa.

– Você disse ao autocrata que...

Biron desviou o olhar.

– Me desculpe, Arta. Não se fie no que eu disse ao autocrata.

Ela quis gritar que não era verdade, que seu pai não fizera aquilo, que, de qualquer forma...

Mas Biron se virou e entrou na cabine, deixando-a no corredor, os olhos dela cheios de mágoa e humilhação.

15. O BURACO NO ESPAÇO

Tedor Rizzett virou-se quando Biron retornou à sala do piloto. Apesar do cabelo grisalho, o corpo do homem continuava vigoroso, o rosto grande, corado e sorridente.

Ele caminhou a passos largos até Biron e pegou a mão do jovem calorosamente.

– Pelas estrelas – ele disse. – Não preciso que me diga nada para saber que é filho do seu pai. É como se o antigo rancheiro estivesse vivo outra vez.

– Bem que eu queria – comentou Biron em tom sombrio.

O sorriso de Rizzett se desfez.

– Nós também. Todos nós. A propósito, sou Ted Rizzett, coronel nas forças regulares linganianas, mas não usamos títulos no nosso joguinho. Até o autocrata é tratado apenas por "senhor". Isso me faz lembrar... – Ele pareceu sério. – Não temos lordes e ladies, nem mesmo rancheiros em Lingane. Espero que não se ofenda se me esquecer de usar o título apropriado às vezes.

Biron deu de ombros.

– Como disse, sem títulos nesse nosso joguinho. Mas, e o trailer? Pelo que entendi, devo acertar os detalhes com você.

Por um breve instante, ele contemplou a sala. Gillbret estava sentado, ouvindo a conversa em silêncio. Artemísia estava de costas para ele, os dedos finos e pálidos desenhando um padrão abstrato nos fotocontatos do computador. A voz de Rizzett trouxe Biron de volta à realidade.

– É a primeira vez que vejo uma embarcação tiraniana por dentro – disse o linganiano, após dar uma olhada abrangente na sala. – Não gostei muito. A câmara de despressurização de emergência está na popa, certo? Parece-me que os propulsores de energia ficam na zona intermediária.

– Isso mesmo.

– Ótimo. Então não haverá problema. Em alguns modelos antigos, os propulsores de energia se localizavam na popa, de modo que os trailers tinham que ser encaixados com uma inclinação. Isso dificulta o ajuste da gravidade e a capacidade de manobra em atmosferas quase nulas.

– Quanto tempo vai demorar, Rizzett?

– Não muito. De que tamanho quer o trailer?

– De que tamanho você consegue?

– Superluxo? Com certeza. Se o autocrata concordar, será prioridade absoluta. Podemos conseguir um trailer quase tão grande quanto uma espaçonave. Teria até motores auxiliares.

– E teria aposentos, imagino.

– Para a srta. Hinríade? Seria consideravelmente melhor do que o que vocês têm aqui... – Ele parou de maneira abrupta.

Ao ouvir a menção ao seu nome, Artemísia passara por eles fria e lentamente, saindo da sala do piloto. Os olhos de Biron a acompanharam.

– Eu não deveria ter dito srta. Hinríade, suponho – disse Rizzett.

– Não, não. Não é nada. Não dê atenção. Você estava dizendo?

– Ah, sobre os dormitórios. Pelo menos dois quartos grandes com banheiro comum. Eles têm o closet de costume e a parte hidráulica dos grandes cruzeiros espaciais. Ela ficaria bem confortável.

– Ótimo. Precisamos de comida e água.

– Claro. O tanque de água os abastecerá durante dois meses, um pouco menos se quiser uma piscina a bordo da nave. E receberá peças inteiras de carne. Vocês estão se alimentando de concentrado tiraniano, não é?

Biron concordou com um gesto de cabeça, e Rizzett fez careta.

– Tem gosto de serragem picadinha, não tem? E precisa de mais o quê?

– Algumas trocas de roupa para a dama – respondeu Biron.

Rizzett franziu a testa.

– Sim, claro. Bem, essa tarefa será dela.

– Não será, não. Vamos lhe passar todas as medidas necessárias e você nos atenderá com o que quer que esteja na moda.

Rizzett deu uma risada breve e balançou a cabeça.

– Rancheiro, a senhorita não vai gostar disso. Ela não ficaria satisfeita com nenhuma roupa que não tivesse escolhido. Nem mesmo se fossem peças idênticas às que ela escolheria se tivesse essa oportunidade. Não faço uma suposição. Já tive experiência com essas criaturas.

– Tenho certeza de que está certo, Rizzett – replicou Biron. – Mas terá que ser assim.

– Tudo bem, mas eu o avisei. Será responsabilidade sua. O que mais?

— Miudezas. Miudezas. Sabonetes. Ah, sim, cosméticos, perfumes... as coisas de que as mulheres precisam. Acertaremos os detalhes no seu devido tempo. Vamos começar com o trailer.

Nesse momento, Gillbret deixava a sala sem dizer uma palavra. Os olhos de Biron também o acompanharam, e ele sentiu o maxilar enrijecer. Hinríade! Eles eram Hinríade! Não havia nada que ele pudesse fazer sobre isso. Hinríade! Gillbret era um, e *ela,* outro.

— Ah, claro, e roupas para o sr. Hinríade e para mim — acrescentou o rapaz. — Embora não seja muito importante.

— Certo. Importa-se se eu usar seu rádio? É melhor eu ficar aqui nesta nave até os arranjos serem feitos.

Biron esperou até que as primeiras ordens fossem transmitidas. Então Rizzett se virou no assento e disse:

— Não consigo me acostumar com sua presença aqui, mexendo-se, conversando, vivo. Você se parece tanto com ele. O rancheiro falava sobre você de vez em quando. Estudou na Terra, certo?

— Sim. Teria me formado pouco mais de uma semana atrás se não tivesse havido uma interrupção.

Rizzett pareceu desconfortável.

— Olha, sobre você ter sido mandado para Rhodia daquele jeito, não use isso contra a gente. Nós não gostamos dessa ideia. Quero dizer, e fica apenas entre nós, mas alguns dos rapazes não gostaram nem um pouco disso. O autocrata não nos consultou, claro. Naturalmente, não consultaria mesmo. Com toda a sinceridade, foi arriscado da parte dele. Alguns de nós, e não vou mencionar nomes, até se perguntaram se não deveríamos abordar o cruzeiro espacial onde você estava e tirá-lo de lá. Claro que essa teria sido a pior coisa que poderíamos ter feito. Ainda assim, poderíamos ter

O BURACO NO ESPAÇO

feito, exceto porque, em última análise, entendíamos que o autocrata deveria saber o que estava fazendo.

– É bom ser capaz de inspirar esse tipo de confiança.

– Nós o conhecemos. Não dá para negar. Ele tem isto aqui – explicou, batendo devagar com um dedo na testa. – Ninguém sabe muito bem por que ele age de determinada forma às vezes. Mas sempre parece o modo certo. Pelo menos ele tem levado a melhor sobre os tirânicos até agora, e os outros, não.

– Como meu pai, por exemplo.

– Eu não estava pensando exatamente nele, mas, de certo modo, você está correto. Pegaram até mesmo o rancheiro. Mas seu pai era um tipo diferente, um homem correto que não aceitava desonestidade. Ele sempre desprezava a futilidade do próximo. Mas era disso que mais gostávamos, de certa forma. Ele era o mesmo com todo mundo, sabe.

"Sou um plebeu, apesar de coronel. Meu pai era metalúrgico, entende. Não fazia diferença para seu pai. Tampouco tinha a ver com o fato de eu ser coronel. Se ele encontrava o aprendiz do engenheiro no corredor, dava um passo para o lado e dizia-lhe uma palavra gentil e, durante o resto do dia, o aprendiz se sentiria um mestre engenheiro. Era o jeito dele.

"Não que ele fosse condescendente. Se você merecesse punição, ele a aplicaria, mas na justa medida. O que você recebia era devido, e você sabia disso. Quando ele terminava, estava terminado. Ele não ficava jogando aquilo na sua cara por dias. Assim era o rancheiro.

"Agora, o autocrata, ele é diferente. Um homem muito inteligente. Você não pode se aproximar dele, não importa quem seja. Por exemplo, ele não tem senso de humor. Jamais falaria com ele do jeito que estou falando com você agora.

Neste exato momento, estou só conversando. Estou relaxado. É quase livre associação. Com ele, você diz exatamente o que está pensando, sem muitas palavras. *E* com um discurso formal, ou será tido como desleixado. Mas o autocrata é o autocrata, e é isso."

— Terei que concordar com você quanto à inteligência do autocrata — disse Biron. — Sabia que ele tinha deduzido que eu estava a bordo desta nave antes mesmo de entrar aqui?

— *Mesmo*? Não sabíamos. Bem, é isso que eu quero dizer. Ele ia entrar no cruzador tiraniano sozinho, o que nos parecia suicídio. Não gostamos da ideia. Mas imaginamos que o autocrata soubesse o que estava fazendo, e sabia. Ele podia ter nos contado que você provavelmente estaria a bordo da nave. Ele devia saber que seria uma ótima notícia o filho do rancheiro ter escapado. Mas é típico dele. Jamais contaria.

Artemísia estava sentada na cama mais baixa dos beliches na cabine. Ela tinha que se inclinar em uma posição desconfortável para que a estrutura da cama de cima não pressionasse sua primeira vértebra torácica. Mas isso era só um detalhe naquele momento.

Quase que automaticamente, ela ficava passando a palma das mãos pelas laterais da roupa. Sentia-se desalinhada e suja, e muito cansada.

Cansada de limpar as mãos e o rosto com lenços úmidos. Cansada de usar a mesma roupa por uma semana. Cansada do cabelo que parecia úmido e oleoso.

E então ia se levantando, pronta para se virar bruscamente: não ia vê-lo, não ia olhar para ele.

Mas era apenas Gillbret. A moça sentou-se de novo.

— Oi, tio Gil.

Gillbret se sentou de frente para ela. Por um momento, o rosto magro do homem pareceu ansioso, até as rugas surgirem, formando um sorriso.

— Também acho que uma semana nesta nave não é nada divertido. Esperava que você pudesse *me* animar.

Mas ela disse:

— Ora, tio Gil, não comece a usar de psicologia comigo. Se acha que vai me convencer a me sentir responsável por seu bem-estar, está enganado. É muito mais provável que eu lhe dê um soco.

— Se isso fizer você se sentir melhor...

— Vou alertá-lo de novo. Se estender o braço para eu socá-lo, vou socar, e se depois me perguntar se me sinto melhor, soco outra vez.

— De qualquer forma, está claro que você discutiu com Biron. Sobre o quê?

— Não vejo motivo para conversarmos. Apenas me deixe em paz. — Então, após uma pausa, continuou: — Biron acha que o meu pai fez tudo o que o autocrata disse que ele fez. Eu o odeio por isso.

— Odeia seu pai?

— Não! Aquele tolo estúpido, infantil e hipócrita.

— Biron, eu presumo. Ótimo. Você o odeia. Você não conseguiria separar o tipo de ódio que a fez sentar-se aqui desse jeito de algo que parece, segundo minha mente de solteirão, um excesso ridículo de amor.

— Tio Gil, ele poderia mesmo ter feito aquilo? — perguntou a moça.

— Biron? Ter feito o quê?

— Não! Meu pai. Ele poderia ter feito aquilo? Ter denunciado o rancheiro?

Gillbret pareceu pensativo e muito sério.

– Não sei. – Ele olhou a sobrinha de soslaio. – Você sabe, ele *entregou* Biron aos tirânicos.

– Porque meu pai sabia que era uma armadilha – contestou ela com veemência. – E *era*. Aquele autocrata horrível quis que fosse uma armadilha. Ele disse isso. Os tirânicos sabiam quem era Biron e o mandaram para o meu pai de propósito. E ele fez a única coisa possível. Deveria ser óbvio para qualquer um.

– Mesmo tomando isso como verdade – e outra vez o olhar de soslaio –, ele tentou convencê-la a aceitar um tipo nada agradável de casamento. Se Hinrik foi capaz disso...

– Ele também não tinha outra opção – interrompeu ela.

– Minha querida, se vai desculpar todos os atos de subserviência de seu pai aos tirânicos como algo que ele tinha que fazer, bem, então, como sabe que ele não insinuou nada sobre o rancheiro para eles?

– Porque tenho certeza de que meu pai não faria isso. Você não o conhece como eu. Ele odeia os tirânicos. Odeia *mesmo*. Não chegaria ao extremo de ajudá-los. Admito que meu pai os teme e não ousa se opor a eles abertamente, mas nunca os ajudaria, pelo menos não se pudesse evitar.

– E como sabe que ele poderia evitar isso?

No entanto, Artemísia apenas balançou a cabeça com violência, o cabelo caindo sobre o rosto e escondendo os olhos. E também as lágrimas.

Gillbret a observou por um momento, depois fez um gesto de impotência com as mãos e saiu.

O trailer foi acoplado à *Impiedosa* por meio de um corredor estreito conectado à câmara de despressurização de emergência na parte de trás da nave. Tinha uma capacidade várias dezenas de vezes maior que a da embarcação tiraniana, que ficava quase risivelmente desproporcional perto dela.

O autocrata se juntou a Biron em uma última inspeção.

– Está faltando alguma coisa? – perguntou.

– Não. Acho que ficaremos bastante confortáveis – respondeu Biron.

– Ótimo. E, a propósito, Rizzett me contou que lady Artemísia não está muito bem, ou, no mínimo, que parece indisposta. Se ela precisa de atendimento médico, seria prudente enviá-la para a minha nave.

– Ela está bem – afirmou Biron secamente.

– Se você diz. Estaria pronto para partir daqui doze horas?

– Até daqui duas horas, se quiser.

Biron precisou inclinar-se um pouco para atravessar o corredor de ligação e entrar na *Impiedosa* propriamente.

– Há uma suíte só para você lá no trailer, Artemísia – ele disse em um cuidadoso tom uniforme. – Não vou incomodá-la. Vou ficar aqui a maior parte do tempo.

E ela respondeu friamente:

– Você não me incomoda, rancheiro. Não me importa onde esteja.

E então as naves partiram em disparada e, depois de um único Salto, estavam bem próximas da Nebulosa. Mas esperaram algumas horas, enquanto na nave de Jonti se faziam os últimos cálculos. Dentro da Nebulosa, seria quase uma navegação às cegas.

Biron olhava desanimado pela visitela. Não havia nada ali! Uma metade inteira da esfera celestial estava tomada pela escuridão, sem sequer uma centelha de luz para minimizá-la. Pela primeira vez, Biron percebeu como as estrelas eram cordiais e amigáveis, como preenchiam o espaço.

– É como cair em um buraco no espaço – ele murmurou para Gillbret.

E então fizeram outro Salto, dessa vez para dentro da Nebulosa.

Quase simultaneamente, Simok Aratap, comissário do grande khan, comandando dez cruzadores armados, ouviu seu navegador e disse:

– Não importa. Siga-os mesmo assim.

E a menos de um ano-luz do ponto onde a *Impiedosa* entrou na Nebulosa, dez embarcações tiranianas entraram também.

16. CÃES DE CAÇA!

Simok Aratap sentia-se meio desconfortável em seu uniforme. Os fardamentos tiranianos eram feitos de materiais moderadamente ásperos, e seu caimento não era mais que razoável. Mas não era próprio dos soldados reclamar desses inconvenientes. Na verdade, a ideia de que sentir um pouco de desconforto era bom para a disciplina fazia parte da tradição militar tiraniana.

Mas, ainda assim, Aratap conseguiu se rebelar contra a tradição a ponto de dizer em tom ressentido:

– O colarinho apertado irrita o meu pescoço.

O major Andros, cujo colarinho era igualmente apertado, e que jamais fora visto usando outra coisa que não trajes militares, comentou:

– Poderá afrouxá-lo quando estiver sozinho. O regulamento permite. No entanto, diante de qualquer oficial ou dos homens, o menor desvio das normas de vestimenta seria uma influência negativa.

Aratap fungou. Era a segunda mudança induzida pela natureza semimilitar da expedição. Além de ser forçado a usar uniforme, ele tinha que ouvir um assessor militar cada vez mais arrogante. Isso começara antes mesmo de partirem de Rhodia.

Andros fora direto ao ponto.

– Comissário, vamos precisar de dez naves – dissera.

Aratap erguera os olhos, definitivamente irritado. Naquele momento, estava se preparando para seguir o jovem Widemos em uma única embarcação. Pôs de lado as cápsulas nas quais estava preparando seu comunicado para o Departamento Colonial do khan, que seriam enviadas caso ele, lamentavelmente, não voltasse da expedição.

– Dez naves, major?

– Sim, senhor. Menos que isso não dá.

– Por quê?

– Pretendo garantir uma segurança razoável. O rapaz está indo para algum lugar. O senhor se referiu a uma conspiração muito bem planejada. Presumivelmente, as duas coisas se encaixam.

– Portanto?

– Portanto, devemos estar preparados para uma conspiração possivelmente muito bem planejada, capaz de enfrentar uma única nave.

– Ou dez. Ou cem. Até onde vai a segurança?

– É preciso tomar uma decisão. Em casos de ação militar, é minha responsabilidade. E sugiro dez.

As lentes de contato de Aratap brilharam exageradamente à luz da parede quando ele ergueu as sobrancelhas. Os militares tinham influência. Em tese, em épocas de paz, os civis tomavam as decisões, porém, mais uma vez, era difícil deixar a tradição militar de lado.

– Vou refletir sobre essa questão – ele disse com cautela.

– Obrigado. Se decidir não aceitar minhas recomendações, e as minhas sugestões só foram dadas nesse sentido, eu lhe garanto – o major bateu os calcanhares de modo brusco, em uma deferência cerimonial vazia de significado, como

Aratap bem sabia –, será um direito seu. Contudo, o senhor não me deixará outra escolha a não ser renunciar ao meu cargo.

Cabia a Aratap recuperar quanto fosse possível dessa posição.

– Não é minha intenção atrapalhar qualquer decisão sua em um assunto unicamente militar, major. Eu me pergunto se o senhor seria tão receptivo às minhas decisões em questões de importância exclusivamente política.

– Que questões?

– Há o problema em relação a Hinrik. Ontem o senhor se opôs à minha sugestão de que ele nos acompanhasse.

– Considero desnecessário – retorquiu o major secamente. – Com nossas forças em ação, a presença de estrangeiros seria negativa para o nosso moral.

Aratap soltou um suspiro suave, quase inaudível. No entanto, Andros era um homem competente à sua maneira. Seria inútil demonstrar impaciência.

– Mais uma vez, concordo com o senhor – ele anuiu. – Só peço que considere os aspectos políticos da situação. Como sabe, a execução do antigo rancheiro de Widemos foi politicamente desconfortável. Deixou os Reinos agitados sem necessidade. Por mais inevitável que fosse a execução, é desejável que a morte do filho não seja atribuída a nós. Até onde o povo de Rhodia sabe, o jovem Widemos sequestrou a filha do governador, que, a propósito, é um membro popular dos Hinríade e está sempre em evidência. Seria bastante oportuno, bastante compreensível, que o governador comandasse a expedição punitiva.

"Seria uma jogada dramática, muito gratificante para o patriotismo rhodiano. Naturalmente, ele pediria ajuda tiraniana e a receberia, mas isso pode ser minimizado. Seria fácil, e importante, firmar essa expedição na mente do povo como uma ação rhodiana. Se os mecanismos internos da conspiração forem revelados, será uma descoberta rhodiana. Se o jovem Widemos for executado, será uma execução rhodiana, no que diz respeito aos outros Reinos."

— Ainda considero um mau precedente permitir que embarcações rhodianas acompanhem uma expedição militar tiraniana — disse o major. — Elas nos atrapalhariam em uma luta. Nesse sentido, temos uma questão militar.

— Eu não disse, meu caro major, que Hinrik comandaria uma nave. Com certeza, o senhor bem sabe que, além de incapaz de assumir o comando, ele nem sequer anseia tentar. Ele ficará conosco. Não haverá outro rhodiano a bordo.

— Nesse caso, retiro a minha objeção, comissário — disse o major.

A frota tiraniana se mantivera a dois anos-luz de distância de Lingane durante boa parte da semana, e a situação estava ficando cada vez mais instável.

O major Andros defendia uma aterrissagem imediata em Lingane.

— O autocrata de Lingane — lembrou ele — esforçou-se muito para que o considerássemos amigo do khan, mas não confio nesses homens que viajam para o exterior; acabam adquirindo ideias inquietantes. É estranho que logo após seu retorno o jovem Widemos viaje para encontrá-lo.

— O autocrata não tentou esconder nem as viagens nem o retorno, major. E nem sequer sabemos se Widemos vai encontrá-lo. Ele mantém órbita em torno de Lingane. Por que não aterrissa?

— Por que mantém a órbita? Vamos questionar o que ele faz, e não o que não faz.

CÃES DE CAÇA!

– Posso propor uma coisa que se encaixaria no padrão.

– Ficaria feliz de ouvir.

Aratap colocou um dedo por dentro do colarinho e tentou inutilmente afrouxá-lo.

– Uma vez que o rapaz está esperando, podemos presumir que esteja esperando alguém ou alguma coisa. Seria ridículo pensar que, tendo ido para Lingane por um percurso tão direto e rápido... um único Salto, na verdade... ele fique lá esperando por mera indecisão. Parece-me, então, que o rapaz está à espera de um amigo, ou de alguns amigos. Assim, com a chegada de reforços, ele seguirá para outro lugar. O fato de não ter aterrissado diretamente em Lingane sugere que não considera a ação segura. Isso indicaria que Lingane em geral, e o autocrata em particular, não têm relação com a conspiração, embora indivíduos linganianos possam ter.

– Não sei se podemos acreditar que a solução mais óbvia seja a correta.

– Meu caro major, essa não é só uma solução óbvia. É a solução lógica. Ela se encaixa no padrão.

– Talvez. Mas, mesmo assim, se não houver mais acontecimento algum em vinte e quatro horas, não me restará escolha senão ordenar um avanço em direção a Lingane.

Aratap franziu o cenho, olhando para a porta por onde o major saíra. Era perturbador ter que controlar ao mesmo tempo o conquistado inquieto e os conquistadores imediatistas. Vinte e quatro horas. Talvez acontecesse alguma coisa; caso contrário, ele teria que encontrar um meio de deter Andros.

O sinal da porta soou, e Aratap ergueu os olhos, irritado. Certamente não seria Andros de volta. Não era. A silhueta alta e vergada de Hinrik de Rhodia estava à entrada, seguida da do guarda que o acompanhava por toda a nave.

Em tese, Hinrik tinha total liberdade de movimento. É provável que ele mesmo acreditasse nisso. Pelo menos, nunca prestava atenção ao guarda às suas costas.

Hinrik deu um sorriso vago.

— Estou incomodando, comissário?

— Nem um pouco. Sente-se, governador. — Aratap continuou de pé. Hinrik pareceu não notar.

— Tenho um assunto importante para discutir com o senhor — Hinrik disse. Então fez uma pausa, e parte da firmeza do olhar desvaneceu-se. Ele acrescentou em um tom bem diferente: — Que nave grande e bonita!

— Obrigado, governador! — Aratap deu um meio sorriso. As nove embarcações que os acompanhavam eram tipicamente diminutas, mas a nave principal, onde estavam naquele momento, era um modelo de tamanho especial, adaptada dos projetos da extinta armada rhodiana. O fato de tais naves serem cada vez mais numerosas na armada era talvez o primeiro sinal do abrandamento gradual do espírito militar tiraniano. A unidade de guerra continuava o minúsculo cruzador para dois ou três homens, mas crescia a demanda das altas patentes por naves maiores para os seus quartéis-generais.

Isso não incomodava Aratap. Para alguns dos soldados mais velhos, esse progressivo abrandamento parecia uma degeneração; para ele, parecia o caminho da civilidade. No final, dali a séculos, talvez os tiranianos se transformassem em um único povo, fundindo-se com as atuais sociedades conquistadas dos Reinos Nebulares... E talvez até mesmo isso fosse uma coisa boa.

Naturalmente, ele jamais verbalizara essa opinião.

— Vim lhe contar uma coisa — disse Hinrik. Ele ponderou sobre o assunto por um tempo, depois acrescentou: —

Mandei uma mensagem hoje para meu povo. Disse-lhes que estou bem, que o criminoso logo será capturado e que minha filha voltará em segurança.

– Ótimo – comentou Aratap. Mas isso não era novidade. Ele mesmo havia redigido a mensagem, embora não fosse impossível que Hinrik estivesse convencido de que fora ele o autor, ou mesmo de que comandava de fato a expedição. Aratap sentiu uma pontinha de pena. O homem estava visivelmente desmoronando.

– Acredito que meu povo esteja muito perturbado por conta do ousado ataque daqueles bandidos bem organizados contra o palácio – falou Hinrik. – Acho que ficarão orgulhosos de seu governador agora que dei uma resposta rápida, hein, comissário? Verão que ainda existe força entre os Hinríade. – Ele parecia tomado por uma débil sensação de triunfo.

– Acho que ficarão – respondeu Aratap.

– Já estamos ao alcance do inimigo?

– Não, governador, o inimigo continua no mesmo lugar, perto de Lingane.

– Ainda? Ah, lembrei-me do que vim lhe contar. – Ele ficou agitado, então as palavras saíram atropelando umas às outras. – É muito importante, comissário. Preciso lhe contar uma coisa: traição a bordo. Eu descobri. Precisamos agir rápido. Traição... – Ele estava sussurrando.

Aratap se impacientou. Era necessário agradar o pobre idiota, claro, mas toda aquela conversa estava se tornando perda de tempo. Se continuasse nesse ritmo, Hinrik ia ficar tão nitidamente louco que não serviria nem como marionete, o que seria uma pena.

– Não há traição, governador – disse ele. – Nossos homens são fiéis e honestos. Alguém o está enganando. O senhor está cansado.

– Não, não. – Hinrik afastou o braço que Aratap pousara por um momento em seu ombro. – Onde estamos?

– Oras, aqui!

– A nave, quero dizer. Eu observei a visitela. Não estamos perto de nenhuma estrela. Estamos nas profundezas do universo. O senhor sabia?

– Oras, é claro.

– Lingane não está nem perto. Sabia?

– Está a dois anos-luz de distância.

– Aaah! Comissário, ninguém nos ouve? Tem certeza? – Hinrik se inclinou na direção de Aratap, que permitiu ao outro se aproximar de seu ouvido. – Então, como sabemos que o inimigo está próximo de Lingane? Ele está longe demais para ser detectado. Estão nos passando informação errada, e isso significa traição.

Bem, o homem podia estar louco, mas o argumento fazia sentido.

– Essa é uma preocupação para os técnicos, governador, não para homens de posição. Eu mesmo não sei quase nada.

– Mas, como comandante da expedição, eu deveria saber. Sou o comandante, não é mesmo? – Hinrik olhou ao redor com cautela. – Na verdade, tenho a sensação de que o major Andros nem sempre obedece às minhas ordens. Ele é confiável? Claro, quase nunca dou ordens a ele. Soaria estranho dar ordens a um oficial tiraniano. Mas preciso encontrar minha filha. O nome dela é Artemísia, e foi tirada de mim; estou conduzindo esta frota toda para trazê-la de volta. Então, veja bem, preciso saber. Quero dizer, preciso saber como é possível afirmar que o inimigo está em Lingane. Minha filha também estaria lá. O senhor conhece minha filha? O nome dela é Artemísia.

Hinrik ergueu os olhos para o comissário tirânico com uma expressão de apelo. Depois os cobriu com uma das mãos e murmurou algo parecido com "perdão".

Aratap sentiu o maxilar se apertar. Difícil lembrar que o homem diante dele era um pai em luto e que até mesmo o idiota do governador de Rhodia devia ter sentimentos paternos. Ele não podia deixar o homem sofrer.

– Vou tentar explicar – disse em um tom suave. – O senhor sabe que existe uma coisa chamada massômetro, que detecta naves no espaço.

– Sei, sei.

– Essa coisa é sensível aos efeitos da gravidade. Entende o que quero dizer?

– Ah, sim. Tudo tem gravidade. – Hinrik se inclinava em direção a Aratap, as mãos se comprimindo em um gesto nervoso.

– Isso basta. Bem, normalmente, o massômetro só pode ser usado quando a nave está próxima, ou seja, a menos de um milhão e meio de quilômetros. Além disso, é fundamental que ela esteja a uma distância razoável de qualquer planeta porque, se não estiver, você conseguirá detectar apenas o planeta, que é muito maior.

– E tem muito mais gravidade.

– Exato – concordou Aratap, e Hinrik pareceu satisfeito. Aratap continuou:

– Nós, tirânicos, temos outro dispositivo. É um transmissor que irradia pelo hiperespaço, em todas as direções, um tipo particular de distorção do tecido espacial que não tem natureza eletromagnética. Em outras palavras, não é como a luz, o rádio, nem mesmo como o rádio subetérico. Entende?

Hinrik não respondeu. Parecia confuso.

– Bem, é um dispositivo diferente – continuou Aratap sem demora. – Não importa como. Conseguimos detectar essa coisa irradiada e, portanto, sempre sabemos a localiza-ção de qualquer nave tiraniana, mesmo que esteja a meia Galáxia de distância, ou do outro lado de uma estrela.

Hinrik aquiesceu solenemente.

– Se o jovem Widemos tivesse fugido em uma nave comum, seria muito difícil localizá-lo. No entanto, como ele pegou um cruzador tiraniano, sabemos o tempo todo onde está, embora ele não perceba. É assim que podemos afirmar que o rapaz está perto de Lingane, entende? E mais uma coisa: ele não tem como fugir, então com certeza vamos resgatar sua filha.

Hinrik sorriu.

– Muito bem. Parabéns, comissário. Um truque muito inteligente.

Aratap não se iludiu. Hinrik entendera muito pouco do que ele disse, mas isso não tinha importância. A conversa terminara com a garantia de que a filha dele seria resgatada e, em algum lugar de seu vago entendimento, deveria haver a percepção de que o resgate seria obra da ciência tiraniana.

Ele disse a si mesmo que não tivera esse trabalho todo só porque o rhodiano apelou para o seu senso de compaixão. Na verdade, precisava impedir que o homem tivesse um co-lapso por óbvios motivos políticos. Talvez a volta da filha melhorasse as coisas. Ele esperava que sim.

Ouviu-se o sinal da porta de novo, e o major Andros entrou. O braço de Hinrik retesou-se sobre o apoio da pol-trona e seu rosto assumiu uma expressão assustada. Ele se levantou e começou a dizer:

– Major Andros...

Mas Andros já estava falando rápido, ignorando o rho-diano.

– Comissário – ele disse –, a *Impiedosa* mudou de posição.

– Ela não pousou em Lingane, não é? – comentou Aratap de forma brusca.

– Não – respondeu o major. – Fez um Salto para bem longe de Lingane.

– Ah. Ótimo. Talvez outra nave tenha se unido a ela.

– Ou muitas outras. Só podemos detectar a do rapaz, como o senhor bem sabe.

– De qualquer modo, vamos segui-lo de novo.

– A ordem já foi dada. Só gostaria de destacar que o Salto levou o rapaz para os limites da Nebulosa Cabeça de Cavalo.

– O quê?

– Não existe nenhum sistema planetário grande na direção indicada. Há somente uma conclusão lógica.

Aratap umedeceu os lábios e saiu apressadamente para a sala do piloto, o major acompanhando-o.

Hinrik permaneceu no meio do compartimento subitamente vazio, fitando a porta por mais ou menos um minuto. Depois, encolhendo um pouco os ombros, sentou-se outra vez. Seu rosto estava inexpressivo e ele apenas ficou ali sentado, por muito tempo.

– Verificamos as coordenadas espaciais da *Impiedosa*, senhor – disse o navegador. – Definitivamente, estão dentro da Nebulosa.

– Não importa – retrucou Aratap. – Siga-os mesmo assim. – E se virou para Andros. – Está entendendo a virtude da paciência? Muita coisa ficou óbvia agora. Em que outro lugar poderia ficar o quartel-general dos conspiradores a não ser na própria Nebulosa? Onde mais estaria após tantos fracassos para encontrá-lo? É um padrão *muito* bonito.

E então a frota entrou na Nebulosa.

ISAAC ASIMOV

*　*　*

Pela vigésima vez, Aratap espiou automaticamente pela visitela. Isso era inútil, na verdade, uma vez que a visitela permanecia bastante escura. Nenhuma estrela à vista.

– É a terceira parada deles sem aterrissar – comentou Andros. – Não entendo. Qual é o propósito deles? O que estão procurando? Cada parada dura vários dias. No entanto, não aterrissam.

– Talvez seja o tempo que levam para calcular o próximo Salto – respondeu Aratap. – Não há visibilidade.

– O senhor acha mesmo?

– Não. Os Saltos deles são precisos demais. Sempre se aproximam de uma estrela. Não se sairiam tão bem apenas com as informações do massômetro, a menos que soubessem com antecedência a localização das estrelas.

– Então, por que não aterrissam?

– Acho que estão procurando planetas habitáveis – replicou Aratap. – Talvez eles próprios não saibam a localização do centro da conspiração. Ou pelo menos não de todo. – Ele sorriu. – Nós só temos que segui-los.

O navegador bateu os calcanhares.

– Senhor!

– Sim? – Aratap levantou os olhos.

– O inimigo aterrissou em um planeta.

Aratap fez um sinal para o major Andros.

– Andros – disse o comissário assim que o navegador os interrompeu –, ouviu isso?

– Sim. Ordenarei pouso e perseguição.

– Espere. Você pode estar tomando uma decisão precipitada outra vez, como quando queria investir contra Lingane. Acho que apenas esta nave deveria ir.

CÃES DE CAÇA!

– Qual é o seu raciocínio?

– Se precisarmos de reforços, você estará lá, no comando dos cruzadores. Se for de fato um poderoso centro rebelde, talvez pensem apenas que uma nave surgiu ali por acaso. Eu vou avisá-lo de alguma maneira e você poderá se retirar para Tirana.

– Me retirar?

– E depois voltar com uma frota completa.

Andros ponderou.

– Muito bem. Seja qual for o caso, esta é nossa nave menos útil. Grande demais.

O planeta ia tomando toda a visitela enquanto eles desciam em espiral.

– A superfície parece bastante infértil, senhor – informou o navegador.

– Você determinou a exata localização da *Impiedosa*?

– Sim, senhor.

– Então aterrisse o mais perto que conseguir sem ser visto.

Estavam entrando na atmosfera. O céu, enquanto passavam pelo hemisfério do planeta em que era dia, tingia-se de um tom púrpura brilhante. Aratap observava a superfície aproximando-se. A longa caçada estava quase terminada!

17. E LEBRES!

Para aqueles que nunca estiveram no espaço, a investigação de um sistema estelar e a busca por planetas habitáveis podem parecer bem emocionantes; no mínimo, interessantes. Para o astronauta, é o mais chato dos trabalhos.

Localizar uma estrela, ou seja, uma enorme massa resplandecente de hidrogênio fundindo-se em hélio, chega a ser quase fácil demais. Ela chama a atenção. Até mesmo na escuridão da Nebulosa, é apenas uma questão de distância. Aproxime-se oito bilhões de quilômetros, e ela ainda vai chamar a atenção.

No entanto, um planeta, uma massa relativamente pequena de rocha que brilha somente por conta da luz refletida, é bem diferente. Uma pessoa poderia passar cem mil vezes por um sistema estelar em todos os tipos de ângulos estranhos sem jamais se aproximar tanto de um planeta a ponto de enxergá-lo como é, exceto pela mais estranha das coincidências.

Em vez disso, a pessoa adota um sistema. Assume-se uma posição no espaço a uma distância da estrela que está sendo investigada, mais ou menos dez mil vezes o diâmetro da estrela. Devido às estatísticas galácticas, sabe-se que a probabilidade de o planeta primário estar localizado a uma distância maior que essa é menos que uma em cinquenta mil vezes. Além do mais, quase nunca um planeta *habitável* dista mais do que mil vezes o diâmetro do seu sol em relação ao planeta primário.

Isso significa que, a partir da posição assumida pela nave, qualquer planeta habitável deve estar dentro de um ângulo de seis graus da estrela. Isso representa uma área de apenas 1/3.600 de todo o céu, a qual se pode examinar em detalhes com relativamente poucas observações.

Então, ajusta-se o movimento da telecâmera de tal modo que contrabalance o movimento da nave em sua órbita. Nessas condições, um determinado tempo de exposição localizará as constelações nas proximidades da estrela, contanto, claro, que se bloqueie o próprio brilho do sol, o que é fácil de se fazer. Os planetas, porém, terão movimentos típicos perceptíveis e, portanto, aparecerão como uma risca na película.

Quando não aparece nada, sempre existe a possibilidade de os planetas estarem atrás do planeta primário. Portanto, repete-se a manobra de outro ponto no espaço e, normalmente, de um local mais próximo à estrela.

É um procedimento muito entediante, na verdade, e quando repetido três vezes em três estrelas diferentes, sempre com resultados totalmente negativos, o moral dos envolvidos tende a esmorecer.

O moral de Gillbret, por exemplo, vinha sofrendo havia algum tempo. Os intervalos entre os momentos em que ele achava algo "engraçado" se ampliavam cada vez mais.

Quando se preparavam para o Salto rumo à quarta estrela na lista do autocrata, Biron disse:

— De qualquer forma, toda vez encontramos uma estrela. Ao menos os cálculos de Jonti estão corretos.

– As estatísticas mostram que uma em cada três estrelas tem um sistema planetário – replicou Gillbret.

Biron concordou com a cabeça. Era uma estatística batida. Toda criança a aprendia em Galactografia básica.

– Isso significa que a chance de encontrar três estrelas ao acaso sem um único planeta... sem um único planeta... é de dois terços elevados ao cubo, ou seja, 8/27, ou menos do que uma em três – explicou Gillbret.

– E daí?

– Não encontramos nenhuma. Deve haver algum engano.

– Você mesmo viu as telas. E, além do mais, qual o valor das estatísticas? Até onde sabemos, as condições dentro da Nebulosa são diferentes. Talvez a névoa de partículas impeça a formação de planetas, ou talvez essa mesma névoa seja o resultado de planetas que não se aglutinaram.

– Você não está falando sério – retrucou Gillbret, chocado.

– Isso mesmo. Só estou falando para ouvir a minha voz. Não entendo nada de cosmogonia. Por que diabos se formam os planetas mesmo? Nunca ouvi falar de nenhum que não estivesse cheio de problemas. – O próprio Biron parecia esgotado; seguia imprimindo e colando pequenos adesivos no painel de controle. Então continuou: – Em todo caso, descobrimos como usar os desintegradores, os telêmetros, o controle de energia... tudo isso.

Era muito difícil não olhar pela visitela. Em breve, fariam mais um Salto, em meio àquela escuridão.

– Você sabe por que chamam a Nebulosa de Cabeça de Cavalo, Gil? – perguntou Biron, distraidamente.

– O primeiro homem que entrou nela foi Horace Hedd. Vai me dizer que a informação está errada?

– Talvez esteja. Há uma explicação diferente na Terra.

– Ah, é?

— Dizem que ela tem esse nome porque parece a cabeça de um cavalo.

— O que é um cavalo?

— Um animal da Terra.

— Uma ideia engraçada, Biron; mas, na minha opinião, a Nebulosa não parece um animal.

— Depende do ângulo pelo qual se olha. Lá de Nephelos, ela parece o braço de um homem com três dedos, mas eu a vi de um observatório da Universidade da Terra, e *parece* um pouco uma cabeça de cavalo. Talvez por isso tenha recebido esse nome. Talvez nunca tenha existido um Horace Hedd. Quem sabe? — Biron, já entediado com a questão, continuava falando só para ouvir a própria voz.

Seguiu-se uma longa pausa, que deu a Gillbret a chance de abordar um assunto que Biron não queria discutir, mesmo não conseguindo evitar de pensar nele.

— Onde está Arta? — indagou Gillbret.

Biron o olhou rapidamente e respondeu:

— Em algum lugar do trailer. Não fico atrás dela.

— O autocrata fica. Ele poderia muito bem morar aqui.

— Que sorte a dela.

As rugas de Gillbret tornaram-se mais pronunciadas, e suas feições, mais concentradas.

— Ah, não seja tolo, Biron. Artemísia é uma Hiníade. Ela não pode aceitar o tratamento que você vem lhe dando.

— Não me venha com essa — retrucou Biron.

— Venho, sim. Eu não via a hora de dizer isso. Por que está agindo desse jeito com ela? Porque Hinrik pode ter sido responsável pela morte do seu pai? Hinrik é meu primo! Você não mudou comigo.

— Certo — replicou Biron. — Não mudei com você. Conversamos como sempre. Também converso com Artemísia.

— Como sempre conversou?

Biron não respondeu. Gillbret continuou:

— Você a está jogando nos braços do autocrata.

— É escolha dela.

— Não, não é. É escolha sua. Escute, Biron — Gillbret adotou uma postura confidencial, colocando a mão sobre o joelho do jovem —, não gosto de interferir nesse tipo de coisa, entende? Mas Artemísia é a única coisa boa na família Hinríade agora. Você acharia graça se eu dissesse que a amo? Não tenho filhos.

— Não questiono seu amor.

— Então lhe dou um conselho pelo bem dela. Detenha o autocrata, Biron.

— Achei que confiasse nele, Gil.

— Como autocrata, sim. Como líder antitiraniano, sim. Mas, como homem para uma mulher, como homem para Artemísia, não.

— Diga isso a ela.

— Ela não me daria ouvidos.

— Você acha que ela me ouviria se eu dissesse?

— Se dissesse do jeito certo.

Por um momento, Biron pareceu hesitar, a língua percorrendo de leve os lábios secos. Depois virou de costas, dizendo duramente:

— Não quero falar sobre isso.

— Você vai se arrepender — comentou Gillbret com tristeza.

Biron silenciou. Por que Gillbret não o deixava em paz? Passara-lhe pela cabeça muitas vezes que poderia se arrepender de tudo isso. Não era fácil. Mas o que faria? Não havia uma maneira segura de voltar atrás.

Ele tentou respirar pela boca para se livrar, de algum modo, do sufoco que sentia no peito.

* * *

O cenário mudou depois do Salto seguinte. Biron ajustara os controles de acordo com as instruções do piloto do autocrata, e deixara Gillbret encarregado dos controles manuais. Ele pretendia dormir durante o Salto. E então, de repente, Gillbret o estava chacoalhando pelo ombro.

— Biron! Biron!

Ele rolou na cama e caiu agachado, os punhos cerrados.

— O que é?

Gillbret afastou-se depressa.

— Calma. Temos uma F-2 desta vez.

Então Biron entendeu. Gillbret respirou fundo e relaxou.

— Nunca mais me acorde desse jeito, Gillbret. Você disse uma F-2? Suponho que esteja se referindo à nova estrela.

— Com certeza. Acho que ela parece muito engraçada.

De certa forma, parecia. Aproximadamente 95% dos planetas habitáveis da Galáxia circundavam estrelas dos tipos espectrais F ou G, com diâmetros variando entre um milhão e duzentos mil até dois milhões de quilômetros, e temperaturas de cinco a dez mil graus centígrados na superfície. O Sol da Terra era um G-0, o de Rhodia, um F-8, o de Lingane, um G-2, como o de Nephelos. Um F-2 seria um pouco quente, mas não quente demais.

As três primeiras estrelas onde eles haviam parado eram do tipo espectral K, um tanto pequenas e avermelhadas. Os planetas provavelmente não seriam satisfatórios, mesmo que elas tivessem algum.

Uma boa estrela é uma boa estrela! No primeiro dia de fotografia, cinco planetas foram localizados, o mais próximo a duzentos e quarenta milhões de quilômetros do planeta primário.

Tedor Rizzett trouxe a notícia em pessoa. Ele visitava a *Impiedosa* com tanta frequência quanto o autocrata, iluminando a nave com seu bom humor. Dessa vez, ofegava ruidosamente por conta dos movimentos mão a mão ao longo do cabo metálico.

– Não sei como o autocrata consegue – comentou Rizzett. – Ele nunca parece se importar, talvez porque seja mais jovem. – Depois acrescentou abruptamente: – Cinco planetas!

– Ao redor desta estrela? Tem certeza? – perguntou Gillbret.

– Definitivamente. Mas quatro são do tipo J.

– E o quinto?

– Pode ser que seja bom. Pelo menos tem oxigênio na atmosfera.

Gillbret deixou escapar uma espécie de grito de triunfo, mas Biron disse:

– Quatro são do tipo J. Bom, só precisamos de um.

Ele achou a distribuição razoável. Na maioria dos planetas grandes da Galáxia, havia atmosferas hidrogenadas. Afinal de contas, as estrelas são compostas principalmente de hidrogênio e são a matéria-prima dos blocos a partir dos quais os planetas são formados. Planetas do tipo J tinham atmosfera de metano ou amônia, chegando a ser profundas e extremamente densas, com hidrogênio molecular às vezes e uma quantidade considerável de hélio. Os próprios planetas tinham quase que invariavelmente um diâmetro de quarenta e oito mil quilômetros ou mais, com uma temperatura média que raras vezes ultrapassava os cinquenta graus negativos. Eles eram praticamente inabitáveis.

Lá na Terra, costumavam dizer a Biron que o J dessa espécie de planetas representava Júpiter, o planeta do Sistema Solar da Terra que era o melhor exemplo do tipo. Talvez estivessem certos. Com certeza, a outra classificação era o tipo T, e o T significava Terra. Os planetas assim classifica-dos costumavam ser pequenos em comparação aos demais, e sua gravidade mais fraca não conseguia reter o hidrogênio ou os gases que continham hidrogênio, em particular quando estavam mais próximos do sol e eram mais quentes. Suas atmosferas eram rarefeitas e, caso reunissem condições de abrigar vida, costumavam conter oxigênio e nitrogênio, com uma ocasional adição de cloro, o que seria ruim.

– Tem cloro? – perguntou Biron. – A atmosfera foi bem examinada?

Rizzett encolheu os ombros.

– Só conseguimos avaliar as camadas mais altas a partir do espaço. Se tiver cloro, estará concentrado na camada mais baixa. Veremos. – Ele colocou uma das mãos no ombro lar-go de Biron. – Que tal me convidar para uma bebida no seu quarto, rapaz?

Gillbret ficou olhando para eles, nervoso. Com o auto-crata cortejando Artemísia e o braço direito dele se tornan-do companheiro de copo de Biron, a *Impiedosa* estava se tor-nando mais linganiana do que qualquer outra coisa. Ele se perguntou se Biron sabia o que estava fazendo, depois pen-sou no novo planeta e deixou o resto de lado.

Artemísia estava na sala do piloto quando penetraram a atmosfera. Havia um sorrisinho em seu rosto e ela parecia bem contente. Biron olhava na direção dela de vez em quan-do. Saudara a jovem com um "Bom dia, Artemísia" ao vê-la entrar (ela quase nunca entrava lá; o rapaz fora pego de sur-presa), mas ela nem sequer respondera. Apenas se dirigira animada a Gillbret.

– Tio Gil, é verdade que vamos aterrissar?

E Gil esfregara as mãos.

– Parece que sim, minha querida. Talvez saiamos desta nave em algumas horas, andando em superfície sólida. Que tal essa ideia divertida?

– Espero que seja o planeta certo. Se não for, não será tão divertido.

– Ainda existe mais uma estrela – comentou Gil, franzindo as sobrancelhas.

E então Artemísia se voltou para Biron e disse friamente:

– Falou alguma coisa, sr. Farrill?

Biron, pego de surpresa outra vez, sobressaltou-se e respondeu:

– Não, não falei.

– Então me desculpe. Pensei que tivesse falado.

Ela passou tão perto dele que o vestido roçou o joelho do rapaz e o perfume que usava momentaneamente o envolveu. Os músculos do maxilar de Biron enrijeceram.

Rizzett ainda estava com eles. Uma das vantagens do trailer era que eles podiam acomodar um convidado durante a noite.

– Estão coletando os detalhes da atmosfera agora – ele informou. – Bastante oxigênio, quase 30%, e nitrogênio e gases inertes. Bem normal. Nada de cloro. – Então ele fez uma pausa. – Hmm.

– Qual é o problema? – perguntou Gillbret.

– Sem dióxido de carbono. Isso não é muito bom.

– Por que não? – indagou Artemísia de sua posição estratégica perto da visitela, onde observava a longínqua superfície do planeta passando como um borrão a pouco mais de três mil quilômetros por hora.

– Sem dióxido de carbono… sem vegetação – respondeu Biron secamente.

– Ah, é? – Ela olhou para ele e deu um sorriso cordial.

Biron, contra a própria vontade, retribuiu o sorriso, e, de algum modo, quase sem alterar o semblante, ela projetou o sorriso para algum ponto atrás dele, além dele, claramente alheia à sua presença, e Biron ficou ali, com aquele sorriso bobo no rosto, até fazê-lo desvanecer.

Era melhor que ele a evitasse. Sem dúvida, quando estava com ela, não conseguia se manter focado. Ao vê-la, o anestésico da sua determinação não funcionava. Começava a doer.

Gillbret sentia-se tristonho. Eles estavam deslizando sem o uso dos motores agora. Nas densas camadas inferiores da atmosfera, era difícil manejar a *Impiedosa*, em termos aerodinâmicos, com a adição indesejável de um trailer. Biron brigava teimosamente com os controles trepidantes.

— Anime-se, Gil! — ele falou.

No entanto, ele próprio não se sentia exatamente radiante. Não havia ainda resposta aos sinais de rádio, e, se aquele *não* fosse o planeta da rebelião, não faria sentido esperar mais. Seu plano de ação estava definido!

— Não parece o planeta da rebelião — disse Gillbret. — É rochoso, morto, sem muita água. — Ele se virou. — Tentaram procurar dióxido de carbono de novo, Rizzett?

O rosto corado de Rizzett parecia alongado.

— Tentaram. Acharam só um vestígio. Mais ou menos um milésimo de um por cento.

— Não dá para saber. Talvez escolhessem um mundo como este exatamente porque pareceria tão inviável — contrapôs Biron.

— Mas eu vi fazendas — retrucou Gillbret.

— Tudo bem. Quanto você estima que conseguimos ver de um planeta desse tamanho circundando-o algumas vezes? Você sabe muito bem, Gil, que, sejam eles quem forem, não pode haver gente suficiente para encher um planeta inteiro. Talvez tenham escolhido um vale em algum lugar onde o dióxido de carbono do ar tenha sido produzido, digamos, por atividade vulcânica, e onde haja bastante água por perto. Poderíamos passar rapidamente a uns trinta quilômetros de distância deles e nunca saber. Naturalmente, não estariam dispostos a responder a chamados de rádio sem uma investigação considerável.

– Impossível produzir uma concentração de dióxido de carbono com tanta facilidade – murmurou Gillbret. Mas observou a visitela com atenção.

Biron de repente desejou que *fosse* o planeta errado. E decidiu que não esperaria mais. Resolveria as coisas *naquele momento!*

Era uma sensação estranha.

As luzes artificiais foram apagadas e a luz do sol entrava livre pelas portinholas. Na realidade, era o método menos eficiente para iluminar a nave, mas não deixava de ser uma novidade subitamente desejável. As portinholas estavam efetivamente abertas e podia-se respirar uma atmosfera nativa.

Rizzett aconselhara a não fazer isso, argumentando que a falta de dióxido de carbono comprometeria a regulação respiratória do corpo, mas Biron achou que seria tolerável por um curto período de tempo.

Gillbret havia se unido a eles, as cabeças juntas. Os dois homens levantaram os olhos e se afastaram um do outro.

Gillbret deu risada.

Depois olhou pela portinhola aberta, suspirou e exclamou:

– Rochas!

– Vamos instalar um radiotransmissor no alto daquela elevação – disse Biron em um tom suave. – Teremos mais alcance assim. Pelo menos, aumentaremos nossa chance de contatar todo este hemisfério. E, se não houver resposta, poderemos tentar o outro lado do planeta.

– É isso que você e Rizzett estavam discutindo?

– Exato. O autocrata e eu vamos fazer o trabalho. Foi sugestão dele, para minha sorte, senão eu mesmo teria que sugerir isso. – Ele deu uma olhada fugaz para Rizzett, cujo rosto estava inexpressivo.

Biron levantou-se.

– Acho melhor eu descompactar meu traje espacial e vesti-lo.

Rizzett concordou. Apesar de o planeta estar ensolarado, com pouco vapor no ar e nenhuma nuvem, esfriara rapidamente.

O autocrata estava na câmara principal da *Impiedosa*. Usava um sobretudo de espumite fino que, mesmo pesando poucos gramas, criava um isolamento quase perfeito. Havia um pequeno cilindro de dióxido de carbono amarrado ao peito, ajustado para um escoamento lento que manteria perceptível a tensão de vapor do CO_2 nas proximidades.

– Gostaria de me revistar, Farrill? – ele perguntou. Ergueu as mãos e esperou, o rosto magro com uma expressão silenciosa de quem está achando graça.

– Não – respondeu Biron. – Você quer *me* revistar para ver se encontra armas?

– Jamais pensaria nisso.

As cortesias foram tão frias quanto o clima.

Biron saiu ao encontro da forte luz do sol e pegou uma das duas alças da mala onde o equipamento de rádio estava guardado. O autocrata pegou a outra.

– Não está muito pesada – disse Biron. Ele se virou, e Artemísia estava no limiar da nave, calada.

O vestido que ela usava era de um branco suave e sem estampas que caía em um sutil drapeado empurrado pelo vento. As mangas semitransparentes colavam-se aos braços dela, tornando-os prateados.

Por um instante, a atenção de Biron dispersou-se perigosamente. Ele queria voltar rápido, correr, pular para dentro da nave, agarrá-la, seus dedos marcando os ombros dela, sentir os lábios nos lábios de Artemísia...

Mas, em vez disso, ele fez um breve aceno de cabeça, e o sorriso que ela deu como resposta, o leve agitar de dedos, foram para o autocrata.

Cinco minutos depois, ele se virou e ainda havia aquele brilho branco na porta aberta, até que a elevação do terreno bloqueou a vista da nave. Agora, no horizonte, só se avistavam rochas nuas e quebradas.

Biron pensou no que aconteceria e se perguntou se veria Artemísia outra vez... E se ela se importaria se ele nunca mais voltasse.

18. LIVRANDO-SE DAS GARRAS DA DERROTA!

Artemísia os observou enquanto se tornavam vultos minúsculos, subindo com dificuldade por um caminho de puro granito, depois descendo até sumirem de vista. Por um momento, pouco antes de desaparecerem, um deles se virara. Ela não tinha como saber ao certo quem, e, por um instante, seu coração se apertou.

Ele não dissera uma palavra ao partir. Nem uma palavra. Artemísia virou de costas para o sol e para a rocha e retornou ao interior metálico da nave. Sentia-se só, terrivelmente só; jamais se sentira tão só em toda a sua vida.

Talvez por isso havia tremido, mas seria uma confissão intolerável de fraqueza admitir que a causa não era apenas o frio.

– Tio Gil! Por que não fecha as portas? Este frio pode congelar uma pessoa até a morte – disse em um tom mal-humorado. O indicador do termômetro marcava sete graus centígrados, com os aquecedores da nave em potência máxima.

– Minha querida Arta – disse Gillbret em um tom suave –, se persistir no seu hábito ridículo de não vestir nada além de uma roupa fina, é de se esperar que sinta frio. – Mas ele fechou certos contatos e, com pequenos cliques, a câmara de descompressão foi bloqueada, as portas baixaram e assumiram a forma lisa e brilhante do casco. Com isso, o vidro espesso se polarizou e perdeu a transparência. As luzes da nave se acenderam e as sombras desapareceram.

Artemísia se acomodou no assento bem acolchoado do piloto e dedilhou os braços da poltrona ao acaso. As mãos *dele* haviam repousado ali muitas vezes, e o leve calor que a invadiu enquanto pensava nisso (ela dizia a si mesma) decorria apenas dos aquecedores, que se faziam notar de modo aceitável agora que os ventos de fora haviam sido bloqueados.

Longos minutos se passaram e tornou-se impossível continuar quieta. Ela podia ter ido com ele! Mas logo corrigiu o pensamento rebelde, substituindo o singular "ele" pelo plural "eles".

— Por que precisam instalar um radiotransmissor mesmo, tio Gil? — perguntou a moça.

Gillbret tirou os olhos da visitela, cujos controles dedilhava delicadamente, e disse:

— Hein?

— Estamos tentando contatá-los do espaço — ela disse — e não encontramos ninguém. Qual a vantagem de um transmissor na superfície do planeta?

Gillbret estava preocupado.

— Ora, vamos continuar tentando, minha querida. Temos que encontrar o planeta da rebelião. — E, entredentes, acrescentou para si mesmo: — Temos que encontrá-lo! — Passado um momento, ele disse: — Não consigo encontrá-los.

— Encontrar quem?

— Biron e o autocrata. A colina bloqueia a visão, não importa como ajuste os espelhos externos. Está vendo?

Ela não viu nada além de rochas iluminadas de sol passando pelo visor.

Então Gillbret colocou os pequenos equipamentos de lado e disse:

— Em todo caso, aquela é a nave do autocrata.

Artemísia deu uma rápida olhada. O veículo estava mais no fundo do vale, a aproximadamente um quilômetro e meio de distância. Brilhava insuportavelmente à luz do sol. Parecia-lhe, naquele momento, o verdadeiro inimigo. *A nave*, não os tirânicos. Artemísia sentiu o repentino, agudo e intenso desejo de que nunca tivessem ido a Lingane, que tivessem permanecido no espaço, só os três. Haviam passado dias divertidos e, ainda que desconfortáveis, muito calorosos, de certo modo. E agora ela só consegue tentar magoá-lo. Algo a *levou* a magoá-lo, embora ela quisesse...

— O que *ele* quer agora? — perguntou Gillbret.

Artemísia olhou para o homem, vendo-o através de uma bruma aquosa, e precisou piscar rapidamente para focá-lo.

— Quem?

— Rizzett. *Acho* que é Rizzett. Mas com certeza não está vindo para cá.

Artemísia estava diante da visitela.

— Amplie — ela mandou.

— A uma distância tão curta? — objetou Gillbret. — Você não verá nada. Será impossível mantê-lo centralizado.

— Amplie, tio Gil.

Resmungando, ele adicionou o acessório telescópico e vasculhou os pedaços protuberantes de rochas que apareceram. Ao mais leve toque nos controles, os fragmentos pulavam mais rápido do que qualquer olho conseguia seguir. Por um instante, Rizzett, um vulto grande e vago, passou rapidamente pela tela, e não houve dúvidas quanto à sua identidade. Gillbret recuou violentamente, focou-o outra vez, conseguindo fixar a imagem por um tempo, e Artemísia disse:

— Ele está armado. Viu isso?

— Não.

— Está com um rifle desintegrador de longo alcance, estou dizendo!

De repente ela se pôs de pé e correu até o armário.

— Arta! O que está fazendo?

Ela estava descompactando outro traje espacial.

— Vou lá para fora. Rizzett está seguindo os dois. Não entende, tio? O autocrata não saiu para instalar um transmissor. É uma armadilha para Biron. — Ela ofegava enquanto se esforçava para entrar no traje grosso e áspero.

— Pare com isso! Você está imaginando coisas.

Mas ela olhava para Gillbret sem vê-lo, o rosto contraído e pálido. Devia ter notado isso antes, o modo como Rizzett vinha mimando aquele tolo. Aquele tolo emotivo! Rizzett elogiara o pai dele, contara-lhe que grande homem o rancheiro de Widemos fora, e Biron se derretera de imediato. Todas as suas ações eram ditadas pela imagem do pai. Como era possível um homem se permitir ser tão dominado por uma obcecação?

— Não sei o que controla a câmara de descompressão — disse ela. — Abra-a.

— Arta, não saia da nave. Você não sabe onde eles estão.

— Vou encontrá-los. Abra a câmara.

Gillbret balançou a cabeça.

Mas no traje espacial que ela vestira, havia um coldre.

— Tio Gil, vou usar isto. Eu juro! — ameaçou ela.

E Gillbret, depois de olhar para o terrível cano de um chicote neurônico, forçou um sorriso.

— Não faça isso!

— Abra a câmara! — ordenou ela, ofegante.

O tio obedeceu e Artemísia saiu correndo ao vento, deslizando pelas rochas e subindo a colina. O sangue martelava em seus ouvidos. Fora tão má quanto Biron, exibindo o autocrata diante dele movida por um orgulho idiota. Parecia-lhe idiotice agora, e a personalidade do autocrata clareava-se em sua mente, um homem calculadamente frio, desumano e insípido. Ela estremeceu de repulsa.

Chegando ao alto da colina, não enxergou nada à sua frente. Continuou andando com firmeza, mantendo o chicote neurônico diante de si.

Biron e o autocrata, sem se falarem durante a caminhada, haviam parado onde o solo se nivelava. A rocha trincara devido à ação do sol e do vento durante os milênios. Diante deles havia uma antiga falha, cuja borda mais distante desmoronara, formando um precipício íngreme de trinta metros.

Biron aproximou-se com cautela e olhou o abismo por cima. O precipício se inclinava para além do declive, o solo repleto de pedregulhos escarpados que, com o tempo e as chuvas ocasionais, haviam se espalhado até onde ele conseguia ver.

– Parece um planeta inútil, Jonti – disse o jovem.

O autocrata não demonstrava nem um pouco da curiosidade de Biron quanto aos arredores. Nem sequer se aproximara do declive.

– Este foi o lugar que vimos antes de aterrissar – ele falou. – Ideal para nossos propósitos.

Pelo menos ideal para os seus propósitos, pensou Biron, que se afastou da borda e sentou-se. Ouviu o leve chiado do cilindro de dióxido de carbono e esperou um instante. Então, perguntou bem baixinho:

– O que vai dizer a eles quando voltar para a sua nave, Jonti? Ou devo adivinhar?

O autocrata, interrompendo o ato de abrir a mala de duas alças que haviam carregado, endireitou-se e disse:

– Do que você está falando?

Biron sentiu o rosto entorpecido pelo frio e esfregou o nariz com a mão coberta pela luva. Em seguida, abriu o forro de espumite que o envolvia, fazendo que esvoaçasse descontrolado quando as rajadas o açoitaram.

– Estou falando do seu propósito ao vir aqui – respondeu ele.

– Eu gostaria de instalar o rádio em vez de perder tempo discutindo essa questão, Farrill.

– Você não vai instalar um rádio. Por que o faria? Tentamos contatá-los do espaço sem obter resposta. Não há razão para esperar mais de um transmissor na superfície. Tampouco se trata de camadas radiopacas ionizadas na atmosfera superior, pois tentamos o rádio subetérico também, sem resultados. Além do mais, não somos os especialistas em rádio do nosso grupo. Então, por que realmente veio até aqui, Jonti?

O autocrata se sentou de frente para Biron, uma das mãos alisando distraidamente a mala.

– Se essas dúvidas o perturbam, por que *você* veio?

– Para descobrir a verdade. O seu homem, Rizzett, me contou que você estava planejando esta caminhada e me aconselhou a acompanhá-lo. Acredito que você o instruiu a me dizer que desse modo eu teria certeza de que você não receberia mensagens sem meu conhecimento. Era um argumento lógico, embora não ache que vá receber qualquer mensagem. Mas permiti que esse raciocínio me persuadisse e vim com você.

– Descobrir a verdade? – retrucou Jonti em tom de zombaria.

– Exatamente. E posso adivinhar qual é a verdade.

– Então conte para *mim*. Quero descobrir a verdade também.

– Você veio para me matar. Estamos aqui sozinhos, e existe um penhasco diante de nós, morte certa se alguém despencasse ali. Não haveria sinais de violência proposital. Não haveria um corpo desintegrado e ninguém pensaria em armas envolvidas. Seria uma ótima e lamentável história para você contar lá na sua nave. Eu havia escorregado e caído. Você poderia até trazer um grupo para me buscar e me dar um enterro decente. Tudo muito comovente, e eu estaria fora do seu caminho.

– Você acredita nisso e mesmo assim veio até aqui?

– Eu previa isso, então você não vai me pegar de surpresa. Estamos desarmados, e duvido que consiga me empurrar só com a força dos músculos. – Por um momento, as narinas de Biron dilataram. Ele flexionou um pouco o braço direito, lenta e avidamente.

Mas Jonti apenas riu.

– Podemos cuidar do radiotransmissor, então, já que a sua morte agora é inviável?

– Ainda não. Não terminei. Quero que admita que ia tentar me matar.

– Ah, é? Insiste que eu represente meu papel adequadamente nesse drama improvisado que você criou? Como espera me obrigar a fazer isso? Pretende arrancar uma confissão minha? Entenda, Farrill, você é jovem e estou disposto a ser tolerante por conta disso e porque o seu nome e a sua posição são convenientes. No entanto, admito que, até agora, você mais criou problemas do que ajudou.

— Criei mesmo. Mantendo-me vivo apesar de você.

— Caso esteja se referindo ao risco que correu em Rhodia, já lhe expliquei tudo, e não vou explicar de novo.

Biron levantou-se.

— Uma explicação meio imprecisa, com uma falha óbvia desde o início.

— É mesmo?

— É mesmo. Levante-se e me escute, ou vou arrastá-lo pelo pé.

O autocrata estreitou bem os olhos ao se levantar.

— Eu o aconselharia a não tentar usar violência, rapaz.

— Escute. — Biron falava alto e o sobretudo dele ainda esvoaçava aberto ao sabor da brisa, ignorado. — Você disse que me enviou para uma possível morte em Rhodia só para envolver o governador numa conspiração antitiraniana.

— Isso continua sendo verdade.

— Isso continua sendo mentira. Seu principal objetivo era que eu fosse morto. Você informou desde o começo minha identidade ao capitão da nave rhodiana. Não tinha nenhum motivo real para acreditar que me permitiriam chegar até Hinrik.

— Se eu tivesse a intenção de matá-lo, Farrill, teria plantado uma bomba de radiação verdadeira no seu quarto.

— É óbvio que teria sido mais conveniente levar os tirânicos a fazer isso por você.

— Biron, eu poderia tê-lo matado no espaço, quando entrei a bordo da *Impiedosa* pela primeira vez.

— Poderia. Você entrou equipado com um desintegrador e chegou a apontá-lo para mim. Esperava me encontrar a bordo, mas não contou à sua tripulação. Quando Rizzett ligou e me viu, não dava mais para atirar em mim. E daí cometeu um erro. Você me contou que *tinha* dito aos seus

LIVRANDO-SE DAS GARRAS DA DERROTA!

homens que eu provavelmente estaria na nave e, um pouco mais tarde, Rizzett me falou que você não tinha contado nada. Não instrui seus homens sobre suas mentiras, Jonti?

O rosto de Jonti estava pálido no frio, mas parecia ainda mais descorado.

– Eu devia matá-lo agora por me contestar. Mas explique por que não puxei o gatilho antes de Rizzett aparecer na visitela e ver você.

– Política, Jonti. Artemísia oth Hinríade estava a bordo e, naquele momento, ela era mais importante do que eu. Vou lhe dar o crédito pela rápida mudança de planos. Ter me matado na presença dela arruinaria um jogo maior.

– Então me apaixonei tão rápido assim?

– Paixão! Quando a garota é uma Hinríade, por que não? Você não perdeu tempo. Primeiro tentou transferi-la para a sua nave e, quando não deu certo, me contou que Hinrik tinha traído meu pai. – Ele se calou por um instante, depois acrescentou: – Então eu a perdi e deixei o caminho livre para você sem disputas. Agora, presumo que Artemísia não seja mais uma preocupação. Ela está firme do seu lado, e você poderá seguir com o plano de me matar sem medo de perder sua chance na sucessão dos Hinríade.

Jonti suspirou e disse:

– Farrill, está frio, cada vez mais frio. Acredito que o sol esteja se pondo. Você é indescritivelmente tolo e está me cansando. Antes de terminarmos esse emaranhado de absurdos, diga-me por que eu estaria minimamente interessado em matá-lo? Isto é, se sua evidente paranoia precisar de motivos.

– Pela mesma razão que matou meu pai.

– O quê?

– Achou mesmo que acreditei em você quando disse que Hinrik fora o traidor? Até poderia ter sido, não fosse pelo fato de a reputação dele como desprezível e fraco ser tão conhecida. Você acha que o meu pai era um completo idiota? Ele consideraria Hinrik outra coisa além do que era? Se meu pai desconhecesse a reputação do governador, não acha que bastariam cinco minutos com ele para percebê-lo como uma marionete completamente inútil? Meu pai revelaria a Hinrik alguma coisa que talvez fosse usada para sustentar uma acusação de traição contra ele? Não, Jonti. O homem que traiu meu pai deve ter sido alguém em quem ele confiava.

Jonti deu um passo atrás e chutou a mala para um lado. Preparando-se para enfrentar uma acusação, disse:

— Entendo sua vil insinuação. Só me resta concluir que você está completamente louco.

Biron tremia, mas não de frio.

— Meu pai era popular entre os homens dele, Jonti. Popular demais. Um autocrata não aceita um competidor em questões de comando. Você deu um jeito para que ele não continuasse competindo. E a sua próxima tarefa foi dar um jeito para que eu não continuasse vivo para sucedê-lo ou para vingá-lo. — A voz de Biron se elevou em um grito que foi varrido pelo ar gelado. — Não é verdade?

— Não.

Jonti inclinou-se sobre a mala.

— Vou provar que está errado! — Ele a abriu. — Equipamento de rádio. Inspecione. Dê uma boa olhada. — E jogou os objetos no chão, aos pés de Biron.

O rapaz olhou tudo aquilo.

— De que maneira isso prova alguma coisa?

Jonti levantou-se.

— Não prova. Mas agora dê uma boa olhada nisto. — Ele carregava um desintegrador na mão, os nós dos seus dedos estavam brancos de tensão. A frieza na voz desaparecera quando falou: – Estou cansado de você. Mas não vou me cansar por muito mais tempo.

– Você escondeu um desintegrador na mala com o equipamento? – perguntou Biron sem emoção.

– Achou que eu não esconderia? Veio mesmo até aqui esperando ser atirado ao precipício e achou que eu faria isso com minhas mãos, como se fosse um estivador ou um minerador? Sou o autocrata de Lingane – sua expressão se modificou e ele fez um gesto horizontal com a mão esquerda diante de si, como se cortasse algo –, e estou cansado da lenga-lenga e do idealismo tolo dos rancheiros de Widemos. – Então sussurrou: – Ande. Para o penhasco. – O autocrata deu um passo para a frente.

Biron, mãos levantadas, olhos no desintegrador, deu um passo para trás.

– Então você matou meu pai.

– Eu matei seu pai! – confirmou o autocrata. – Estou contando isso para que você saiba, nos seus últimos momentos de vida, que o mesmo homem que cuidou para que seu pai fosse despedaçado em uma câmara de desintegração vai cuidar para que você o siga... e ficará com a garota Hinríade depois, junto com tudo o que vem com ela. Pense nisso! Dou a você um minuto a mais para pensar a respeito! Mas mantenha as mãos paradas, ou eu o desintegro e corro o risco de ouvir as perguntas que meus homens queiram fazer. – Era como se a aparência superficial de frieza, tendo se partido, expusesse apenas uma paixão ardente.

– Como eu disse, você já tentou me matar antes.

– Tentei. Fez suposições corretas em todos os sentidos. Isso o ajuda agora? Para trás!

– Não – respondeu Biron. Então abaixou as mãos e disse: – Se vai atirar, atire logo.

— Acha que eu não teria coragem? — perguntou o autocrata.

— Eu disse para você atirar.

— E vou atirar. — O autocrata mirou deliberadamente a cabeça de Biron e, a uma distância de um pouco mais de um metro, ativou o contato do desintegrador.

19. DERROTA!

Tedor Rizzett contornou cansadamente aquele pequeno trecho de planalto. Ainda não estava pronto para ser visto, mas era difícil permanecer escondido naquele planeta rochoso. Sentindo-se mais seguro no terreno de rochedos tombados e cristalinos, ele continuou seu caminho. De tempos em tempos, parava para passar pelo rosto as costas das luvas esponjosas que usava. O frio seco era enganoso.

Ele os via agora entre dois monólitos de granito que se encontravam, formando um V. Apoiou o desintegrador na virilha. Ele se sentiu tomado pelo débil calor do sol às suas costas e ficou satisfeito. Se olhassem em sua direção, os olhos seriam atingidos pelo sol e ele estaria muito menos visível.

As vozes soavam nítidas em seus ouvidos. A comunicação via rádio estava funcionando, e Rizzett sorriu. Até aí, tudo de acordo com o plano. Sua própria presença, claro, não estava de acordo com o plano, mas seria melhor assim. O plano era excessivamente confiante e a vítima não era um completo idiota, afinal. Talvez precisasse do desintegrador para resolver a questão.

Ele esperou. Impassivelmente, observou o autocrata erguer o desintegrador, enquanto Biron permanecia ali, inabalável.

Artemísia não viu o desintegrador erguido. Não viu os dois vultos na superfície lisa da rocha. Cinco minutos antes, vira por um instante a silhueta de Rizzett contra o céu e, desde então, seguira-o.

De algum modo, ele se movia rápido demais para a moça. As coisas se turvavam e tremulavam diante dela, e duas vezes acabou estendida no chão, sem se lembrar de ter caído. Da segunda vez, levantou-se cambaleante com um punho vertendo sangue, atingido de raspão por alguma ponta afiada.

Rizzett adiantara-se de novo, e ela tinha que cambalear atrás dele. Quando o homem sumiu na floresta de pedras brilhantes, ela chorou de desespero, recostando-se contra uma rocha, completamente exausta. Nem sequer se deu conta da bela tonalidade rosada da pedra, da lisura vítrea de sua superfície, de que era um antigo lembrete de uma era vulcânica primitiva.

Ela só conseguia tentar lutar contra a sensação de sufocamento que a impregnava.

E então Artemísia o viu, abaixado em uma formação rochosa com aspecto de forquilha, de costas para ela. Manteve o chicote neurônico à frente enquanto corria de forma instável sobre o solo duro. Ele estava olhando pelo cano do rifle, atento ao processo, mirando, preparando-se.

Ela não chegaria a tempo.

Teria que distrair a atenção dele. Ela gritou:

– Rizzett! – E outra vez: – Não atire!

Ela tropeçou de novo. O sol se transformava em um borrão, mas a consciência persistia. E persistiu por tempo suficiente para ela sentir o solo sacudir com um estrondo; por tempo suficiente para ela apertar o contato do chicote; por tempo suficiente para saber que estava muito fora do alcance, mesmo que sua mira fosse precisa, o que não era o caso.

Então sentiu braços envolvendo-a, erguendo-a. Tentou olhar, mas as pálpebras não abriam.

– Biron? – perguntou em um débil murmúrio.

A resposta foi um emaranhado turbulento de palavras, mas era a voz de Rizzett. Artemísia tentou continuar falando, depois desistiu abruptamente. Fracassara!

Tudo se turvou.

O autocrata permaneceu imóvel durante o tempo que um homem levaria para contar até dez devagar. Biron o encarava igualmente imóvel, observando o cano do desintegrador que acabara de ser disparado à queima-roupa contra ele. O cano abaixou lentamente enquanto ele observava.

– Seu desintegrador parece não estar em condições de disparar. Examine-o – disse Biron.

O rosto lívido do autocrata passava alternadamente do rapaz para a arma. Ele atirara a uma distância de pouco mais de um metro. Deveria estar tudo acabado. A perplexidade paralisante que o dominara desvaneceu de repente e ele desmontou o desintegrador com um movimento rápido.

Faltava a cápsula de energia. Havia uma cavidade inútil no lugar. O autocrata gemeu de raiva ao jogar o pedaço de metal inerte para um lado. O objeto girou e girou, uma mancha escura contra o sol, até atingir a rocha com um leve tinido.

– Homem contra homem! – exclamou Biron. Havia um ímpeto trêmulo em sua voz.

O autocrata deu um passo para trás, em completo silêncio.

Biron deu um vagaroso passo para a frente e disse:

– Eu poderia matá-lo de muitas maneiras, mas nem todas me deixariam satisfeito. Se eu lhe desse um tiro com o desintegrador, isso significaria que um milionésimo de segundo separaria a sua vida da sua morte. Você nem sequer teria consciência de estar morrendo. Seria ruim. Em vez disso, acho que vou ficar bastante satisfeito se usar o método um pouco mais lento do esforço muscular humano.

Os músculos das coxas de Biron se retesaram, mas a investida que ambos preparavam nunca se concretizou. Foram interrompidos por um grito agudo e alto, carregado de pânico.

– Rizzett! – dizia. – Não atire!

Biron se virou a tempo de ver o movimento atrás das pedras a menos de cem metros e o lampejo do sol no metal. E então o peso de um corpo humano estava sobre as costas dele, levando-o a se curvar e cair de joelhos.

O autocrata também se curvou, os joelhos firmes em torno da cintura do outro, socando a nuca de Biron com o punho. O jovem soltou o ar ruidosamente, em um gemido sibilante.

Biron lutou contra a escuridão que começava a tomar conta dele até conseguir se jogar de lado. O autocrata soltou-se de um salto, conseguindo claramente se equilibrar enquanto Biron caiu estendido de costas.

O jovem mal teve tempo de dobrar as pernas quando o autocrata se arremessou contra ele outra vez, e ricocheteou. Então ambos estavam de pé, a transpiração congelando sobre suas bochechas.

Eles giraram lentamente. Biron jogou seu cilindro de dióxido de carbono para um lado. O autocrata também soltou o dele, suspendeu-o por um instante pela mangueira de malha metálica, rodando-o depois de alguns passos rápidos. Biron agachou-se, e os dois ouviram e sentiram o cilindro passar assobiando por cima da cabeça do jovem.

Biron se ergueu de novo, saltando sobre o autocrata antes que ele conseguisse se reequilibrar. Seu punho grande conteve o pulso do oponente, enquanto o outro punho atingiu em cheio o rosto do autocrata. Ele deixou o homem cair e recuou.

– Levante-se – disse Biron. – Estou guardando mais desses para você. Não estou com pressa.

O autocrata tocou o rosto com a mão enluvada, depois fitou doentiamente o sangue nela. Entortando a boca, tateou em busca do cilindro metálico que havia deixado cair. O pé de Biron desceu pesadamente sobre o objeto, e o autocrata gritou em agonia.

– Você está perto demais do precipício, Jonti – falou Biron. – Não caminhe para aquela direção. Levante-se. Vou jogá-lo para o outro lado agora.

Mas a voz de Rizzett ressoou:

– Espere!

– Atire nesse homem, Rizzett! – gritou o autocrata. – Atire agora! Primeiro nos braços, depois nas pernas, e o deixaremos aqui.

Rizzett apoiou a arma contra o ombro lentamente.

– Quem cuidou para que sua arma estivesse descarregada, Jonti? – perguntou Biron.

– O quê? – O autocrata olhava sem entender.

– Não tive acesso ao seu desintegrador, Jonti. Quem teve? Quem está apontando um desintegrador para você neste exato momento, Jonti? Não para mim, Jonti, mas para *você!*

O autocrata voltou-se para Rizzett e gritou:

– Traidor!

– Eu não, senhor – retrucou Rizzett em voz baixa. – Traidor foi aquele que traiu o leal rancheiro de Widemos, levando-o à morte.

– Não fui eu! – gritou o autocrata. – Se Biron lhe disse que fui eu, está mentindo.

– O senhor mesmo nos contou. Eu não só descarreguei sua arma, mas também provoquei um curto-circuito no botão do seu comunicador, para que eu e todos os membros da tripulação ouvíssemos tudo que dissesse. Todos nós sabemos quem o senhor realmente é.

– Sou o seu autocrata.

– E também o maior traidor vivo.

Por um momento, o autocrata não disse nada, mas olhou desvairado de um para outro enquanto eles o observavam com expressão carrancuda e zangada. Então ele se ergueu, reuniu todo o autocontrole que estava se esvaindo e o segurou com a pura força dos nervos.

A voz soou quase fria quando disse:

– E se fosse tudo verdade, que importância teria? Vocês não têm escolha a não ser deixar as coisas como estão. Falta um último planeta intranebular a ser visitado. *Deve* ser o planeta da rebelião, e só eu conheço as coordenadas.

Ele mantinha a dignidade de alguma forma. Uma mão pendia inútil do pulso fraturado, o lábio superior inchara absurdamente, e sangue cobria-lhe a bochecha, mas ainda irradiava a arrogância dos que nasceram para governar.

– Você vai nos contar – disse Biron.

– Não se engane pensando que farei isso. Nunca. Já lhes disse que há em média setenta anos-luz cúbicos por estrela. Se forem por tentativa e erro, sem mim, as chances são de uma em duzentos e cinquenta quatrilhões de chegarem a um bilhão e meio de quilômetros de distância de qualquer estrela. *Qualquer* estrela!

Deu um *clique* na cabeça de Biron.

– Leve-o de volta para a *Impiedosa!* – disse ele.

– Lady Artemísia... – falou Rizzett em voz baixa.

E Biron interrompeu-o.

– Então *era* ela. Onde ela está?

– Está tudo bem. Está a salvo. Ela deixou a nave sem um cilindro de dióxido de carbono. Naturalmente, quando o CO_2 deixou a corrente sanguínea, o sistema respiratório foi comprometido. Ela estava tentando correr, não teve o bom senso de respirar fundo e desmaiou.

Biron franziu a testa.

– De qualquer modo, por que Artemísia estava tentando atrapalhar você? Para garantir que o namorado não se ferisse?

– É, ela estava mesmo! – respondeu Rizzett. – Só que achou que eu era um homem do autocrata e que ia atirar em *você*. Vou levar este rato de volta agora, e, Biron...

– Pois não?

– Volte assim que puder. Ele ainda é o autocrata, e talvez seja necessário conversar com a tripulação. É difícil romper o hábito de uma vida inteira obedecendo... A jovem está atrás daquela rocha. Vá até lá antes que morra congelada, por favor. Ela não quer ir embora.

O rosto de Artemísia estava praticamente enterrado no capuz que lhe cobria a cabeça, e quase não se vislumbrava o formato de seu corpo nas grossas dobras que envolviam o forro do traje espacial. Biron caminhou mais rápido ao vê-la.

– Como você está? – perguntou ele.

– Melhor, obrigada – ela respondeu. – Sinto muito se causei algum problema.

Eles ficaram se entreolhando, aparentemente sem mais palavras.

– Sei que não podemos voltar no tempo, desfazer o que foi feito, desdizer o que foi dito – falou Biron, por fim. – Mas quero que *entenda*.

– Por que essa ênfase no *entenda*? – Os olhos dela brilharam. – Eu não faço nada além de entender você há semanas. Vai me falar de novo sobre meu pai?

– Não. Eu sabia que seu pai era inocente. Suspeitei do autocrata quase desde o princípio, mas precisava de uma prova definitiva. E só conseguiria isso, Arta, forçando-o a confessar. Achei que isso seria possível se o induzisse a tentar me matar, e só havia um jeito de fazê-lo.

Ele se sentia péssimo.

– Foi uma coisa errada – continuou Biron. – Quase tão errada quanto o que ele fez com meu pai. Não espero que me perdoe.

– Não estou entendendo – disse ela.

– Eu sabia que ele queria você, Arta – explicou o rapaz. – Politicamente, você seria o objeto de desejo perfeito para um casamento. O nome Hinríade atenderia mais aos propósitos dele do que o nome Widemos. Então, depois de ter conquistado você, ele não precisaria mais de mim. Fiz você se aproximar do autocrata de caso pensado, Arta. Agi assim na esperança de que fosse para o lado dele. Quando você fez isso, ele achou que estava pronto para se livrar de mim, e Rizzett e eu armamos nossa cilada.

– E continuou me amando todo esse tempo?

– Não consegue acreditar nisso, Arta? – perguntou Biron.

– E é claro que você estava disposto a sacrificar seu amor pela memória do seu pai e pela honra da sua família. Como dizem mesmo aqueles versos antigos? Não poderias me amar tanto, querido, se não amasses a honra ainda mais!*

---

* Referência ao poema "To Lucasta, going to the Wars", de Richard Lovelace. [N. de T.]

– Por favor, Arta! – suplicou Biron, sentindo-se miserável. – Não sinto orgulho do que fiz, mas não consegui pensar em agir de outro modo.

– Você poderia ter me contado seu plano, ter me tornado sua cúmplice em vez de me usar como ferramenta.

– A briga não era sua. Se eu fracassasse... e podia ter fracassado, você ficaria de fora disso. Se o autocrata me matasse e você não estivesse mais do meu lado, sofreria menos. Talvez até se casasse com ele, talvez até fosse feliz.

– Já que você venceu, eu poderia estar sofrendo pela perda *dele*.

– Mas não está.

– Como sabe?

– Pelo menos tente entender os meus motivos – disse Biron, desesperado. – Admito que fui tolo... um grande tolo... Não consegue entender? Não consegue tentar não me odiar?

– Tentei não amar você e, como vê, não consegui – respondeu ela em um tom suave.

– Então você me perdoa?

– Por quê? Porque eu entendo? Não! Se fosse apenas uma questão de compreender seus motivos, jamais perdoaria seus atos. Se fosse só isso e nada mais! Mas vou te perdoar, Biron, porque não suportaria se não o fizesse. Como eu poderia te pedir que voltasse para mim se não te perdoasse?

E Artemísia estava nos braços dele, erguendo os lábios gelados em razão do clima. Uma dupla camada de trajes grossos os mantinha afastados. As mãos de Biron, cobertas por luvas, não sentiam o corpo que abraçavam, mas os lábios sentiam a pele alva e suave dela.

– O sol está se pondo – disse ele enfim, preocupado. – Vai esfriar.

Mas Artemísia falou baixinho:

— É estranho, então, que eu me sinta mais aquecida.

Eles caminharam juntos de volta para a nave.

Biron os encarava agora com uma aparente confiança relaxada que não sentia. A nave linganiana era grande, com cinquenta homens na tripulação, todos sentados diante dele. Cinquenta rostos! Semblantes linganianos preparados desde o nascimento para obedecer de modo irrestrito ao seu autocrata.

Alguns haviam sido convencidos por Rizzett; outros, pela escuta clandestina das declarações do autocrata para Biron mais cedo. Mas quantos ainda se sentiam indecisos, ou mesmo hostis?

Até aquele momento, a fala de Biron adiantara muito pouco. Ele se inclinou para a frente, a voz em um tom confidencial.

— E por que estão lutando? Por que arriscam a vida? Acho que lutam por uma Galáxia livre. Uma Galáxia onde cada mundo possa decidir o que é melhor à sua maneira, produzir a própria riqueza para seu próprio bem-estar, sem ser escravo nem dono de ninguém. Estou certo?

Seguiu-se um fraco murmúrio, talvez um sinal de concordância, mas não havia entusiasmo.

— E por que o autocrata está lutando? — continuou Biron. — Por si mesmo. Ele é o autocrata de Lingane. Se saísse vitorioso, seria o autocrata dos Reinos Nebulares. Vocês simplesmente substituiriam um khan por um autocrata. Qual o benefício? Vale a pena morrer por isso?

— Seria um de nós, e não um tirânico imundo — gritou alguém ali.

— O autocrata estava procurando o planeta da rebelião para lhes oferecer ajuda — gritou outro. — Isso é ambição?

— E a ambição devia ser feita de coisas mais austeras, é? — Biron gritou de volta com ironia. — Mas ele iria para o planeta da rebelião com uma organização na retaguarda, e poderia oferecer Lingane inteira para eles. O autocrata pensou que poderia lhes oferecer o prestígio de uma aliança com os Hinríade. No final das contas, tinha certeza de que controlaria o planeta da rebelião para fazer o que quisesse. Sim, o nome disso é ambição.

"E quando a segurança do movimento contrariou os planos dele, por acaso hesitou em arriscar a vida de cada um aqui em nome da própria ambição? Meu pai era um perigo para ele. Meu pai era um homem honesto e amigo da liberdade. Mas era popular demais, então foi traído. Com essa traição, o autocrata poderia ter arruinado a causa inteira e levado todos vocês junto. Quem nesta sala se sente seguro sob o comando de um homem que vai negociar com os tirânicos sempre que lhe convier? Quem pode estar em segurança servindo a um traidor covarde?"

— Melhor assim — sussurrou Rizzett. — Mantenha essa linha. Enfatize isso.

Outra vez a mesma voz ressoou das fileiras de trás:

— O autocrata sabe onde fica o planeta da rebelião. *Você* sabe?

— Vamos discutir esse assunto mais tarde. Por ora, pensem que, sob o comando do autocrata, todos nós estávamos fadados à completa ruína; que ainda há tempo de nos salvarmos se deixarmos de seguir as orientações dele e encontrarmos um caminho mais nobre; que, estando nas garras da derrota, ainda é possível conseguir...

— ... apenas a derrota, meu caro jovem — uma voz suave o interrompeu, e Biron se virou, horrorizado.

Os cinquenta tripulantes levantaram-se, murmurando, e, por um instante, parecia que poderiam avançar, mas estavam desarmados; Rizzett se assegurara disso. E naquele momento um pelotão de guardas tiranianos se postava em fila nas várias portas, as armas em riste.

E o próprio Simok Aratap, um desintegrador em cada mão, posicionou-se atrás de Biron e Rizzett.

20. ONDE?

Simon Aratap avaliou cautelosamente a personalidade de cada um dos quatro que o encaravam, sentindo-se animado por certo entusiasmo. Seria a grande aposta. Os fios do padrão se entrelaçavam para um final. Estava grato pelo fato de o major Andros não estar mais com ele, e pelo fato de os cruzadores tiranianos terem partido também.

Ele ficou com sua nave principal, sua tripulação e ele mesmo. Bastariam. O comissário do khan detestava inabilidade.

— Permitam-me colocá-los a par da situação, milady e cavalheiros — ele falou em um tom brando. — A nave do autocrata foi abordada por uma tripulação valorosa e agora está sendo escoltada de volta para Tirana pelo major Andros. Os homens do autocrata serão julgados de acordo com a lei e, se condenados, receberão o castigo dado à traição. Eram conspiradores habituais e assim serão tratados. Mas, e vocês? O que devo fazer com vocês?

Hinrik de Rhodia estava sentado ao lado dele, o rosto contorcido de profunda tristeza.

— Tenha em conta que a minha filha é muito jovem — disse ele. — Ela foi envolvida nisso tudo involuntariamente. Artemísia, diga-lhes que você foi...

– Sua filha – interveio Aratap – provavelmente será libertada. – Acredito que ela seja objeto de interesse matrimonial de um nobre tiraniano de alto escalão. É óbvio que isso será levado em conta.

– Eu me caso com ele se libertar os demais – propôs Artemísia.

Biron começou a se levantar, mas Aratap fez um sinal para que se sentasse. O comissário tiraniano sorriu e falou:

– Milady, por favor! Admito que posso fazer um acordo. No entanto, não sou o khan, apenas um de seus vassalos. Portanto, qualquer acordo terá de vir acompanhado de minuciosa justificativa no meu planeta natal. Então, conte-me o que exatamente está oferecendo.

– Concordo em me casar.

– Isso não lhe compete. Seu pai já concordou e a palavra dele basta. Mais alguma coisa a nos oferecer?

Aratap estava esperando a lenta erosão dos esforços do grupo em resistir. O fato de ele não apreciar seu papel não o impedia de desempenhá-lo com eficiência. A garota, por exemplo, talvez caísse no choro, o que surtiria efeito no rapaz. Era óbvio que estavam apaixonados. Ele se perguntava se o velho Pohang iria querê-la nessas circunstâncias, e concluiu que sim, bem provavelmente. O acordo continuaria todo a favor do velho. De momento, e com certa frieza, ele pensava que a garota era muito atraente.

E ela mantinha o equilíbrio. Não estava se deixando abater. Muito bom, pensou Aratap. Era muito determinada também. No fim, Pohang não encontraria alegria naquela barganha.

– Deseja implorar por seu primo também? – ele perguntou para Hinrik.

Os lábios do governador se mexeram sem emitir som.

ONDE?

– Ninguém implora por mim! – gritou Gillbret. – Não quero nada dos tirânicos. Vá em frente. Mande me matarem.

– Você está histérico – disse Aratap. – Sabe que não posso mandar matá-lo sem um julgamento.

– Ele é meu primo – murmurou Hinrik.

– Isso também será levado em conta. Vocês, nobres, vão aprender que não devem contar muito com a ideia de que nos são úteis. Eu me pergunto se o seu primo já aprendeu essa lição.

Aratap ficara satisfeito com a reação de Gillbret. Esse sujeito, pelo menos, queria sinceramente a morte. A frustração da vida era demais para ele. Mantenha-o vivo, portanto, e isso por si só o destruirá.

E então parou pensativamente diante de Rizzett. Esse era um dos homens do autocrata. Ao se lembrar disso, sentiu um leve constrangimento. No começo da caçada, ele descartara o autocrata com base no que parecia uma lógica irrefutável. Bem, era saudável errar de vez em quando. Mantinha a autoconfiança equilibrada e a uma distância segura da arrogância.

– Você é o tolo que serviu a um traidor – disse ele. – Estaria melhor do nosso lado.

Rizzett enrubesceu.

– Se algum dia você teve uma reputação militar, receio que sua conduta acabará com ela – continuou Aratap. – Você não é nobre, e considerações de Estado de nada adiantarão no seu caso. Terá um julgamento público, e todos saberão que você foi a ferramenta de uma ferramenta. Que pena.

– Mas o senhor está prestes a oferecer um acordo, suponho – replicou Rizzett.

– Um acordo?

– Evidências para o khan, por exemplo. Vocês só têm uma nave carregada. O senhor não gostaria de conhecer todos os mecanismos da revolta?

259

Aratap balançou a cabeça de leve.

– Não. Temos o autocrata. Ele servirá como fonte de informação. Mesmo sem isso, só precisaríamos entrar em guerra com Lingane. Depois, sobraria pouca coisa da revolta, tenho certeza. Não haverá nenhum acordo desse tipo.

Em seguida, voltou-se para o rapaz. Aratap o deixara por último porque era o mais esperto do grupo. No entanto, também era jovem, e os jovens em geral não são perigosos. Faltava-lhes paciência.

Biron falou primeiro, perguntando:

– Como nos seguiu? Ele estava trabalhando para você?

– O autocrata? Não neste caso. Acredito que o infeliz estava tentando jogar dos dois lados, com o costumeiro sucesso dos ineptos.

Hinrik interrompeu com uma incongruente avidez infantil.

– Os tirânicos têm uma invenção que segue as naves pelo hiperespaço.

Aratap virou-se bruscamente.

– Se Vossa Excelência parasse de interromper, eu agradeceria. – E Hinrik encolheu-se.

Não importava. Nenhum desses quatro seria perigoso a partir daquele momento, mas ele não pretendia minimizar nem uma sequer das incertezas na mente do rapaz.

– Olhe, vamos aos fatos, ou não chegaremos a lugar algum – propôs Biron. – Você não nos manteve aqui porque nos ama. Por que não estamos a caminho de Tirana junto com os outros? Na verdade, você não sabe como proceder para nos matar. Dois de nós são Hinríade. Eu sou um Widemos. Rizzett é um oficial renomado da frota linganiana. E aquele quinto prisioneiro, seu covarde e traidor de estimação, ainda é o autocrata de Lingane. Você não pode matar nenhum de nós sem que isso ressoe nos Reinos, de Tirana até os limites da própria Nebulosa. Você *precisa* tentar algum acordo com a gente porque não pode fazer mais nada.

– Você não está de todo errado – disse Aratap. – Vou lhe mostrar um padrão. Nós seguimos vocês, não importa como. Acho que pode desconsiderar a imaginação fértil do governador. Pararam próximos de três estrelas sem aterrissar em nenhum planeta. Foram para uma quarta estrela, e enfim encontraram um planeta onde aterrissar. E ali aterrissamos também, observamos, esperamos. Achamos que haveria algum motivo para esperar, e estávamos certos. Você discutiu com o autocrata, e isso foi amplamente transmitido. Vocês arranjaram tudo para atender aos seus próprios interesses, eu sei, mas serviu aos nossos também. Nós ouvimos.

"O autocrata falou que só restava um último planeta intranebular a ser visitado, e que poderia ser o planeta da rebelião. Muito interessante. Um planeta rebelde. Sabe, fiquei curioso. Onde esse quinto e último planeta poderia estar localizado?"

Aratap deixou o silêncio alongar-se. Sentou-se e observou-os friamente... Primeiro um, depois outro.

– Não existe nenhum planeta rebelde – disse Biron.

– Vocês não estavam procurando nada, então?

– Não estávamos procurando nada.

– Você está sendo ridículo.

Biron deu de ombros, cansado.

– Se estava esperando uma resposta melhor, o ridículo é você.

– Considere que esse planeta da rebelião deve ser o centro de uma organização com muitos tentáculos – comentou Aratap. – Meu único propósito em mantê-los vivos é encontrá-lo. Cada um de vocês tem algo a ganhar. Milady, eu poderia libertá-la do seu casamento. Milorde Gillbret, poderíamos montar um laboratório para o senhor, deixá-lo trabalhar sem que fosse incomodado. Sim, sabemos mais sobre o senhor do que imagina. – Aratap virou-se de costas às pressas. O rosto do homem se contorcia. Talvez chorasse, o que seria desagradável. – Coronel Rizzett, será salvo da humilhação de uma corte marcial e de uma condenação certa, além da ridicularização e da perda de reputação que viriam junto. Você, Biron Farrill, seria o rancheiro de Widemos outra vez. No seu caso, poderíamos até reverter a condenação do seu pai.

– E trazê-lo de volta à vida?

– E restaurar a honra dele.

– A honra dele – disse Biron – está nas próprias ações que o levaram à condenação e à morte. Acrescentar algo à condenação ou retirá-la está fora da sua jurisdição.

– Um de vocês quatro aqui acabará me contando a localização desse planeta – falou Aratap. – Um de vocês será sensato. A pessoa, não importa quem, vai receber o que prometi. O restante vai se casar, vai ser preso, vai ser executado... o que for pior para cada um. Alerto a todos que sou bem sádico quando necessário.

Ele esperou um momento, e continuou.

– Quem vai falar? Se não falarem, alguém perto de vocês falará. Perderão tudo, e ainda vou receber a informação que quero.

– É inútil – retrucou Biron. – Ainda que esteja planejando tudo com muita cautela, de nada adiantará. Não existe nenhum planeta da rebelião.

– O autocrata disse que existe.

– Então, pergunte a ele.

Aratap franziu a testa. O rapaz estava blefando muito além do razoável.

ONDE?

– Estou inclinado a fazer um acordo com um de vocês – afirmou Aratap.

– Contudo, já fez acordos com o autocrata no passado. Faça de novo. Não queremos comprar nada do que queira nos vender. – Biron olhou à sua volta. – Certo?

Artemísia aproximou-se do rapaz, a mão envolvendo lentamente o cotovelo dele. Rizzett fez um breve aceno com a cabeça, e Gillbret murmurou um "certo!" ofegante.

– Vocês decidiram – disse Aratap, e apertou um botão.

Haviam imobilizado o pulso direito do autocrata com uma cinta de metal leve que se mantinha magneticamente atada à faixa metálica em torno de seu abdômen. O lado esquerdo do rosto estava inchado e arroxeado, exceto por uma cicatriz irregular e avermelhada. O homem permanecia de pé diante deles, imóvel depois daquele primeiro empurrão que libertara o braço saudável do domínio do guarda armado ao seu lado.

– O que você quer?

– Vou lhe dizer num instante – respondeu Aratap. – Primeiro, quero que contemple a sua plateia. Veja quem está aqui. Temos, por exemplo, o rapaz que você planejou matar e que, no entanto, viveu o bastante para deixá-lo aleijado e destruir seus planos, embora você fosse um autocrata, e ele, um exilado.

Era difícil dizer se surgira algum rubor no rosto desfigurado. Nem um músculo sequer se mexia.

Aratap não esperava mesmo uma reação. Ele continuou calmamente, quase com indiferença:

– Este é Gillbret oth Hinríade, que salvou a vida do rapaz e o levou até você. Esta é a lady Artemísia, a quem, segundo me disseram, você cortejou com todo o seu charme e que o traiu mesmo assim por amor ao jovem. Este é o coronel Rizzett, seu assessor militar de mais confiança, que também acabou o traindo. O que deve a essas pessoas, autocrata?

— O que você quer? — repetiu o autocrata.

— Informação. Dê-me informação e será autocrata de novo. Suas relações anteriores conosco contariam a seu favor na corte do khan. Caso contrário...

— Caso contrário?

— Caso contrário vou tirar a informação desses aí. Eles serão poupados, e você, executado. Por isso perguntei se deve de fato tanto a eles a ponto de lhes dar a oportunidade de se salvar por equivocada teimosia.

O rosto do autocrata contorceu-se dolorosamente em um sorriso.

— Eles não podem salvar a própria vida à custa da minha. Não sabem a localização do planeta que você procura. Eu sei.

— Mas eu nem disse qual é a informação que quero, autocrata.

— Só existe uma coisa que você pode querer. — A voz do homem estava rouca, quase irreconhecível. — Se eu decidir falar, diga que a minha autocracia continuará como antes.

— Vigiada mais de perto, é claro — emendou Aratap educadamente.

— Acredite nele e apenas conseguirá mais uma acusação de traição. E será morto por causa disso no final — gritou Rizzett.

O guarda avançou um passo, mas Biron se antecipou a ele, lançando-se sobre Rizzett em um claro esforço de fazê-lo recuar.

— Não seja tolo — ele murmurou. — Não há nada que possa fazer.

ONDE?

– Não me importo com a minha autocracia nem comigo mesmo, Rizzett – disse o autocrata, virando-se em seguida para Aratap. – Eles vão ser mortos? Isso ao menos você tem que me prometer. – O rosto dele, horrivelmente pálido, contorceu-se de modo brutal. – Aquele ali em especial – o dedo apontava Biron.

– Se for esse o seu preço, eu pago.

– Se eu mesmo pudesse executá-lo, isentaria você de qualquer outra obrigação para comigo. Se meu dedo pudesse controlar a rajada final, seria uma retribuição parcial. Mas, se não for assim, pelo menos vou lhe dizer o que ele não queria que soubesse. Eu lhe dou ró, teta e fi em parsecs e radianos: 7352.43, 1.7836, 5.2112. Esses três pontos determinam a posição do planeta na Galáxia. Você os tem agora.

– Sim, tenho – assentiu Aratap, anotando-os.

Rizzett avançou aos gritos:

– Traidor! Traidor!

A reação pegou Biron de surpresa, e ele, sem conseguir conter o linganiano, caiu apoiado em um joelho.

– Rizzett! – gritou inutilmente.

Com o rosto contorcido, o coronel lutou por um breve instante com o guarda. Outros guardas se juntaram, mas Rizzett segurava o desintegrador. Lutou contra os soldados tiranianos com as mãos e os joelhos. Atirando-se sobre o amontoado de corpos, Biron entrou na briga. Ele puxou Rizzett pelo pescoço, sufocando-o, arrastando-o para trás.

– Traidor – disse Rizzett ofegante, esforçando-se para manter a mira enquanto o autocrata tentava desesperadamente desviar-se. E atirou! Então o desarmaram e o jogaram no chão de barriga para cima.

Mas o ombro direito do autocrata e metade do peito haviam sido desintegrados. Grotescamente, o antebraço pendia solto da cinta magnetizada. Os dedos, o pulso e o cotovelo terminavam em uma destruição negra. Por um longo instante, os olhos do autocrata pareceram piscar, enquanto o corpo permanecia em um equilíbrio absurdo. Então os olhos ficaram vidrados e ele desabou em um amontoado de restos chamuscados no chão.

Artemísia engasgou e enterrou o rosto no peito de Biron. O rapaz se obrigou a olhar uma vez, firme e sem vacilar, para o corpo do assassino do pai, depois desviou os olhos. Hinrik, de um canto distante da sala, balbuciou e soltou risadinhas para si mesmo.

Apenas Aratap se mantinha calmo.

— Levem o corpo — ele ordenou.

Os guardas obedeceram, iluminando o piso com um breve raio de calor para remover o sangue. Só restaram manchas chamuscadas espalhadas em alguns pontos.

Eles ajudaram Rizzett a se levantar. O coronel sacudiu a poeira da roupa com as duas mãos, depois se virou para Biron de forma impetuosa.

— O que *você* estava fazendo? Quase não acertei o maldito.

— Você caiu na armadilha de Aratap, Rizzett — disse Biron em um tom cansado.

— Armadilha? Matei o maldito, não matei?

— Essa era a armadilha. Fez um favor a ele.

Rizzett não respondeu, e Aratap não interferiu. Ele ouvia com certo prazer. O jovem era mesmo esperto.

— Se Aratap tivesse ouvido o que afirmou ter ouvido, saberia que apenas Jonti tinha a informação que ele queria — explicou Biron. — Jonti disse isso com ênfase quando nos defrontamos depois da luta. Era óbvio que Aratap estava nos interrogando a fim de nos provocar, para que agíssemos sem pensar no momento apropriado. Eu estava preparado para o impulso irracional com o qual ele estava contando. Você não estava.

— Eu havia pensado que você faria o serviço — interpôs Aratap em um tom suave.

— Eu teria mirado em você — retrucou Biron, e se virou para Rizzett outra vez. — Não vê que ele não queria o autocrata vivo? Os tirânicos são víboras. Aratap queria a informação do autocrata, mas sem pagar por ela, e não podia correr o risco de matá-lo. Você fez isso por ele.

— Correto — concordou Aratap —, e agora tenho minha informação.

De algum lugar, surgiu um clamor de sinos.

— Tudo bem — começou Rizzett. — Fiz um favor a ele, e também um favor a mim.

— Não exatamente — disse o comissário —, uma vez que o nosso jovem amigo não concluiu a análise. Veja bem, você cometeu um novo crime. Quando o único crime era a traição contra Tirana, eliminá-lo seria uma questão politicamente delicada. Mas agora que assassinou o autocrata de Lingane, será julgado, condenado e executado pela lei linganiana, e Tirana não precisa ter nada a ver com isso. Vai ser conveniente para...

E então ele franziu a testa e interrompeu a si mesmo. Ouvindo o barulho, foi até a porta e deu um chute no botão que a abria.

— O que está acontecendo?

Um soldado lhe prestou continência.

— Alarme geral, senhor. Compartimentos de armazenagem.

— Fogo?

— Não sabemos ainda, senhor.

Grande Galáxia!, disse Aratap a si mesmo. Então voltou para a sala e perguntou:

— Onde está Gillbret?

E só então alguém se deu conta de sua ausência.

— Vamos encontrá-lo — disse Aratap.

Encontraram-no na casa de máquinas, encolhido entre as gigantescas estruturas, e meio que o arrastaram, meio que o carregaram de volta para a sala do comissário.

— Não há como escapar de uma nave, milorde — advertiu Aratap secamente. — Soar o alarme geral não adiantou. O tempo de confusão ainda assim é limitado.

— Acho que já temos o suficiente — continuou ele. — Ficaremos com o cruzador que você roubou, Farrill, o meu cruzador, a bordo da nave. Ele será usado para explorar o planeta da rebelião. Seguiremos para os pontos de referência do autocrata tão logo o Salto seja calculado. Esse será o tipo de aventura que costuma faltar à nossa geração habituada ao conforto.

Passou-lhe pela mente a repentina ideia de seu pai no comando de um esquadrão, conquistando mundos. Sentia-se *feliz* que Andros tivesse partido. Seria uma aventura só dele.

Depois disso, o grupo foi separado. Acomodaram Artemísia com o pai, e mandaram Rizzett e Biron para lugares diferentes. Gillbret agitou-se e gritou:

— Não vou ficar sozinho! Não vou ficar na solitária.

Aratap suspirou. O avô desse homem fora um grande governante, diziam os livros de história. Era degradante assistir a uma cena dessas.

— Coloque o milorde com um dos outros — disse ele com desgosto.

E colocaram Gillbret com Biron. Os dois não trocaram uma palavra até o cair da "noite" na espaçonave, quando as luzes assumiram uma coloração púrpura bem fraca. A iluminação era suficientemente clara para permitir que eles fossem observados pelo sistema televisivo dos guardas, turno após turno, mas opaca o bastante para permitir que dormissem.

Porém, Gillbret não dormiu.

— Biron — sussurrou ele. — Biron.

E Biron, despertado quando estava quase cochilando, perguntou:

— O que você quer?

— Biron, eu fiz. Está tudo bem, Biron.

— Tente dormir, Gil — disse o rapaz.

Mas Gillbret continuou:

— Mas eu fiz, Biron. Aratap pode ser esperto, mas eu sou mais. Não é engraçado? Não se preocupe, Biron. Não se preocupe. Consertei as coisas. — O homem chacoalhava Biron outra vez, febrilmente.

O rapaz sentou-se.

— Qual é o problema com você?

— Nada. Nada. Está tudo bem. Mas consertei as coisas. — Gillbret sorria de modo malicioso, o sorriso de um menininho que fez alguma traquinagem.

— O que você consertou? — Biron, já de pé, pegou o outro pelos ombros e o fez se levantar também. — Responda.

— Eles me acharam na casa de máquinas. — As palavras saíram entrecortadas. — Pensaram que eu estava me escondendo. Mas não estava. Toquei o alarme geral para o compartimento de armazenagem porque precisava ficar sozinho só por alguns minutos… Poucos minutos. Biron, provoquei um curto-circuito nos motores hiperatômicos.

— O quê?

— Foi fácil. Bastou um minuto. E eles não vão saber. Agi com inteligência. Eles não vão descobrir até tentar fazer o

Salto, quando todo o combustível se transformará em energia numa reação em cadeia, e a nave e nós e Aratap e tudo o que sabem sobre o planeta da rebelião se converterá numa fina difusão de vapor férreo.

Biron se afastou, os olhos arregalados.

– Você fez isso?

– Fiz. – Gillbret cobriu o rosto com as mãos, o corpo balançando para a frente e para trás. – Vamos morrer. Biron, eu não tenho medo de morrer, mas não quero morrer sozinho. Sozinho, não. Preciso de alguém comigo. Estou feliz que seja você. Quero a companhia de alguém quando morrer. Não vai doer, será muito rápido. Não vai doer. Não vai... doer.

– Estúpido! Louco! Ainda poderíamos vencer se não fosse por você! – exclamou Biron.

Gillbret não o ouviu. Seus ouvidos estavam tomados pelos próprios gemidos. Biron podia apenas correr para a porta.

– Guarda! – gritou ele. – *Guarda!* – Restavam horas ou somente alguns minutos?

21. AQUI?

O soldado desceu ruidosamente o corredor.

– Para trás – ordenou, em uma voz ácida e aguda.

Eles ficaram de frente um para o outro. Não havia portas para os pequenos cômodos do andar inferior, que faziam as vezes de celas de prisão, e sim um campo de força de um lado a outro, de cima a baixo. Biron conseguia senti-lo com a mão. Havia uma resistência mínima, semelhante a uma borracha que, esticada quase ao extremo, tivesse parado de ceder, como se a pressão inicial a houvesse transformado em aço.

A mão de Biron formigou ao toque, e o rapaz sabia que, embora detivesse a matéria por completo, a barreira seria tão transparente quanto o universo para o feixe de energia de um chicote neurônico. E havia um chicote na mão do guarda.

– Preciso ver o comissário Aratap – disse Biron.

– É por isso que faz tanto barulho? – O guarda não estava no melhor dos dias. O turno da noite não era popular e ele estava perdendo no jogo de cartas. – Vou comunicá-lo depois que as luzes se acenderem.

– Não posso esperar. – Biron estava desesperado. – É importante.

— Mas vai ter que esperar. Volte para lá, ou quer experimentar o chicote?

— Olhe – disse Biron –, meu companheiro aqui é Gillbret oth Hinríade. Ele está doente. Pode estar morrendo. Se um Hinríade morrer em uma nave tiraniana porque você não me permite falar com o homem em comando, talvez fique numa situação bem complicada.

— O que há de errado com ele?

— Não sei. Vai agir rápido ou está cansado da vida?

O guarda murmurou alguma coisa e saiu.

Biron o observou até onde foi possível à fraca luz púrpura. E aguçou os ouvidos em uma tentativa de captar a pulsação elevada dos motores enquanto a concentração de energia aumentava até um pico pré-Salto, mas não ouviu absolutamente nada.

Então caminhou até Gillbret, segurou os cabelos do homem e puxou o rosto dele para trás com delicadeza. Olhos em uma face contorcida encararam os do rapaz. Não havia neles sinal de que reconhecessem alguém, apenas a expressão de medo.

— Quem é você?

— Sou só eu... Biron. Como se sente?

Demorou um tempo para Gillbret compreender as palavras.

— Biron? – falou ele em um tom inexpressivo. Depois, com um frêmito de vida, exclamou – Biron! Eles já estão fazendo o Salto? A morte não vai doer, Biron.

O rapaz deixou a cabeça pender. Não fazia sentido ficar com raiva de Gillbret. Com a informação que ele tinha, ou pensava ter, foi um gesto nobre. Tanto mais porque a situação o estava definhando.

Mas Biron se contorcia de frustração. Por que não lhe permitiam falar com Aratap? Por que não o deixavam sair?

AQUI?

Recostado a uma parede, socou-a com os punhos. Se houvesse uma porta, ele poderia arrombá-la; se houvesse barras, ele poderia afastá-las ou arrancá-las, pela Galáxia.

Mas havia um campo de força que nada podia danificar. Ele gritou de novo.

Ouviram-se passos mais uma vez. Biron correu até a porta aberta-mas-não-aberta, mas não conseguia identificar quem estava descendo o corredor. Só podia esperar.

Era o guarda de novo.

— Afaste-se do campo de força! — o homem vociferou. — Afaste-se com as mãos à frente do corpo. — Havia um oficial com ele.

Biron recuou. O chicote neurônico estava firmemente encostado nele.

— O homem que está ao seu lado não é Aratap — disse Biron. — Quero falar com o comissário.

— Se Gillbret oth Hinríade está doente, você não quer ver o comissário, mas um médico — respondeu o oficial.

O campo de força desapareceu, e uma fraca faísca azul brilhou assim que o contato foi desligado. O oficial entrou, e Biron pôde ver a insígnia da equipe médica no uniforme dele.

Biron parou diante dele.

— Tudo bem. Agora me escute. Esta nave não deve fazer o Salto. O comissário é o único que pode dar jeito nisso, e preciso vê-lo. Entende? O senhor é um oficial, tem autoridade para ordenar que o acordem.

O médico estendeu um braço para afastar Biron do caminho, mas o jovem o interceptou.

— Guarda, tire este homem daqui.

O guarda deu um passo adiante e Biron pulou sobre ele. Ambos caíram com estrondo, e Biron agarrou-se ao corpo do guarda, mão sobre mão, travando primeiro o ombro, depois o pulso do braço que tentava atingi-lo com o chicote.

Por um momento, permaneceram imobilizados, lutando um contra o outro, até Biron perceber um movimento com o canto dos olhos. O oficial médico passava correndo por eles para soar o alarme.

A mão de Biron, a que não segurava o pulso do homem com o chicote, esticou-se rapidamente e agarrou o tornozelo do oficial. O guarda se contorceu e quase se libertou, e o oficial chutou o rapaz com violência, mas, com veias ressaltadas no pescoço e nas têmporas devido ao esforço, Biron puxou-o desesperado com cada uma das mãos.

O oficial despencou com um grito rouco. O chicote do guarda caiu no chão, produzindo um ruído áspero.

Biron caiu em cima dele e ambos rolaram até o jovem se levantar, apoiando-se nos dois joelhos e em uma das mãos. Na outra, estava o chicote.

– Nem um pio – arquejou ele. – Nem um pio. Larguem qualquer coisa que tiverem.

O guarda, erguendo-se cambaleante, a túnica rasgada, olhou para ele com ódio e arremessou para longe um porrete pequeno, plástico, com peso de metal. O médico estava desarmado.

Biron pegou o porrete.

– Sinto muito – disse. – Não tenho nada aqui com que amarrá-los ou amordaçá-los e, de qualquer forma, resta pouco tempo.

O chicote disparou uma, duas vezes. O guarda e o médico retesaram-se em uma imobilidade agonizante e caíram rijos, as pernas e os braços grotescamente dobrados para fora na queda, os corpos na mesma posição em que estavam pela última vez antes de o chicote os atingir.

Biron virou-se para Gillbret, que observava a cena com um semblante vazio, indiferente e mudo.

– Sinto muito – disse Biron –, mas você também, Gillbret. – E o chicote disparou uma terceira vez.

A expressão vazia congelou no rosto de Gillbret quando ele ficou ali, estendido no chão.

O campo de força continuava desativado, e Biron saiu para o corredor. Tudo vazio. Era o período "noturno" da espaçonave, e apenas os vigias e o pequeno destacamento daquele turno estariam acordados.

Não haveria tempo de tentar localizar Aratap. Teria que ir direto para a casa de máquinas. E assim fez. Seria em direção à proa, claro.

Um homem, vestido com roupas de trabalho de engenheiro, passou apressado por ele.

– Quando será o próximo Salto? – gritou Biron.

– Em aproximadamente meia hora – respondeu o engenheiro por sobre o ombro.

– A casa de máquinas fica onde? Seguindo em frente?

– E subindo a rampa. – O homem se virou de repente. – Quem é você?

Biron não respondeu; apenas disparou o chicote uma quarta vez. Depois passou por cima do corpo e continuou. Restava-lhe meia hora.

Ele ouviu o ruído de homens andando e apressou-se em subir a rampa. A luz à frente era branca, não púrpura. Hesitou. Em seguida, guardou o chicote no bolso. Estariam todos ocupados. Não haveria razão para suspeitarem dele.

Biron entrou rapidamente. Os homens eram pigmeus correndo em torno de enormes conversores de matéria-energia. A sala brilhava por conta dos mostradores, cem mil olhos observando os dados fornecidos para quem quisesse vê-los. Uma nave daquele tamanho, quase da categoria de uma nave de passageiros, diferenciava-se bastante do minúsculo cruzador tiraniano ao qual ele estava acostumado. No cruzador, os motores eram quase automáticos. Ali, eram grandes o suficiente para fornecer energia para uma cidade, exigindo uma supervisão considerável.

Ele estava em um balcão com parapeito que circundava a casa de máquinas. Em um canto, havia uma salinha onde dois homens trabalhavam nos computadores com dedos velozes.

O jovem correu até lá enquanto engenheiros passavam por ele sem olhar, e entrou pela porta.

Os dois homens no computador olharam para ele.

– O que foi? – perguntou um deles, o uniforme com divisas de tenente. – O que está fazendo aqui em cima? Volte para seu posto.

– Me escutem – pediu Biron. – Há um curto-circuito nos motores hiperatômicos. Eles precisam ser reparados.

– Espere aí – disse o segundo. – Já vi esse homem. Ele é um dos prisioneiros. Detenha-o, Lancy.

O homem se ergueu de um pulo, encaminhando-se para a outra porta. Biron saltou a mesa e o computador, agarrou o cinto da túnica do controlador e puxou-o de volta.

– Correto – concordou ele. – Sou um dos prisioneiros. Sou Biron de Widemos. Mas disse a verdade. Há um curto-circuito nos motores hiperatômicos. Inspecione-os, se não acredita em mim.

O tenente se viu olhando para um chicote neurônico.

– Isso não pode ser feito, senhor, sem ordens do oficial do dia ou do comissário – respondeu com cautela. – Significaria mudar os cálculos do Salto, o que nos atrasaria horas.

– Chame a autoridade então. Chame o comissário.

– Posso usar o comunicador?

– Depressa.

O braço do tenente se estendeu em direção ao bocal cheio de luzes do comunicador, mas, na metade do caminho, desceu com força sobre uma fileira de botões em uma extremidade da mesa. Sinais soaram em todos os cantos da nave.

O forte golpe de porrete desferido por Biron no pulso do tenente chegou tarde demais. O homem recolheu o pulso rapidamente, protegendo-o e gemendo, mas o alarme estava tocando.

Guardas avançavam em disparada pelo balcão vindos de todas as entradas. Biron saiu da sala de controle batendo a porta, olhou dos dois lados, depois pulou por cima do corrimão.

Caiu pesadamente, aterrissando com os joelhos dobrados, e rolou tão rápido quanto pôde para evitar se transformar em alvo. Percebeu o zunido suave de um fuzil de agulha perto do ouvido, e em seguida conseguiu chegar à sombra de um dos motores.

Lá se agachou, aconchegando-se sob a curvatura do motor. Sua perna direita latejava de dor. A ação da gravidade era alta tão perto do casco da nave, e a queda fora grande. Ele torcera o joelho. Isso significava que não haveria mais caçada. Se tivesse que vencer, teria que ser dali mesmo.

– Não atirem! Estou desarmado – disse Biron em voz alta, desfazendo-se do porrete e depois do chicote que ele pegara do guarda. As armas rolaram em direção ao centro da casa de máquinas e ali ficaram, em total impotência e em plena vista.

– Eu vim alertá-los! – seguiu gritando o rapaz. – Há um curto-circuito nos motores hiperatômicos. Um Salto, e todos morreremos. Só lhes peço que verifiquem os motores. Talvez percam algumas horas, se eu estiver errado. Mas sairão com vida daqui se eu estiver certo.

— Desça lá e pegue-o — disse alguém.

— Preferem morrer a me ouvir? — berrou Biron.

Então ouviu o som cauteloso de muitos pés e recuou. Depois ouviu um som mais acima. Um soldado estava deslizando pelo motor em direção a ele, abraçado à superfície ligeiramente aquecida do objeto como se fosse sua noiva. Biron esperou. Ainda poderia usar os braços.

E então uma voz lá de cima, estranhamente alta, penetrou cada canto da enorme sala.

— Voltem aos seus lugares — disse. — Suspendam os preparativos para o Salto. Verifiquem os motores hiperatômicos.

Aratap, falando pelo sistema de comunicação comunitária. Depois, a ordem:

— Tragam o rapaz até mim.

Biron se deixou ser levado por dois soldados de cada lado, segurando-o como se esperassem que ele fosse explodir. Apesar da tentativa de andar naturalmente, mancava muito.

Aratap não estava completamente vestido. Os olhos pareciam diferentes: desbotados, espreitando sem foco. Biron lembrou que o homem usava lentes de contato.

— Você provocou uma agitação e tanto, Farrill — comentou Aratap.

— Tudo para salvar a nave. Mande esses guardas embora. Contanto que os motores estejam sendo examinados, não há mais nada que eu pretenda fazer.

— Eles ficarão aqui só mais um pouco. Pelo menos até eu ouvir notícias dos responsáveis pelos motores.

Esperaram em silêncio, os minutos arrastando-se, e então surgiu um brilho vermelho no círculo de vidro fosco sobre a inscrição luminosa "Casa de Máquinas".

Aratap abriu o contato.

– Dê seu relatório!

Do comunicador, saíram palavras nítidas e apressadas:

– Os motores hiperatômicos no banco C apresentaram curto-circuito geral. Estão sendo reparados.

– Recalculem o Salto para daqui seis horas – ordenou Aratap.

Ele se voltou para Biron e disse friamente:

– Você estava certo.

O comissário fez um gesto. Os guardas o cumprimentaram, deram meia-volta e saíram um a um com precisão harmoniosa.

– Os detalhes, por favor – continuou Aratap.

– Gillbret oth Hinríade, durante sua estada na casa de máquinas, achou que seria uma boa ideia provocar um curto-circuito. Mas, como não é responsável por suas ações, não deve ser punido por isso.

Aratap aquiesceu.

– Há muitos anos não o consideram com juízo perfeito. Esse evento ficará apenas entre mim e você. Entretanto, estou curioso para saber por que quis evitar a destruição da nave. Certamente não receia morrer por uma boa causa.

– Não existe uma causa – replicou Biron. – Não existe planeta da rebelião. Já lhe disse e repito. Lingane era o centro da revolta, e isso foi verificado. Eu estava interessado apenas em descobrir o assassino do meu pai, e lady Artemísia, apenas em escapar de um casamento indesejado. Quanto a Gillbret, ele é louco.

– No entanto, o autocrata acreditava na existência desse misterioso planeta. Com certeza ele me passou as coordenadas de alguma coisa!

– A crença do autocrata se apoiava no sonho de um louco. Gillbret sonhou com alguma coisa do tipo vinte anos atrás.

Baseando-se numa maluquice, o autocrata calculou que cinco planetas poderiam ser esse mundo dos sonhos. É tudo bobagem.

— Mesmo assim, algo me perturba — falou o comissário.

— O quê?

— Você está se esforçando muito para me convencer. Sem dúvida vou descobrir a verdade por conta própria quando fizer o Salto. Considere não ser impossível que, em desespero, um de vocês coloque a nave em risco e o outro a salve como um método complicado para me convencer de que não preciso mais procurar o planeta da rebelião. Eu diria a mim mesmo: se existisse mesmo esse planeta, o jovem Farrill deixaria a nave virar vapor, porque é jovem e capaz de uma morte heroica por romantismo. E como ele arriscou a vida para impedir esse acontecimento, conclui-se que Gillbret é louco, não existe nenhum planeta da rebelião e eu retornarei sem procurá-lo mais. Está complicado para você entender?

— Não. Eu entendo.

— E, como salvou nossa vida, receberá a devida atenção na corte do khan. Terá poupado sua vida e sua causa. Não, meu jovem senhor, não estou tão disposto a acreditar no óbvio. Faremos o Salto.

— Não tenho nenhuma objeção — disse Biron.

— Você é calculista — comentou Aratap, e, no intento de fazer um elogio, complementou: — É uma pena que não tenha nascido um de nós.

— Vamos levá-lo de volta à sua cela agora e substituir o campo de força — continuou ele. — Só por precaução.

Biron aquiesceu.

O guarda que Biron nocauteara não estava mais lá quando voltaram para a cela, mas o médico, sim. Ele estava inclinado sobre Gillbret, ainda inconsciente.

– Ele ainda está sob o efeito do chicote? – perguntou Aratap.

Ao ouvir a pergunta, o médico falou em voz alta:

– O efeito do chicote já passou, comissário, mas o homem já não é jovem e estava sob forte pressão. Não sei se sobreviverá.

Biron sentiu o pavor invadi-lo. Caindo de joelhos, sem se importar com a dor ao dobrá-los, estendeu uma das mãos e tocou o ombro de Gillbret com delicadeza.

– Gil – ele sussurrou, observando ansiosamente o rosto úmido e pálido.

– Afaste-se, homem. – O oficial médico olhava-o de cara feia. Em seguida, tirou a carteira preta de médico de um bolso interno. – Pelo menos as seringas não quebraram – ele resmungou. Inclinou-se sobre Gillbret e posicionou a seringa cheia de fluido incolor. A agulha entrou fundo, e o êmbolo desceu automaticamente. O médico jogou-a para um lado e todos esperaram.

Os olhos de Gillbret tremularam um pouco antes de se abrirem, e durante algum tempo ficaram parados, sem perceber nada. Quando ele enfim falou, a voz saiu em um sussurro:

– Não consigo enxergar, Biron. Não consigo enxergar.

Biron aproximou-se de novo.

– Tudo bem, Gil. Apenas descanse.

– Não quero. – Ele tentou se sentar. – Biron, quando vão fazer o Salto?

– Logo, logo!

– Então fique comigo. Não quero morrer sozinho. – Os dedos de Gillbret agarraram frouxamente o braço do rapaz, e então relaxaram. A cabeça pendeu para trás.

O médico inclinou-se, depois se endireitou.

– Chegamos muito tarde. Ele está morto.

Os olhos de Biron se encheram de lágrimas.

– Sinto muito, Gil – ele disse –, mas você não sabia. Não entendia.

Eles não ouviram as palavras de Biron.

Foram horas difíceis para Biron. Aratap não permitiu que ele estivesse presente à cerimônia fúnebre espacial. Mas ele sabia que, em algum lugar da nave, desintegrariam o corpo de Gillbret em uma fornalha atômica e depois o lançariam no espaço, onde os átomos do que fora Gillbret se misturariam para sempre com as finas nuvens de matéria interestelar.

Artemísia e Hinrik estariam lá. Será que entenderiam? Será que *ela* entenderia que ele havia feito apenas o que tinha que fazer?

O médico injetara extrato cartilaginoso, que aceleraria a cura dos ligamentos rompidos do joelho de Biron, e a dor tornara-se quase imperceptível, mas, de qualquer forma, era só dor física. Podia ser ignorada.

Ele sentiu a perturbação interior indicativa de que a nave fizera o Salto, e então veio a pior parte.

Antes, ele sentira que sua análise estava correta. *Tinha* que estar. Mas, e se estivesse errada? E se estivessem agora no centro da rebelião? Talvez a informação chegasse rapidamente a Tirana, e a armada seria reunida. E ele morreria sabendo que poderia ter salvado a rebelião, mas arriscara a morte para arruiná-la.

Foi durante esse momento sombrio que ele pensou no documento outra vez. O mesmo documento que não conseguira pegar.

Estranho como a lembrança do documento ia e vinha. Mencionado, depois esquecido. Havia uma busca louca e intensa pelo planeta da rebelião e, no entanto, nenhuma busca pelo misterioso documento desaparecido.

Estariam dando importância à coisa errada?

Passou pela cabeça de Biron, então, que Aratap estava disposto a encontrar o mundo rebelde com uma única nave. Que confiança era essa? Como desafiaria um planeta com uma nave?

O autocrata dissera que o documento desaparecera anos antes, mas quem estava com ele?

Os tirânicos, talvez. Quem sabe tivessem um documento cujo segredo permitiria que uma nave destruísse um planeta.

Se isso fosse verdade, que importância teria saber onde ficava o planeta da rebelião? Que importância teria saber se ele existia de verdade?

O tempo se passou e Aratap entrou. Biron se pôs de pé.

– Chegamos à estrela em questão – anunciou o comissário. – *Existe* uma estrela lá. As coordenadas que o autocrata nos deu estavam corretas.

– E daí?

– Mas não é necessário inspecioná-la em busca de planetas. Meus navegadores me informaram que a estrela era uma nova há menos de um milhão de anos. Se ela tinha planetas naquela época, estão destruídos. Agora é uma anã branca. Não pode ter planetas.

Biron ficou olhando.

– Então...

– Então você está certo – respondeu Aratap. – Não existe planeta da rebelião.

22. LÁ!

Nem toda a filosofia de Aratap conseguia eliminar por completo a decepção que sentia. Durante algum tempo, ele não fora ele mesmo, mas o pai outra vez. Ele também, nas últimas semanas, conduzira um esquadrão de naves contra os inimigos do khan.

Mas eram tempos degenerados, e onde poderia haver um mundo rebelde, não havia nenhum. Não havia inimigos do khan, afinal, nenhum planeta a conquistar. Ele continuava sendo apenas um comissário, condenado a resolver problemas pequenos. Nada mais.

Entretanto, decepção era um sentimento inútil. De nada serviria.

– Então você está certo – afirmou ele. – Não existe planeta da rebelião. – Aratap se sentou e fez um sinal para Biron se sentar também. – Quero conversar com você.

O jovem olhava para ele de um modo solene, e o comissário percebeu que se sentia meio surpreso de eles haverem se conhecido menos de um mês atrás. O rapaz parecia mais velho agora, muito mais do que um mês mais velho, e perdera o medo. Estou ficando completamente decadente, pensou Aratap. Quantos de nós estão começando a gostar de indivíduos que são nossos subordinados? Quantos de nós desejam o bem deles?

— Vou liberar o governador e a filha dele — revelou o comissário. — Naturalmente, essa é a coisa inteligente a se fazer em termos políticos. Na verdade, é politicamente inevitável. Porém, acho que vou liberá-los agora e mandá-los de volta à *Impiedosa*. Você se importaria de levá-los?

— Você está me libertando?

— Estou.

— Por quê?

— Você salvou a minha nave e a minha vida também.

— Duvido que a gratidão pessoal influenciaria suas ações em questões de Estado.

Aratap estava prestes a gargalhar. Ele *gostava* do rapaz.

— Então vou lhe dar outro motivo. Enquanto eu estava rastreando uma conspiração gigantesca contra o khan, você era perigoso. Quando essa conspiração gigantesca não se concretizou, quando a única coisa que eu tinha era uma conspiração linganiana cujo líder está morto, você não era mais perigoso. Na realidade, o perigo estava em julgá-lo, ou julgar os prisioneiros linganianos.

"Os julgamentos ocorreriam nas cortes linganianas e, portanto, não teríamos controle total. E envolveriam inevitavelmente discussões sobre o chamado planeta da rebelião. Embora não exista nenhum, metade dos súditos de Tirana acreditaria na existência de um, afinal, onde há fumaça, deve haver fogo. Daríamos a eles um conceito em torno do qual se unir, um motivo de revolta, uma esperança para o futuro. O domínio tiraniano não estaria livre de rebeliões este século."

— Então vai libertar todos nós?

— Não será exatamente liberdade, já que nenhum de vocês é exatamente leal. Lidaremos com Lingane à nossa maneira, e o próximo autocrata se verá ligado por laços mais estreitos ao khanato. O planeta deixará de ser um Estado associado, e os processos envolvendo linganianos não necessariamente serão julgados em cortes linganianas a partir deste momento. Os envolvidos na conspiração, inclusive aqueles que estão em nosso poder agora, serão exilados em planetas mais próximos de Tirana, onde serão relativamente inofensivos. Não espere retornar a Nephelos nem voltar para seu rancho. Permanecerá em Rhodia com o coronel Rizzett.

— É razoável — disse Biron —, mas e o casamento de lady Artemísia?

— Quer que seja impedido?

— Você deve saber que pretendemos nos casar. Você já havia dito que essa questão tiraniana poderia ser resolvida de alguma maneira.

— Naquele momento, estava tentando conseguir uma coisa. Como é o velho ditado? Amantes e diplomatas devem ser perdoados por suas mentiras.

— Mas *existe* uma maneira, comissário. Basta mostrar ao khan que, quando um cortesão poderoso se casa com uma importante família de mundos subordinados, talvez esteja movido pela ambição. Um tiraniano ambicioso pode liderar uma revolta de súditos tanto quanto um linganiano ambicioso.

Aratap riu desta vez.

— Você raciocina como um de nós, mas não funcionaria. Quer um conselho?

— Qual?

— Case-se com ela rápido. Nessas circunstâncias, seria muito difícil desfazer um casamento já concretizado. Encontraríamos outra esposa para Pohang.

Biron hesitou. Depois estendeu uma das mãos.

— Obrigado.

Aratap aceitou a mão dele.

– Em todo caso, particularmente não gosto de Pohang. No entanto, há mais uma coisa que você deve lembrar: não deixe a ambição induzi-lo ao erro. Embora vá se casar com a filha do governador, jamais será governador. Você não é do tipo que queremos.

Aratap olhou a *Impiedosa* encolher na visitela e ficou satisfeito com a decisão que fora tomada. O jovem estava livre; uma mensagem já seguia para Tirana através do subéter. O major Andros com certeza teria um ataque de nervos, e não haveria homens interessados na corte exigindo que ele regressasse do seu posto como comissário.

Se necessário, viajaria para Tirana. De alguma forma, veria o khan e se faria ouvir. Apresentados todos os fatos, o Rei dos Reis veria claramente que nenhuma outra linha de ação seria possível e, depois disso, ele poderia desafiar qualquer combinação possível de inimigos.

Agora, a *Impiedosa* era apenas um ponto brilhante que mal se podia distinguir das estrelas que começavam a cercá--la, no exato momento em que saíam da Nebulosa.

Rizzett observava pela visitela a nave principal tiraniana desaparecendo.

– Então o homem nos deixou partir! – disse ele. – Sabe, se os tirânicos fossem todos iguais ao comissário, raios me partam se eu não me juntaria à frota deles. Isso me deixa frustrado de certo modo. Eu tinha ideias definidas sobre como são os tirânicos, e o homem não se encaixa nelas. Acha que ele pode ouvir o que dizemos?

Biron ajustou os controles automáticos e girou no assento do piloto.

LÁ!

– Não. Claro que não. Ele consegue nos seguir pelo hiperespaço, como fez antes, mas não acredito que possa colocar um feixe espião nesta nave. Você se lembra de que, quando ele nos capturou, a única coisa que sabia de nós era o que tinha ouvido secretamente no quarto planeta. Nada mais.

Artemísia entrou na sala do piloto, o dedo sobre os lábios.

– Não falem tão alto – pediu. – Acho que ele está dormindo agora. Não vai demorar muito para chegarmos a Rhodia, vai, Biron?

– Podemos chegar lá em um Salto, Arta. Aratap o calculou para nós.

– Preciso lavar minhas mãos – falou Rizzett.

Eles o observaram sair e depois ela se atirou nos braços de Biron. Ele a beijou de leve na testa e nos olhos, então encontrou os lábios da moça enquanto a estreitava nos braços. O beijo chegou a um fim demorado e sem fôlego.

– Eu te amo muito – ela disse.

E Biron respondeu:

– Eu te amo mais do que consigo dizer.

A conversa que se seguiu foi tão desprovida de originalidade e tão agradável quanto essa.

– Ele vai nos casar antes de aterrissarmos? – perguntou Biron depois de algum tempo.

Artemísia franziu um pouco a testa.

– Tentei explicar que ele é governador e o capitão da nave, e que não há tirânicos aqui. Mas não sei. Ele está bastante preocupado. E não é mais o mesmo, Biron. Depois que ele descansar, vou tentar de novo.

Biron riu baixinho.

– Não se preocupe. Vamos convencê-lo.

Os passos de Rizzett fizeram barulho quando ele retornou.

– Gostaria que ainda tivéssemos o trailer. Aqui não há espaço sequer para respirar fundo.

– Chegaremos a Rhodia em uma questão de horas – comentou Biron. – Vamos fazer o Salto em breve.

– Eu sei. – Rizzett fez cara feia. – E ficaremos lá até morrer. Não que esteja reclamando muito; sinto-me feliz de estar vivo. Mas é um final idiota para tudo o que passamos.

– Não houve nenhum final – disse Biron em um tom suave.

Rizzett ergueu o olhar.

– Quer dizer que podemos começar tudo de novo? Não, acho que não. Você talvez possa, mas não eu. Sou velho demais e não restou nada para mim. Lingane será obrigada a entrar na linha, e nunca mais vou vê-la. Acho que isso me incomoda mais do que tudo. Nasci lá e vivi a minha vida inteira lá. Serei apenas a metade de um homem em qualquer outro lugar. Você é jovem, esquecerá Nephelos.

– Existem outras coisas na vida além de um planeta natal, Tedor. Falhamos nos séculos anteriores não reconhecendo isso. *Todos* os planetas são nosso planeta natal.

– Talvez. Talvez. Se *existisse* um planeta da rebelião, bem, então poderia ter sido assim mesmo.

– *Existe* um planeta da rebelião, Tedor.

– Não estou com ânimo para esse tipo de coisa, Biron – retrucou Rizzett em um tom brusco.

– Não estou mentindo. Esse planeta *existe* e sei onde se localiza. Talvez já soubesse algumas semanas atrás, como poderia ter ocorrido com qualquer um do nosso grupo. Os fatos estavam lá, martelando minha mente sem conseguir entrar até o momento em que demos uma surra em Jonti. Você se lembra dele ali de pé, dizendo-nos que nunca encontraríamos o quinto planeta se não nos ajudasse? Lembra-se das palavras?

LÁ!

– Exatamente? Não.

– Acho que lembro. Ele disse: "Há em média setenta anos-luz cúbicos por estrela. Se forem por tentativa e erro, sem mim, as chances são de uma em duzentos e cinquenta quatrilhões de chegarem a um bilhão e meio de quilômetros de distância de qualquer estrela. *Qualquer* estrela!". Acho que, naquele momento, a ficha caiu. Pude sentir o clique.

– Não fez clique algum na minha mente – comentou Rizzett. – Pode explicar melhor?

– Não estou entendendo também, Biron – concordou Artemísia.

– Vocês não entendem que é exatamente essa probabilidade que Gillbret deve ter superado? Não se lembram da história? O meteoro atingiu a nave dele, desviando-a da trajetória e, ao final dos Saltos, ela estava de fato *dentro* de um sistema estelar. Isso só poderia ter acontecido por uma coincidência tão incrível que nem sequer mereceria crédito.

– Então *era* a história de um louco e não existe nenhum planeta rebelde.

– A menos que haja uma condição sob a qual a probabilidade de aterrissar em um sistema estelar seja menos incrível. Na verdade, há uma série de circunstâncias, e apenas uma sob a qual ele *deve* ter chegado a esse sistema. Seria inevitável.

– E aí?

– Lembrem-se do raciocínio do autocrata. Os motores da nave de Gillbret não foram danificados, então a potência dos impulsos hiperatômicos, ou, em outras palavras, as distâncias dos Saltos, não se modificaram. Só a direção foi alterada de tal modo que se chegasse a uma das cinco estrelas numa área absurdamente vasta da Nebulosa. Era uma interpretação aparentemente improvável.

ISAAC ASIMOV

– E quais são as alternativas?

– Bem, nem a potência *nem* a direção foram alteradas. Não existe motivo plausível para supormos que a direção do impulso tenha mudado. Isso era apenas uma suposição. E se a nave simplesmente seguiu sua trajetória original? Ela estava programada para chegar a um sistema estelar, portanto, acabou chegando a um sistema estelar. A questão da probabilidade não tem importância.

– Mas o sistema estelar que estava programado como destino...

– ... era o de Rhodia. Então, ele foi para Rhodia. É tão óbvio assim que não conseguem entender?

– Mas, então, o planeta da rebelião deve estar no nosso sistema! – exclamou Artemísia. – Impossível.

– Por que impossível? Está em algum lugar do sistema rhodiano. Existem duas maneiras de esconder um objeto: colocá-lo num lugar onde ninguém possa encontrá-lo, como dentro da Nebulosa Cabeça de Cavalo, ou colocá-lo onde ninguém pensaria em procurar, bem diante dos olhos, em plena vista.

"Pensem no que aconteceu com Gillbret depois de aterrissar no planeta da rebelião. Ele regressou a Rhodia com vida. A teoria dele era a de que isso tinha acontecido para evitar que os tiranianos procurassem uma nave que poderia ter chegado perigosamente perto do planeta em questão. Mas por que mantê-lo vivo? Se a nave fosse devolvida com Gillbret morto, o mesmo propósito seria alcançado e não haveria chance de Gillbret abrir o bico, como acabou fazendo.

"Outra vez, isso só pode ser explicado supondo que o planeta da rebelião esteja dentro do sistema rhodiano. Gillbret era um Hinríade, e em que outra parte existiria tanto respeito pela vida de um Hinríade senão em Rhodia?"

As mãos de Artemísia se contorciam espasmodicamente.

– Mas, se for verdade o que você está dizendo, Biron, meu pai corre grande perigo.

– E vem correndo faz vinte anos – concordou o rapaz –, mas não do modo como você está pensando. Gillbret certa vez me falou sobre como era difícil fingir ser um amador e um zero à esquerda, fingir tanto a ponto de viver esse papel até com amigos, e mesmo sozinho. Claro, com ele, coitado, era em grande parte autodramatização. Não vivia de fato aquele papel. O verdadeiro eu de Gillbret se revelava quando estava com você, Arta. E também se revelou para o autocrata. Ele achou necessário até mostrá-lo a mim quando ainda fazia pouco tempo que nos conhecíamos.

"Mas suponho que seja possível viver plenamente uma vida desse tipo se os motivos forem de fato importantes. Um homem pode encenar uma mentira mesmo para a própria filha, dispondo-se a vê-la em um casamento terrível para não colocar em risco o trabalho de uma vida que dependia totalmente da confiança tiraniana, dispondo-se a parecer meio louco..."

Artemísia recobrou a voz e disse em um tom rouco:

– Você não pode estar querendo dizer isso!

– Não há outro significado possível, Arta. Ele é governador faz vinte anos. Durante esse tempo, Rhodia vem sendo continuamente fortalecida pelos territórios concedidos a ela pelos tirânicos, porque eles achavam que estariam em segurança com seu pai. Por vinte anos ele vem organizando a rebelião sem interferência dos tirânicos, que o consideravam obviamente inofensivo.

– É uma suposição, Biron – alertou Rizzett –, e suposições desse tipo são tão perigosas quanto as que fizemos antes.

– Não é uma suposição – assegurou Biron. – Eu disse a Jonti da última vez que discutimos que devia ter sido ele, e não o governador, que matou meu pai num ato de traição, porque meu pai jamais seria tão tolo a ponto de confiar ao governador qualquer informação comprometedora. Mas a questão é... e eu sabia disso naquele momento... que meu pai agiu exatamente dessa maneira. Gillbret ficou sabendo do papel de Jonti na conspiração porque escutou por acaso as conversas entre o meu pai e o governador. De que outra forma ficaria sabendo?

"Mas uma vareta aponta para os dois lados. Achamos que meu pai estava trabalhando para Jonti, tentando atrair o apoio do governador. Por que não é igualmente provável, ou até mais provável, que estivesse trabalhando para o governador? Que o papel dele na organização de Jonti fosse o de agente do planeta da rebelião tentando evitar uma explosão prematura sobre Lingane, que arruinaria duas décadas de planejamento cuidadoso?

"Por que acham que me parecia tão importante salvar a nave de Aratap quando Gillbret provocou curto-circuito nos motores? Não foi por mim mesmo. Naquele momento, não achava que Aratap me libertaria, independentemente do que acontecesse. Nem foi tanto por você, Arta. Foi para salvar o governador. Ele era o homem importante entre nós. O pobre Gillbret não entendeu isso.

Rizzett balançou a cabeça.

— Me desculpe. Só não consigo acreditar em tudo isso.

E então se ouviu uma nova voz.

— Pode acreditar. É verdade. — O governador estava parado à porta, alto e com um olhar sombrio. Era dele a voz, ainda que não parecesse. Era nítida e segura de si.

Artemísia correu ao encontro dele.

— Pai! Biron está dizendo que...

— Ouvi o que Biron disse. — Ele alisava o cabelo da filha com movimentos de mão longos e delicados. — E é verdade. Eu teria permitido até mesmo que seu casamento acontecesse.

A moça afastou-se dele, quase constrangida.

– O senhor parece tão diferente. Soa quase como se...

– Como se não fosse o seu pai – ele completou com tristeza. – Não durará muito tempo, Arta. Quando voltarmos a Rhodia, serei de novo como você me conheceu, e você deve me aceitar desse jeito.

Rizzett olhou para o governador, sua pele corada tão cinzenta quanto o cabelo. Biron prendia a respiração.

– Venha cá, Biron – disse Hinrik, e colocou uma das mãos no ombro do rapaz. – Houve um tempo, meu jovem, em que eu estava disposto a sacrificar sua vida. Talvez aconteça outra vez no futuro, no dia em que eu não conseguir mais proteger nenhum de vocês. Não posso ser mais do que aquilo que sempre aparentei ser. Entendem isso?

Todos concordaram com um movimento de cabeça.

– Infelizmente, o estrago foi feito – continuou Hinrik. – Vinte anos atrás, eu não estava tão acostumado ao meu papel quanto estou hoje. Eu devia ter ordenado que matassem Gillbret, mas não consegui. E porque não ordenei, sabe-se que existe um planeta rebelde e que eu sou o líder.

– Só nós sabemos a verdade – interveio Biron.

Hinrik sorriu com amargura.

– Você pensa assim porque é jovem. Acha que Aratap é menos inteligente do que você? O raciocínio que seguiu para determinar a localização e a liderança do planeta da rebelião se baseou em fatos que ele também conhece, e o homem raciocina tão bem quanto você. Só que ele é mais velho, mais cauteloso, arca com sérias responsabilidades. Ele precisa ter certeza.

"Você acha que ele o libertou por sentimentalismo? Acredito que foi libertado agora pelo mesmo motivo de antes: simplesmente para que você o conduza pelo caminho que leva a mim."

O rosto de Biron empalideceu.

— Então devo partir de Rhodia?

— Não. Isso seria fatal. Por que partiria, exceto pelo motivo verdadeiro? Fique comigo e as coisas permanecerão incertas. Meus planos estão quase concluídos. Mais um ano talvez, ou menos.

— Mas, governador, existem fatos que talvez desconheça. Há a questão do documento...

— Aquele que seu pai estava procurando?

— Sim.

— Meu caro, seu pai não sabia de tudo o que havia para saber. Não é seguro que alguém conheça todos os fatos. O antigo rancheiro descobriu a existência do documento por si mesmo, nas referências contidas na minha biblioteca. Vou dar o crédito a ele. Seu pai identificou o significado daquilo. Mas, se tivesse me consultado, eu teria dito a ele que o documento não estava mais na Terra.

— Exatamente. Tenho certeza de que os tirânicos estão com ele.

— Mas é claro que não. *Eu* estou com o documento. Está comigo há vinte anos. Foi o que deu início ao planeta da rebelião, pois foi somente quando o tive em mãos que soube que nós podíamos manter nossas conquistas quando vencêssemos.

— É uma arma então?

— É a arma mais potente do universo. Vai destruir os tirânicos e vai nos destruir também, mas salvará os Reinos Nebulares. Sem ela, talvez até conseguíssemos derrotar os tirânicos, mas apenas substituiríamos um despotismo feudal por outro; do mesmo modo que conspiramos contra os tirânicos, seríamos alvo de conspiração. Tanto nosso sistema político quanto o deles deverão ser descartados como obsoletos. Chegou o tempo da maturidade, assim como um dia ele chegou ao planeta Terra, e haverá um novo tipo de governo, um tipo nunca antes tentado na Galáxia. Não existirão khans, nem autocratas, nem governadores, nem rancheiros.

— Em nome do Espaço — vociferou Rizzett de repente —, o que existirá?

— Povos.

— Povos? Como poderão governar? É necessário que uma pessoa tome as decisões.

— Existe um jeito. Meu plano abrangia uma pequena parte do planeta, mas pode ser adaptado para toda a Galáxia. — O governador sorriu. — Venham, meus filhos, vou celebrar o casamento de vocês. O dano será pequeno agora.

Biron apertou a mão de Artemísia, que sorriu para ele. E logo sentiram a estranha ferroada interna quando a *Impiedosa* fez o único Salto previamente calculado.

— Antes que a cerimônia comece, pode me dizer uma coisa sobre o plano que mencionou, para satisfazer minha curiosidade e eu me concentrar só em Arta? — pediu Biron.

Artemísia deu risada e disse:

— É melhor dizer, pai. Eu não suportaria um noivo distraído.

Hinrik sorriu.

— Eu sei o documento de cor. Ouçam.

E com o sol de Rhodia brilhando na visitela, Hinrik começou a recitar aquelas antigas palavras, muito mais antigas do que qualquer planeta na Galáxia, exceto um:

— Nós, o povo dos Estados Unidos, a fim de formar uma União mais perfeita, estabelecer a justiça, assegurar a tranquilidade interna, prover a defesa comum, promover o bem-estar geral e garantir para nós e para os nossos descendentes os benefícios da liberdade, promulgamos e estabelecemos esta Constituição para os Estados Unidos da América...

POSFÁCIO

Poeira de estrelas foi escrito e publicado pela primeira vez em 1950. Naquela época, não dispúnhamos de tantas informações sobre as atmosferas dos planetas quanto hoje. No Capítulo 17, refiro-me a um planeta sem vida onde há nitrogênio e oxigênio, mas não dióxido de carbono. Atualmente, parece quase certo que a atmosfera de um planeta sem vida do "tipo T" (um planeta pequeno e rochoso, como a Terra, localizado relativamente perto de sua estrela), se existisse, seria composta de nitrogênio e dióxido de carbono, mas não de oxigênio.

Não posso modificar o Capítulo 17 apropriadamente sem ter que reescrever boa parte do livro, então peço-lhes que deixem de lado seu ceticismo a esse respeito e desfrutem o texto (pressupondo que gostem dele) nos seus próprios termos.

ISAAC ASIMOV
NOVEMBRO DE 1992

TIPOGRAFIA:
Bembo [texto]
Circular [entretítulos]

PAPEL:
Pólen Natural Soft 80g/m² [miolo]
Cartão Supremo 250g/m² [capa]

IMPRESSÃO:
Rettec Artes Gráficas e Editora [julho de 2022]